GWRES O'R GORLLEWIN

GWRES o'r GORLLEWIN

IFOR WYN WILLIAMS

Y FEDAL RYDDIAITH 1971
Llys yr Eisteddfod Genedlaethol 1971

Gwasg Carreg Gwalch

Argraffiad cyntaf: Awst 1971
Ail argraffiad: 2021

Rhif Llyfr Safonol Rhyngwladol:
978-1-84527-833-5

CYNGOR LLYFRAU CYMRU

Cyhoeddwyd gyda chymorth Cyngor Llyfrau Cymru

Cynllun clawr: Siôn Ilar
Map: Alison Davies

Cyhoeddwyd gan Wasg Carreg Gwalch,
12 Iard yr Orsaf, Llanrwst, Dyffryn Conwy, Cymru LL26 0EH.
Ffôn: 01492 642031
e-bost: llyfrau@carreg-gwalch.cymru
lle ar y we: www.carreg-gwalch.cymru

Argraffwyd a chyhoeddwyd yng Nghymru

I Owen Wyn

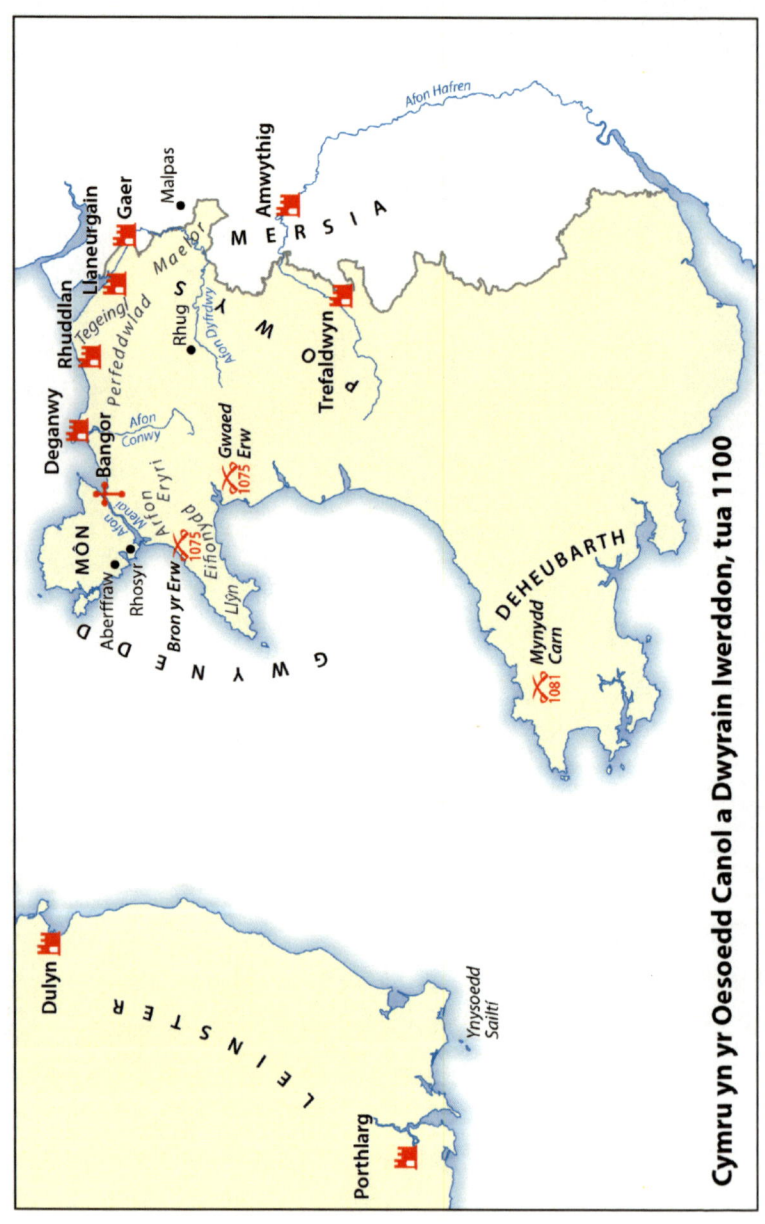

Cymru yn yr Oesoedd Canol a Dwyrain Iwerddon, tua 1100

1

'Roeddet ti'n mentro'n arw wrth ddod yma.'

Trodd hi'n sydyn i edrych ar ei wyneb. 'Rwyt *ti*'n un da i feirniadu rhywun am fentro.'

Gwenodd y dyn ifanc a gwasgodd law yr eneth wrth ei ymyl fymryn yn dynnach. Cerddodd y ddau ychydig gamau ymhellach ar hyd y traeth heb siarad.

'Ond roeddet ti *yn* mentro, Angharad.'

Dechreuodd hi egluro. 'O, mymryn. Ond mae 'nhad efo fi . . . ' Peidiodd â siarad, fel petai hi'n sylweddoli'n sydyn fod awgrym o'i ffyrnigrwydd wedi dangos yn ei lais. Siaradodd yn ddifywyd. 'Dw i'n deall rŵan – rwyt ti'n meddwl am Ruddlan, on'd wyt?'

'Ydw.' Gwnaeth ymdrech i reoli'i dymer. 'A sut mae'r cyfaill Robert y dyddiau yma?'

Sibrydodd ei hateb. 'Yn beryglus iawn. Ond mae'n bosib ei drin o.'

Edrychodd y dyn ifanc dros ei ysgwydd. Cerddai hen forwyn Angharad lai na hanner can llath y tu ôl iddyn nhw. A'r tu ôl iddi hi wedyn ei gyfaill, Collwyn, a thri milwr.

'Oes ofn arnat ti i'r hen wraig dy glywed di, Angharad?'

'Mae'n well iddi beidio â chlywed popeth.'

'Ofn iddi gario petha i Robert?'

'Falle.'

'Ond rwyt ti'n medru ei drin o?'

Atebodd hi ar unwaith. 'Ddywedais i mo hynny.'

'Ond rwyt ti'n *medru* ei drin o?' Gwyliodd y gwrid yn codi fymryn ar ei bochau.

'Weithiau.'

Ciciodd gragen sych nes ei bod yn chwyrlïo ar hyd y tywod. Gollyngodd ei llaw. 'Pam, Angharad?'

Syllodd hi arno. 'Pam dw i'n medru? Am ei fod o'n hoff ohona i.'

'Dyna braf!'

'Na, nid braf, Gruffudd – hwylus.'

'Dw i'n siŵr! Ystafell i ti dy hun – wel, bron – yng nghastell Rhuddlan, a . . .' Gwelodd ei hwyneb hi'n newid.

'O, mae'n hawdd i ti wawdio ar draeth Aberffraw! Ond mae 'na fyd o wahaniaeth rhwng byw ym Môn neu Arfon a byw yn Nhegeingl. 'Dan ni rhwng Caer a Rhuddlan. Fedri di ddychmygu be mae hynny'n ei olygu?'

Atebodd o'n swta. 'Mae gen i syniad.'

'Ie, syniad! Wel, mae gen i brofiad blynyddoedd o fyw trwy ganiatâd y Ffrancwyr. Ond, wrth gwrs, wyddost ti ddim llawer amdanyn nhw. Rwyt ti wedi bod yn rhy brysur yn ymladd y Cymry.'

Teimlai'n flin efo hi am siarad mor hy, a'r un pryd roedd arno isio amddiffyn ei hun a dweud yn finiog pam roedd rhaid iddo ennill gorsedd Gwynedd yn gyntaf cyn troi ar y Ffrancwyr. Ond byddai trafferthu i egluro'r amlwg yn gwneud dim ond cyfaddef ei bod hi wedi'i frifo. Trodd ei ben i edrych arni wrth gerdded. Roedd ei thymer wedi tynnu'r lliw o'i bochau. Roedd yr haul yn gwneud ei gwallt yn felynach, a

goleuni'r awyr a'r môr a'r tywod yn ysgafnhau glesni ei llygaid.
Pan edrychai hi fel hyn roedd hi'n debyg iawn i rai o ferched
llys y Daniaid yn Nulyn. Ond roedd hi'n wahanol iddyn nhw
hefyd. Roedd ganddi – er ei bod hi'n ifanc – ryw gryfder ysbryd
a effeithiai ar Gruffudd fel swyn. Weithiau yn ei wylltio – fel
rŵan – ac weithiau'n chwyddo'i gryfder ei hun. Ac roedd hi'n
dlysach na merched y llys yn Nulyn . . . mor dlws â'r ferch o
Lys Porthlarg falle, yn y wisg las yma – ac roedd hynny'n
ddweud mawr. Roedd edrych arni mor agos ato yn ei gyffroi
ac yn gwneud iddo hanner ofidio fod ei hymddygiad bob amser
mor gywir, ac mor urddasol, fel petai hi'n cofio'n barhaus ei
bod o hen deulu brenhinol. Roedd merched llys Dulyn yn fwy
chwareus o lawer, ond, wrth gwrs, doedd o ddim yn frenin yn
Nulyn. Bellach roedd ganddo yntau urddas newydd, a'r gwir
oedd nad oedd yn ystyried Angharad fel cariad arall yn bennaf,
ond fel brenhines. Er hynny, ysai am ei chael yn ei freichiau.

Siaradodd yn ddistaw fel petai'n dweud ei feddyliau'n
uchel. 'Gwallt yn felyn felyn . . . a glas y wisg . . . a'r wyneb
tlws. Dw i'n ffodus iawn.'

Syllodd hi arno. Yna chwarddodd. 'O, Gruffudd ap Cynan,
rwyt ti'n ofnadwy!'

'A dyna pam y daethost ti'r holl ffordd o Degeingl i
'ngweld i?' Teimlai fod y cwestiwn wedi'i anelu ar yr adeg
iawn i gael y gwir ganddi.

'O, na.' Edrychodd y ferch ar y tywod wrth siarad. 'Ddoth
'y nhad yma i gyfarfod brenin newydd Gwynedd.'

'Ie, ie. A dy reswm di?'

'Am . . . fod arna' i isio dy weld di eto.'

Cydiodd Gruffudd yn ei llaw hi eto. 'Fyddwn i ddim

hanner mor falch o weld neb arall.' Trodd i edrych ar y lleill y tu ôl iddyn nhw, a gwaeddodd, ''Rhoswch chi ar y traeth. 'Dan ni'n mynd i weld nythod y gwylanod.'

Cododd Collwyn ei law i ddangos ei fod wedi deall, a medrai Gruffudd weld fod gwên fawr ar ei wyneb. Dechreuodd arwain Angharad at y ponciau tywod agosaf.

'Nythod adar?' Swniai llais y ferch braidd yn amheus.

Cerddodd Gruffudd yn ei flaen. 'Yr adar ddaeth yma yn dilyn llong, meddai'r hanes.' Helpodd hi i ddringo dros y bonc gyntaf. 'Ond mae 'na ddynion yn yr ardal yn dweud bod y gwylanod wedi peidio â nythu yma ers chwe blynedd. Ac yn rhyfedd iawn maen nhw wedi dod 'nôl eleni.'

Gwenodd hi. 'Diddorol – y brenin a'r gwylanod yn dychwelyd ar ôl chwe blynedd. Wyt ti'n meddwl fod yna arwydd yn hynny?'

'Gobeithio. Ond petaen nhw'n hedfan i ffwrdd fory, fydda 'na ddim arwydd yn hynny.'

Ddywedodd hi ddim.

Yn eu blaenau â nhw dros ddwy bonc arall, yna arhosodd Gruffudd a chyfeirio'i law at res o bonciau uwch na'r lleill a gwylanod yn hofran o'u cwmpas. 'Dacw nhw. Ond does dim angen i ni fynd yn nes. Fe wnaethon nhw esgus da i ni gael bod efo'n gilydd o olwg y lleill.' Tynnodd ei fantell wlân ysgafn a'i lledaenu ar y tywod. Eisteddodd y ddau am ysbaid heb siarad gan edrych ar y gwylanod. Yn sydyn trodd Gruffudd at y ferch.

'Dw i'n dy garu di.'

Gwasgodd ei llaw yn dynn, ond ddaeth dim ymateb o'i bysedd a daliodd i edrych ar y gwylanod.

Teimlai Gruffudd yn siomedig. Yna trodd y siom yn

ddicter tuag ati. 'Glywaist ti fi?' gofynnodd yn swta.

'Do.'

'Wel? Wyt ti'n clywed geiriau tebyg bob dydd, neu be?'

Symudodd ei golwg ar ei wyneb. 'O, nac'dw. Ond dw i'n deall dy fod di wedi arfer eu dweud nhw.'

Roedd yn rhaid iddo beidio â dechrau ffraeo eto. Ceisiodd gadw ei lais yn fwy addfwyn. 'O . . . dim ond straeon hen ferched. Paid â'u credu nhw.'

Roedd hi'n edrych ar y gwylanod eto. 'Fedra i ddim anghofio'r petha glywais i.'

Doedd arno ddim eisiau gwastraffu unigrwydd y tywod ar ddadlau ar ôl iddo ddisgwyl dau ddiwrnod i'w chael hi yna. Penderfynodd gyfaddef ei feiau – rhai ohonyn nhw, beth bynnag – gan obeithio y byddai ei onestrwydd yn ennill ei maddeuant.

'Mae'n wir 'mod i, yn Iwerddon . . . ac yma . . . wedi hoffi merched eraill.'

'Hoffi!'

Anwybyddodd y gwawd yn ei llais. 'Ond wnes i erioed gynnig i un ohonyn nhw fod yn frenhines.' Doedd hyn ddim yn hollol wir. Ond, wrth gwrs, doedd neb ond yntau a'r ferch o'r llys ym Mhorthlarg a'i theulu i fod i wybod hynny. Gwelodd yr olwg ar wyneb Angharad yn meddalu fymryn.

'Wir, Gruffudd?'

'Wir.' Syllodd y ddau i lygaid ei gilydd. Gwenodd o arni. 'A chofia, Angharad, mae'n anodd i ddyn sy'n mentro'i fywyd boeni am fyw'n . . .' Fedrai o ddim cofio'r gair Cymraeg am 'cymedrol'. '. . . yn ddoeth.'

'Hawliau'r arwr?' Ond doedd dim gwawd amlwg yn ei llais.

'Rhywbeth tebyg i hynny.' Petrusodd yn bwrpasol er mwyn peidio â rhuthro'i gwestiwn nesaf. 'Ac . . . rwyt ti'n maddau i mi?'

Roedd ei llygaid yn gwenu rŵan. 'O, mae'n rhaid i mi – ti'n arwr.'

'Yn arwr i ti?'

'Y mwyaf – ers saith mlynedd.'

Gwasgodd Gruffudd ei llaw yn ei ddwylo a theimlodd ei fysedd yn eu cydio. 'Wyt ti'n cofio'r tro cynta imi dy weld di? Roeddet ti'n gwisgo gwisg las y tro hwnnw hefyd.'

Gwenodd hi. 'Gwyrdd oedd hi. Ac roedd gen i gylch aur yn dal fy ngwallt.'

'Welais i mohono – ymysg cymaint o aur.'

'A minna wedi'i wisgo'n arbennig i groesawu'r brenin newydd.' Pwysodd ei llaw arall ar ben ei ddwylo. 'A thitha . . .' roedd hi bron â chwerthin. 'Anghofia i byth yr eiliad pan ddaethost ti i mewn i neuadd y castell a chwech o Ddaniaid anferth y tu ôl i ti. A dy olwg mor ffyrnig! – fel petaet ti'n bwriadu cymryd castell Rhuddlan y noson honno.'

Chwarddodd Gruffudd yn uchel. 'Fedra i ddim gwadu fod y syniad wedi troi yn fy meddwl.' Parhaodd i chwerthin. 'Does dim rhyfedd fod Robert wedi cytuno mor gyflym i fy helpu i.'

'Ac wyt ti'n cofio'r fwyell fawr honno roeddet ti'n ei chario i bobman, ac yn ei chwifio hi wrth siarad nes bod . . .?'

Torrodd ar ei thraws. 'Camgymeriad oedd cario'r fwyell gymaint ac . . .' chwilotodd am y geiriau Cymraeg, '. . . ac ychwanegu at yr argraff 'mod i'n perthyn fwy i'r Daniaid nag i'r Cymry.'

'Ond roeddet ti'n ifanc iawn,' meddai hi'n dyner.

'Yn un ar hugain gwyllt, ac annoeth yn aml.'

'Paid â beirniadu dy hun mor llym. Doedd 'na neb tebyg i ti yng Nghymru.' Chwarddodd hi'n ddistaw. 'Er bod dy Gymraeg di mor rhyfedd!'

Roedd yn amlwg fod ei ostyngeiddrwydd yn cael yr effaith iawn arni. 'Mae'n siŵr 'mod i wedi dweud petha digri heb feddwl weithia.'

'O, do!' Roedd hi'n ysgwyd wrth chwerthin. 'Wyt ti'n cofio gofyn i mi – yn ddifrifol iawn yn syth ar ôl i ni gyfarfod – "Cymro wyt ti?"?'

Chwarddodd Gruffudd efo hi. 'Creda fi, ar 'y Nghymraeg i roedd y bai ac nid ar fy llygaid. Fe fydda'n rhaid imi fod yn hollol ddall i wneud y fath gamgymeriad eto.'

Roedd hi'n ymateb fel yr oedd am iddi wneud. Yn araf cododd un o'i ddwylo a chusanodd gefn y bysedd.

'Gruffudd,' meddai hi'n dyner, 'Gruffudd, y Gwres o'r Gorllewin.'

'Be?'

'Dyna oedd enw Robert, barwn Rhuddlan, arnat ti – Gwres o'r Gorllewin.'

'O.' Be wnaeth iddi lusgo enw'r Ffrancwr yn ôl i'r sgwrs, meddyliodd Gruffudd? I'w bryfocio? I'w gosbi? A hyd yn oed os soniodd hi am Robert yn hollol ddiniwed, roedd hyn yn arwydd fod y dyn yn bwysig yn ei meddyliau. Gwnaeth ymdrech i gadw'i lais yn dawel. 'Mae o'n enw da.'

'O, ydi.' Gwenodd hi arno. 'Ond roedd ganddo fo enw arall arnat ti, ar ôl i ti ddod 'nôl i Ruddlan 'rôl brwydr Gwaed Erw a dechrau llosgi'r castell.' Gwelodd hi'r olwg yn ei lygaid. 'Wnei di ddim digio?'

Ysgydwodd ei ben.

'Y môr-leidr.'

Roedd yr enw yn ei frifo. Dyna beth roedd dynion Llŷn ac Eifionydd wedi'i alw wrth iddyn nhw godi yn ei erbyn ym Mron-yr-Erw. Roedd o wedi haeddu cael anghofio'r enw, ar ôl saith mlynedd o ymdrech ac o lwyddo yn y diwedd i ennill gorsedd Gwynedd. Teimlai'n sicr rŵan ei bod hi'n ceisio'i frifo – fyddai rhywun diniwed byth yn gallu anelu mor gywir. Syllodd arni. 'Paid byth â defnyddio'r enw yna eto.' Gollyngodd ei dwylo. 'Sut fedri di – o bawb – feiddio gwneud hwyl ar fy mhen i fel hyn? *Ti*, yn chwarae hefo 'nheimladau i fel petawn i'n fab i daeog – yn neb.' Chwarddodd yn drist. 'A wyddost ti pam y dois i'n ôl i gastell Rhuddlan o frwydr Gwaed Erw?'

Yn sydyn gwasgodd hi'i hun yn erbyn ei gorff gan guddio'i hwyneb yn ei gesail. 'Gruffudd, maddau i mi . . . roedd rhaid i mi dy frifo.' Swniai'i llais fel petai hi ar fin crio. 'A dy gosbi *di*, am fod arna i isio cosbi fy hun!'

Teimlai Gruffudd yr ysfa i'w gwasgu'n gysurus yn ei freichiau, ond cadwodd ei lais yn oer. 'Cosbi dy hun – pam, Angharad?'

Daeth ei geiriau'n aneglur. 'Oherwydd 'mod i wedi siomi fy hun . . . a dy siomi di.'

'Sut?'

Petrusodd hi. 'Fe gollais i'n ffydd ynot ti. Mae gen i gywilydd o hynny. Ac mae gen i gywilydd o'r ffordd dw i wedi dibynnu – neu wedi gorfod dibynnu, does 'na fawr o wahaniaeth – ar gyfeillgarwch y Ffrancwyr.'

Llwyddodd Gruffudd i wrthod y demtasiwn i holi rhagor

am y 'cyfeillgarwch' yma. Doethach fyddai peidio â sôn mwy am y Ffrancwyr, ond manteisio ar ei hedifeirwch a'i chael i dderbyn y syniad ei fod yn ei charu. Cododd ei freichiau'n araf a'i chofleidio hi. Daliodd y ferch felly am ysbaid hir mewn distawrwydd. Yna cusanodd ei gwallt, a sibrwd yn ei chlust, 'Chwe blynedd yn ôl, fe ddeudais i yr hoffwn i dy gael di'n wraig ryw ddydd. Dw i'n dal i dy garu di.'

'Ac yn ei feddwl o?'

'Pob gair.' Cusanodd groen ei gwar yn ysgafn. 'Dw i'n meddwl dy fod di'n gwybod hynny.'

Cododd ei phen ac edrychodd y llygaid mawr yn ddifrifol arno. 'Ydw, mae'n debyg.'

'A thitha?'

'Dw i wedi diodde, Gruffudd, yn fy ffordd fy hun, am chwe blynedd . . . am 'mod i'n dy garu di.' Symudodd ei golwg oddi ar ei wyneb. 'Ond mae arna i ofn gwneud rhywbeth fydd yn achosi i mi ddiodde mwy.'

Am eiliad roedd o'n ansicr o ystyr ei hateb. Yna deallodd. 'Mae arnat ti ofn y byddi di'n fy ngholli i eto?'

'Oes. Mae arna i ofn dy garu di'n fwy.' Roedd hi'n edrych i'w lygaid. 'Fe fyddai dy golli di wedyn yn torri 'nghalon i'n llwyr.'

'Fy ngholli i? Byth! Dw i ar yr orsedd – ac mae Trahaearn wedi'i ladd. Ac mae dynion Môn ac Arfon a Llŷn yn gadarn y tu ôl i mi.'

Cododd Angharad ei llaw a chyffyrddodd blaen ei bys ag ymyl y graith goch a redai o waelod ei glust ar draws ei war llydan. 'Gruffudd annwyl, rwyt ti'n creithio fel pawb arall – fe fu bron i mi dy golli di pan gest di hon.'

Chwarddodd Gruffudd. 'Gweithred ola un o farchogion Trahaearn ar Fynydd Carn. Diolcha nad y fo roeddet ti'n ei garu.' Chwarddodd eto. 'Fe roddodd Duw gnawd i mi fel pren derw, a nerth dau ddyn yn fy mreichiau.' Gofidiodd ar unwaith ei fod wedi syrthio i'w hen wendid o ymffrostio yn ei nerth corfforol – er mai dim ond y gwir oedd hyn.

'O, mi wn i. Mae cael fy ngwasgu yn y breichiau yma'n brofiad peryglus.'

'Wnes i dy frifo di?'

Pwysodd ei phen yn ôl i'w gesail. 'Mae 'na boenau hapus.'

Gwasgodd ei freichiau amdani eto, ond yn dyner iawn. 'Paid â phryderu am greithiau ac am 'y ngholli i, Angharad. Dw i'n credu bod y nefoedd, neu o leia un o'r seintiau – Sant Columba, mae'n debyg – yn gofalu amdana' i. Neu fyddwn i ddim yma heddiw. Dw i wedi cael cymaint o gymorth heb ei ddisgwyl, ac wedi osgoi perygl ar yr eiliad ola yn rhy aml iddo fod yn naturiol.' Gwenodd. 'Falle fod ysbrydion hen dduwiau'r Daniaid – fy hen deidiau barbaraidd – yn fy helpu i hefyd yn y rhyfeloedd.' Gadawodd i'w falchder a'i styfnigrwydd ddangos trwy ei lais. 'Dw i yma i fod yn frenin cyfiawn Gwynedd. Wnaiff yr un creadur byw fy rhwystro.'

Ddywedodd hi ddim. Daeth Gruffudd yn ymwybodol eto o gri'r gwylanod a sŵn y llanw'n taro'r traeth yn y pellter. Ysgydwodd awel y glaswellt pigog ar y ponciau, a symud y gwallt ar ymyl tresi'r ferch, a chodai'r oglau iach yn ei gwallt ac ar ei chroen cynnes yn yr haul. Trodd hi yn ei afael a chodi'i phen.

'Dw inna am gredu bod y nefoedd yn gofalu amdanat ti.'

'Ac rwyt ti am fentro 'ngharu i'n fwy nag erioed?'

Daeth mymryn o wrid i'w bochau. Atebodd yn ddistawach. 'Ydw, Gruffudd.'

Roedd o wedi'i baratoi'i hun drwy'r prynhawn am y cyfle i ofyn y cwestiwn nesaf. Ond rŵan, a'r cyfle yn ei afael, daeth swildod newydd drosto. Roedd angen eiliad arall arno i feistroli'r swildod oedd mor ddieithr iddo. Edrychodd o'i gwmpas fel un yn gweld y fro am y tro cyntaf. 'Mae Aberffraw'n lle hawdd ei garu.'

'Ydi.' Syllodd Angharad dros y ponciau tywod i gyfeiriad tŵr y plas. 'Dw i'n meddwl ei fod o'n lle hapus iawn.'

Roedd yn rhaid iddo gymryd y cam rŵan, a gofyn iddi ar unwaith. 'Wel, ddoi di yma . . . i'r llys . . . yn frenhines? Yn frenhines llys Aberffraw?'

Dychwelodd y gwrid yn fwy amlwg i fochau'r ferch. Petrusodd cyn gofyn yn frysiog, 'Gruffudd, wyt ti'n gofyn imi dy briodi di?'

'Ydw, siŵr iawn.' Gwenodd yn siriol. 'Wel?'

'O . . . do'n i ddim yn siŵr. Ond . . .'

'Wel, wnei di?'

Syllodd hi i fyw ei lygaid. 'Gwnaf,' meddai.

Gwyrodd Gruffudd ei ben tuag ati, a chododd hithau ei hwyneb ato. Cusanodd ei thalcen, a gadawodd i'w wefusau lithro i lawr dros ei boch a gorffwys yn hir ar ei cheg. Yn ei hapusrwydd cofleidiodd hi'n ffyrnig, a'i phlygu'n dynn yn ei erbyn nes teimlo'i chorff yn mynd yn llipa a'i chusan yn crynu. Llaciodd ei afael ynddi ar unwaith. 'Wnes i dy frifo di eto, Angharad?'

Roedd wyneb y ferch yn llwytach, ond gwenodd arno. 'Y boen fydd methu dy gael di i 'ngwasgu i.'

Cusanodd Gruffudd ei thalcen, a chodi ar ei draed. 'Awn ni'n ôl i'r plas ar unwaith. Ac mi ga' i siarad efo dy dad a gofyn yn iawn iddo am ei ferch yn wraig.'

Gafaelodd yn ei llaw a'i harwain dros y ponciau tywod yn ôl i gyfeiriad y traeth. Disgwyliodd iddi ddweud rhywbeth amdano'n mynd i siarad efo'i thad, ond ddywedodd hi ddim.

'Oes 'na rywbeth ar dy feddwl di, Angharad?'

'Oes.' Yr ateb yn bendant ac yn codi hen bryderon yn ei feddwl eto.

'Be?'

Trodd hi i edrych arno wrth gerdded. 'Paid â digio efo fi, Gruffudd.'

Arhosodd hi am ei ateb.

'Wna i ddim.' Ei lais yn llai brwdfrydig.

'Wyt ti'n addo hynny?'

'Ydw.' Bron yn swta.

'Dw i'n dy garu di â phob mymryn ohona i, a chael dy briodi fydd hapusrwydd mwya fy mywyd. Ond paid â dweud dim wrth fy nhad – na neb arall – ar hyn o bryd am ein bwriad ni i briodi.'

'Pam – mae o'n gyfle iawn i mi ofyn i dy dad?'

'Mi fedrwn ni drefnu i ddod i dy weld ymhen mis neu ddau.'

'Ond mae 'na drefniadau pwysig i'w gwneud ar unwaith.' Ychwanegodd yn styfnig, 'A dw i'n benderfynol y byddi di yma yn llys Aberffraw yn wraig i mi cyn y Nadolig.'

Atebodd hi drwy'i gwên, 'Ac mi fydda i, 'nghariad i.'

Helpodd Gruffudd hi'n frysiog dros un o'r ponciau. 'Ond pam wyt ti'n gofyn i mi gadw'r newydd da yn gyfrinach rŵan?'

Oedodd cyn ateb. 'Mi fydd yn . . . ddoethach i ni wneud hynny. Cred fi, Gruffudd, mi fydd yn ddoethach.'

'Doethach?' meddai o'n wawdlyd. Ychwanegodd o dan ei wynt, ond yn ddigon eglur iddi'i glywed, 'Ryw ddiwrnod fe'i lladda i o.' Trodd ac edrych yn flin arni. 'A deall di hyn, fy mrenhines ifanc, ymhen dau fis i heddiw mae Gwynedd a'r byd, a'r Cymry i gyd, a'r Ffrancwyr, am gael gwybod y newydd.'

'A phobl Iwerddon?' Roedd direidi yn ei llygaid.

Edrychodd Gruffudd yn rhyfedd arni, yna chwarddodd yn uchel. 'Ie, a phobl Iwerddon. Ac os bydd raid, fe ddo' i i dy nôl di yma o dŷ dy dad yn Nhegeingl.' Syllodd i fyw ei llygaid. 'Neu o gastell Rhuddlan.'

Syllodd hi'n ôl arno. 'O, dw i ddim yn amau hynny.'

2

Aeth pythefnos heibio ers pan ddychwelodd Angharad a'i thad, Owain ab Edwin, i Degeingl. Ac er holl brysurdeb Gruffudd yn ystod y dyddiau cynnar hynny ar ei orsedd, meddyliai amdani hi'n gyson. Câi bleser wrth gofio'i hwyneb. Ac weithiau medrai feddwl am ei haddfwynder, a'i hurddas. Roedd hynny'n bwysig, a'r argraff a roddai fod ganddi – o dan y cwbl – gymeriad cryf bron mor styfnig ag yntau. Fe wnâi hi frenhines gampus iddo.

Ac weithiau roedd Gruffudd wedi cofio am Máire, y ferch ym Mhorthlarg. A phob tro, roedd ei feddyliau amdani yn anesmwyth – bron yn bryderus. Ond roedd o wedi gwneud ei ddewis.

Achos anesmwythder arall, a gwaeth, i Gruffudd oedd pan ystyriai – fel y byddai'n gwneud yn aml – sefyllfa Angharad rhwng y ddau farwn Ffrengig, Hugh iarll Caer a'i gefnder, Robert arglwydd Rhuddlan. Roedd yn anodd iddo'i dychmygu hi o dan awdurdod y ddau heb gynyddu ei atgasedd tuag atyn nhw. Yn enwedig Robert. Robert oedd yr un â'i fryd arni hi ac ar Wynedd. Roedd hi'n amlwg yn ystod arhosiad Angharad fod ei thad o dan fawd y barwn. Cofiai Gruffudd yn dda fel y daeth hyn yn fwy i'r amlwg ar y noson olaf honno. Yn gynharach y diwrnod hwnnw cyrhaeddodd Goronwy, mab Owain, lys Aberffraw gyda chwmni o filwyr. Wedi dod i dalu teyrnged i'r brenin newydd yr oedd, meddai, ac i hebrwng ei dad a'i chwaer adre. Ond fe gymerodd Gruffudd yn erbyn y dyn ar yr olwg gyntaf. Roedd ganddo lais cryg 'run fath â'i dad, a llygaid mawr glas golau – yn rhy olau i neb fedru ymddiried ynddyn nhw. A a pham, mewn gwirionedd, oedd o wedi galw yn Aberffraw? Roedd Owain ab Edwin wedi dod â digon o filwyr efo fo i sicrhau ei fod o a'i ferch werthfawr yn cael eu hebrwng yn ôl yn ddiogel dros afon Clwyd. Ac os oedd y brawd mor awyddus i dalu ei deyrnged, pam oedd o heb ddod gyda'i dad a'i chwaer? Na, roedd Gruffudd yn sicr fod rheswm arall. Oedd Robert neu Hugh wedi anfon y brawd? A pham? I sicrhau bod Angharad yn mynd yn ei hôl drannoeth? Ac a oedd gan y mab gyfarwyddyd i'w dad ynglŷn â beth i'w bwysleisio ar frenin newydd Gwynedd? Roedd yn rhyfedd mai'r noson honno y bu Owain fwyaf hael â'i gynghorion ar sut i gyd-fyw â'r Ffrancwyr.

'Ond f'Arglwydd, maen nhw yma, ac mae'n rhaid i ni ddysgu byw efo nhw – nid bod o dan eu traed nhw, cofia, ond cyd-fyw a chadw'n hunan-barch.'

Cofiodd Gruffudd ei fod wedi edrych ar Angharad. Doedd dim awgrym o'i theimladau ar ei hwyneb, ond roedd ei brawd wedi amneidio â'i ben i gefnogi barn ei dad.

Aeth llais cryg Owain ab Edwin ymlaen. 'Maen nhw'n gryf ac yn greulon, ond maen nhw'n deg, f'Arglwydd. Maen nhw'n Gristnogion ac yn parchu diwylliant – maen nhw wrth eu bodd efo canu ein beirdd hi. Dy'n nhw ddim yn anwaraidd fel y Dan . . .' Sylweddolodd ei gamgymeriad yn rhy hwyr. Ar unwaith roedd Goronwy wedi ceisio achub ei dad.

'Sôn am yr hen Ddaniaid yn yr hen amser, yn nyddia Rhodri Fawr, roedd 'nhad.' Gwenodd. 'Gyda llaw, f'Arglwydd, wyddost ti fod ein teulu ni – meddan nhw – wedi disgyn o Rhodri Fawr hefyd?'

Roedd Gruffudd wedi anwybyddu'r testun newydd. 'Ond maen nhw'n cymryd eich tir chi?'

Atebodd y tad yn araf. 'Wel, na, nid yn hollol . . .'

'Ond rydach chi'n cael eich trethu'n drwm gan y barwn ar bob dim o werth sy gynnoch chi. A hyd yn oed ar rai o'ch hawliau.'

'O, na, nid popeth,' meddai'r mab.

Siaradodd y tad yn syth ar ei ôl – roedd y naill lais cryg wedi dilyn y llall.

'Ond dydi o ddim cymaint o dreth â chynnal ein byddin ein hunain. Mae'r Ffrancwyr yn amddiffyn ein tiroedd ni.'

Roedd Gruffudd wedi dangos ei ddirmyg yn ei lais. 'Ond does gynnoch chi ddim byddin. Mae'r barwn wedi cymryd eich milwyr gora chi.'

'Ond mae 'nhad wedi ceisio dangos does dim angen byddin arnon ni.'

'Wel, mae angen byddin ar frenin Gwynedd.'

Roedd hynny wedi'u tawelu am ysbaid. Yna gwyrodd Owain at Gruffudd.

'Mae brenin Gwynedd, dw i'n sicr, yn ddigon doeth i werthfawrogi fod yna fanteision mawr weithiau wrth gydweithio â . . . chymdogion . . . rhyfelgar . . . cryfach.'

Roedd y tad a'r mab wedi gwenu gyda'i gilydd. Cododd Angharad ei chwpan, a chofiodd Gruffudd yr olwg bryderus yn ei llygaid. Ond roedd o wedi gofyn i'w thad: 'A dyna, Owain ab Edwin, ydi dy gyngor gora di i frenin newydd Gwynedd?'

'Ie, syr. Cydweithio'n hapus efo nhw.'

Edrychodd Gruffudd ar y mab.

''Run fath â 'nhad, syr. Er lles dy deyrnas.'

'Ac er lles y Ffrancwyr?' gofynnodd Gruffudd.

Doedd o ddim yn cofio beth oedd ymateb Goronwy i'r cwestiwn, ond roedd y tad wedi canmol Robert o Ruddlan fel cyfaill da. Yna roedd o wedi troi at ei ferch.

'Angharad, dywed wrth y brenin fel mae barwn Rhuddlan wedi maddau iddo fo'n llwyr am danio'i gastell flynyddoedd yn ôl.'

Roedd y tri ohonyn nhw wedi syllu ar Angharad. Syllodd hi ar Gruffudd cyn ateb. 'Mi glywais o'n dweud hynny, f'Arglwydd.'

Gofynnodd Gruffudd yn ddireidus, 'A be ydi cyngor Angharad i frenin Gwynedd?'

Gwelodd ei direidi hithau yn dangos o gwmpas ei cheg.

'Dim ond llances ydw i, syr. Ti ŵyr ora. Ond bydd yn ofalus iawn, f'Arglwydd.'

Roedd Owain ab Edwin a'i fab wedi pwysleisio arno wedyn y manteision o gydweithio â'r Ffrancwyr. Ond roedd yr holl syniad yn atgas ganddo. Yn enwedig pan glywodd fod awydd adeiladu castell yn Neganwy ar Robert. Fedrai o ddim ystyried y Ffrancwyr fel cymdogion cryf i'w parchu ond fel ei elynion mwyaf. A'r gwaethaf ohonyn nhw oedd Robert o Ruddlan, am fwy nag un rheswm. Daeth un syniad yn fwy amlwg iddo'n ddiweddar: fe fyddai'n rhaid iddo ddifa Robert, neu fe fyddai'n rhaid i'r ddau ddod i ryw gytundeb a fyddai'n sicrhau bod y cyfan o Wynedd yn rhydd o afael y Ffrancwyr.

Heno, ar hwyrnos braf, bythefnos ar ôl i Angharad ei adael, teithiai Gruffudd o gyfeiriad afon Menai ar lwybr ym Môn. Y tu ôl iddo roedd pymtheg o'i farchogion gorau, gyda Sitriuc, cawr o ddyn o Ddulyn, yn eu harwain. A thu ôl i'r marchogion cerddai trigain o filwyr arfog; bron eu hanner yn Gymry, a'r gweddill yn Ddaniaid ac yn Wyddelod.

Ar un ochr i Gruffudd marchogai un o'i arglwyddi ffyddlonaf ar yr ynys, Gwyncu. Roedd Gruffudd newydd roi swydd bwysig penteulu Llys Aberffraw iddo. Ac ar yr ochr arall marchogai Collwyn, cyfaill mwyaf Gruffudd. Roedd y cwmni'n dychwelyd i Aberffraw ar ôl tridiau o ymweld ag arglwyddi Arfon a Llŷn. Ym mhobman gwelodd Gruffudd olion trist ymgyrchoedd dinistriol y Ffrancwyr a milwyr Trahaearn ap Caradog trwy ei deyrnas.

Marchogodd Gruffudd am beth amser heb ddweud dim, a'i dymer yn llosgi wrth gofio'r hanesion am y bobl a ddioddefodd a'r pentrefi a chwalwyd. Yn sydyn mynegodd ei feddyliau'n uchel.

'Mi fûm i'n rhy hir cyn dod 'nôl.'

Trodd Collwyn i edrych arno. 'Nid arnat ti roedd y bai.'

'Wn i ddim ar bwy roedd y bai – ond mae pobl Gwynedd wedi diodde.'

'Fe gest ti groeso mawr ym mhob cwmwd, f'Arglwydd,' meddai Gwyncu.

'Dw i'n cofio'r llawenydd ar wynebau'r bobl wrth 'y ngweld i. A'u ffydd nhw yno' i . . . Mae o'n fy . . .' Orffennodd o mo'r frawddeg a oedd yn mynegi'i bryder wrth feddwl am ei gyfrifoldeb. Roedd Gwyncu yno, a doedd ar Gruffudd ddim eisiau rhoi unrhyw argraff o'i wendid i un o'r swyddogion. Roedd dweud ei deimladau ansicr wrth Collwyn yn wahanol. Fe ddywedodd y gyfrinach am ei fwriad i briodi Angharad wrth Collwyn – ond nid wrth neb arall.

Roedd y ddau'n hen ffrindiau agos. Bron fel dau frawd. Roedd Collwyn yn fab i Gymro, un o'r marchogion a lwyddodd i ffoi o Wynedd i alltudiaeth yn Iwerddon gyda Chynan ab Iago, tad Gruffudd. A phan fu farw Cynan, tad Collwyn a gafodd yr orchwyl o ddysgu Cymraeg i'w fab bychan ac – ychydig yn ddiweddarach – i Collwyn hefyd. Tyfodd y ddau fachgen – a oedd bron yr un oed – gyda'i gilydd yn ysgol Sord-Choluim-Cille, y ganolfan eglwysig ger Dulyn. Bu'r ddau'n caru merched llysoedd Dulyn a Phorthlarg. Ac mewn sgarmesoedd mwy difrifol rhwng y Daniaid a'r Gwyddelod byddai Collwyn a'i gleddyf hir wrth ysgwydd Gruffudd. Mentrodd ei fywyd dros achos Gruffudd ym mrwydrau Gwaed Erw a Bron-yr-Erw. Ac arhosodd Collwyn yn gydymaith ffyddlon iddo yn ystod y blynyddoedd y bu'n crwydro o lys i lys yn Iwerddon yn chwilio am rywun i gefnogi ei drydedd ymgyrch i ennill Gwynedd. Yna pan enillwyd y deyrnas ym mrwydr fawr Mynydd Carn ddeufis yn ôl, roedd Collwyn yno wrth ymyl Gruffudd, ac roedd creithiau'r briwiau a gafodd o yno yn dal i'w gweld yn olion coch ar hyd ei freichiau. Roedd cyhyr ar ei ysgwydd chwith yn dal i fod yn ddiffrwyth.

Gwenodd Gruffudd. 'Mae'u ffydd nhw yno i mor . . . fel petawn i'n sant!'

Clywodd un o'r marchogion yn gweiddi rhegfeydd Gwyddeleg ar rai o'r milwyr oedd yn llusgo fymryn y tu ôl i'r lleill. Edrychodd Gruffudd ar Gwyncu. 'Dos i ddeud wrth y marchogion a'r dynion am orffwys rŵan cyn mynd dros Rosyr.'

'O'r gore, f'Arglwydd.' Trodd Gwyncu ben ei farch. Ond ychwanegodd Gruffudd yn gyflym,

'Aros.' Edrychodd ar yr haul a oedd yn dal i fod yn boeth er ei fod wedi dechrau suddo tua'r gorllewin. 'Fyddwn ni yn Aberffraw erbyn y machlud?'

'O, byddwn. Mae'r gors fawr yn dal i fod yn sych, ac mi fedrwn ni fynd yn syth ar ei thraws.'

Erbyn iddyn nhw fynd dros grib Rhosyr, a chroesi'r gors fawr, dringo wedyn drwy'r goedwig yr ochr draw, a chyrraedd y tir agored uchel lle gellid gweld plas Aberffraw yn y pellter, roedd yr haul yn bêl goch yn hongian uwchben y gorwel, bron o'r golwg y tu draw i'r ponciau tywod. Ac ar y gorwel roedd llong.

Arweiniodd Collwyn ei geffyl yn nes at Gruffudd. 'Weli di'r llong?'

'Mwy o gwmpeini i'r wledd heno,' meddai Gruffudd. 'Mae'r gwylwyr yn siŵr o fod wedi'i gweld hi. Ac wedi tybio'i bod hi'n dod o Iwerddon. Maen nhw wrthi'n brysur rŵan hyn yn paratoi ar gyfer y rhai sy arni.'

Trodd Collwyn ei ben i wneud yn sicr nad oedd yr un o'r marchogion yn ddigon agos i glywed eu sgwrs. Roedd Gwyncu'n siarad ag un o'r marchogion Cymreig. Sibrydodd Collwyn, 'Be os ydi'r llong acw'n dod o Borthlarg?'

'Wel?' Gwyddai Gruffudd yn iawn at beth roedd ei gyfaill yn cyfeirio.

'Be os ydi Máire arni? Neu un o'i brodyr? Yr un mawr gwyllt hwnnw . . . yn dod i . . .' Gwenodd Collwyn. '. . . i ofyn wyt ti wedi anghofio'i chwaer o?'

Ddywedodd Gruffudd ddim. Ofnai y byddai Máire'n creu problem fawr iddo. Máire, y ferch o lys Porthlarg, a oedd – er ei bod hi'n feinach – mor dlws ag Angharad. Doedd ganddi mo'r un dyfnder i'w chymeriad â'r Gymraes, ond roedd hi'n hoffus iawn, yn llai styfnig ac yn fwy chwareus. Hi oedd yr un y bwriadai Gruffudd ei phriodi petai'n methu cael Angharad. Pan addawodd i Máire rhwng cusanau hir y byddai hi'n wraig iddo ryw ddydd ar ôl iddo ennill ei orsedd eto, soniodd o ddim mai ei ail ddewis oedd hi. Wyddai neb yn Iwerddon am Angharad ac yntau. Ac roedd hi'n dal i fod yn rhy gynnar iddyn nhw wybod. Roedd rhaid iddo fod yn ofalus iawn. Beth petai Angharad – wedi'r cwbl – yn ei wrthod, neu ei thad neu Robert yn medru ei rhwystro? Y pryd hwnnw fe fyddai Máire yn gysur mawr. Hefyd, roedd yn bwysig iddo barhau i osgoi digio tad Máire, brenin dwyrain Leinster a gefnogodd drydedd ymgyrch Gruffudd yn fwy na neb arall – ac a fyddai, petai angen, yn fodlon rhoi mwy o gymorth. Gwenodd Gruffudd ar Collwyn. 'Ie, fel y dywedodd Angharad wrtha' i y noson ola honno – rhaid imi fod yn ofalus.'

'Neu gael dwy wraig.'

Chwarddodd y ddau.

'Dw i ddim yn mynd i boeni am hynny nes i mi weld pwy sy ar y llong acw,' meddai Gruffudd yn ddifrifol eto. 'Mae gen i bethau mwy sicr . . . dychrynllyd . . . ar fy meddwl.'

'Y difrod welaist ti yn Arfon a Llŷn?'

'Mae'n rhaid dial, a chosbi rhywun am y . . .' Methodd â chael y gair Cymraeg cywir. Deallodd Collwyn ar unwaith.

'Sarhad?'

Aeth Gruffudd ymlaen fel petai wedi meddwl am y gair ei hun. 'Rhaid cosbi'r sarhad ar 'y nheyrnas i. Mae'r bobl yn disgwyl hynny.'

'Mae Trahaearn wedi'i ladd, ac rwyt ti wedi dial ar Bowys.'

'Gwas bach oedd Trahaearn yn ceisio bodloni'r meistri wrth eu harwain trwy Wynedd. Mae'n rhaid dial ar y meistri.'

Chwyrnodd gwenyn hwyr rhwng clustiau march Gruffudd, a chododd yr anifail ei ben yn ofnus. Tynnodd Gruffudd ar y ffrwyn o ledr du, â rhesi o gylchoedd arian bach yn ei haddurno, ac meddai'n flin, 'Fydd hwn yn dda i ddim mewn rhyfel'.

Trodd Collwyn i edrych ar Gruffudd. 'Dwyt ti ddim yn meddwl y byddai'n well i ti dy sefydlu dy hun yn gadarn yng Ngwynedd cyn dechrau cosbi'r Ffrancwyr?'

'Falle y ca' i 'ngorfodi i ymosod arnyn nhw cyn hynny. Mae'r syniad ohonyn nhw'n bwriadu adeiladu castell yn Neganwy fel dolur yn 'y mhen i.'

'Ond falle'u bod nhw yn dy ofni di.' Gwenodd Collwyn. 'Be wnei di petaen nhw'n dy gydnabod di'n frenin Gwynedd ac yn dymuno heddwch?'

Petrusodd Gruffudd am ychydig. 'Mae'n anodd credu y byddai hynny'n digwydd. Ond mae o'n gwestiwn da. Rwyt ti'n llawn ohonyn nhw heddiw.'

Disgynnai'r llwybr, a chymerodd Gruffudd ei gyfle olaf i weld y llong cyn i'r môr fynd o'r golwg. Doedd hi wedi symud fawr o'r gorwel, ond roedd yn amlwg bellach fod ei thrwyn wedi troi at fae Aberffraw.

3

Angorodd llong yn yr aber o dan blas Aberffraw awr a mwy ar
ôl i'r haul fachlud. Erbyn hynny roedd Gruffudd a'i
farchogion a swyddogion y llys wedi gorffen gwledda, ac
roedd Gruffudd wedi anghofio am y llong. Anghofiodd
amdani yr eiliad y gwelodd, ar ôl iddo ddychwelyd i'r plas, fod
un o'i arglwyddi o Edeirnion a'i gydymaith tal yno yn ei
ddisgwyl gyda neges bwysig iddo oddi wrth y Ffrancwyr.
Roedd arnyn nhw isio'i gyfarfod.

Gwrthododd Gruffudd drafod y mater ymhellach cyn
gwledda. Ond trwy'r wledd, wrth fwyta ac ymuno yn y
sgwrsio uchel yn Gymraeg a Gwyddeleg ac iaith y Daniaid, a'r
yfed hir ar y diwedd, ac wrth wrando ar ganu'r bardd cloff,
dychwelai ei feddwl anesmwyth yn barhaus at y neges a
ddaeth gyda'r arglwydd o Edeirnion, Meirion Goch. Weithiau,
wrth y bwrdd, syllai Gruffudd yn hir arno i geisio cael arwydd
pendant o onestrwydd y dyn. Roedd yn anffodus fod y llygaid
mor aflonydd, y talcen mor fain, a'r gwefusau yn y farf
gringoch yn rhy dew ac yn rhy barod i wenu. Doedd Gruffudd
ddim yn hoffi ei olwg – er hynny, medrai gofio am fwy nag un
wyneb da yn perthyn i fradwyr. Penderfynodd y byddai'n
rhaid holi Meirion Goch yn ofalus ar ôl y wledd.

Pan ddechreuodd blinder a gormod o yfed medd effeithio
ar rai o'r marchogion a gwneud iddyn nhw orffwys eu pennau

ar y bwrdd, galwodd Gruffudd ar Gwyncu a dau o'i gynghorwyr craffaf – Anarawd a Bleddyn – a Collwyn i fynd gyda Meirion Goch a'i gydymaith ac yntau i'w ystafell ei hun.

'Rho'r neges imi eto, Meirion Goch, gair am air.' Siaradai Gruffudd yn araf. 'A phob gair yn wir, os wyt ti'n ddoeth.'

'Dw i'n ddigon doeth i ddeud y gwir wrthot *ti*, Arglwydd Frenin.'

'Wel dywed o.'

'F'Arglwydd, mae dau iarll o'r gororau yn anfon eu cyfarchion atat ti, ac maen nhw'n gofyn ddoi di a dy ddynion dieithr i'w cyfarfod yn heddychlon mewn cynhadledd yn y Rug yn Edeirnion?'

'A'r ddau ydi barwn Caer a barwn Amwythig?'

'Ie, f'Arglwydd. Hugh iarll Caer a Rosier iarll Amwythig.'

Rhoddodd y dyn bwyslais rhy barchus ar enwau'r ddau Ffrancwr. Syllodd Gruffudd arno, yna gofynnodd, 'Fydd rhywun arall yno?'

'Bydd. Llawer o'u marchogion a'u milwyr nhw.'

Roedd absenoldeb un enw adnabyddus iawn yn rhy amlwg. Pwysodd Gruffudd yn flin ar ei gwestiwn. 'A phwy arall fydd yno?'

'Wn i ddim, f'Arglwydd.'

Cododd Gruffudd yn ffyrnig ar ei draed a gweiddi, 'Wyt ti'n meddwl mai ffŵl ydw i, ddyn? Gwae di os na cha' i'r gwir i gyd. Rŵan, ateb fy nghwestiwn i – pwy arall fydd yno?'

Petrusodd y dyn pengoch ond cadwodd ei lygaid ar wyneb Gruffudd. A phan atebodd roedd ei lais yn bwyllog. 'Falle y bydd Robert barwn Rhuddlan efo nhw.'

'Wrth gwrs.' Chwarddodd Gruffudd yn wawdlyd. 'A pham

oedd angen cadw'r enw?' Edrychodd ar Collwyn.

'Anrhydeddus.' Swniai Collwyn fel petai'n gwneud ymdrech i gadw'i lais yn ddifrifol.

'Pam oedd angen cadw'r enw anrhydeddus yna'n gyfrinach?' gofynnodd Gruffudd.

'*Falle*, ddeudais i, f'Arglwydd frenin. Dw i ddim yn siŵr y bydd o yno.'

Eisteddodd Gruffudd yn ôl ar ei gadair. 'Dw i'n siŵr y bydd o yno.'

Dywedodd Gruffudd ddim am ysbaid, yna edrychodd ar y dyn tal a ddaeth gyda Meirion Goch. 'A be glywais i oedd d'enw di?'

Gwyrodd y dyn ei ben ychydig. 'Arglwydd frenin, mi gefais i'r enw Cynwrig Hir.'

Edrychai wyneb hwn, meddyliodd Gruffudd, yn fwy gonest – yn haws ymddiried ynddo – nag un Meirion Goch. Roedd y talcen yn lletach, a'r llygaid yn dywyll ac yn fwy llonydd. 'Wyt ti'n gyfaill i Meirion Goch?'

'Dy'n ni'n gymdogion, f'Arglwydd.'

Oedd o wedi osgoi ateb y cwestiwn? Fe fyddai'n fwy anodd iddo osgoi'r nesaf. 'Ydi o'n deud y gwir wrtha i?'

Eiliad i ystyried. 'Ydi, f'Arglwydd, neu fyddwn i ddim yma.'

Roedd Gruffudd yn hoffi'r ateb. 'A dyna ydi neges y barwniaid i mi?'

'Cyn belled ag y gwn i, f'Arglwydd.'

Beth oedd hyn – awgrym o amheuaeth y dyn? Arwydd arall o'i onestrwydd? Roedd yn rhaid i'r cwestiwn nesaf ddilyn, 'A faint wyddost ti?' Ychwanegodd Gruffudd yn gyflym, 'heblaw be glywaist ti gan dy gymydog yma.'

Ystyriodd y dyn tal y cwestiwn hwn eto am ychydig cyn ateb. 'Dw i'n deall fod barwniaid y Ffrancwyr yn barod i dy gydnabod di, f'Arglwydd, fel brenin cyfiawn Gwynedd. A'u bod nhw'n dymuno dy gyfarfod di . . . fel cymydog pwysig . . . yn gyfeillgar.'

Roedd y neges yn swnio'n fwy gwir yn dod oddi wrth hwn. 'Syniad pa un ohonyn nhw oedd galw'r gynhadledd yma?'

'Wn i ddim, f'Arglwydd.'

Edrychodd Gruffudd ar Meirion Goch.

'Fedra i ddim bod yn siŵr – '

'Dwyt ti ddim yn siŵr o ddim, nac wyt!' Gwyddai Gruffudd fod y cyhuddiad yn annheg, ond roedd rhywbeth o gwmpas y dyn yn codi'i wrychyn.

Anwybyddodd Meirion y dirmyg. 'Ond dw i'n tybio mai syniad Hugh iarll Caer ydi cael dy gyfarfod.'

Roedd yn amlwg i Gruffudd nad oedd dim mwy o bwys i'w gael gan y ddau. Galwodd ar was i baratoi gwelyau iddyn nhw, ac anfonodd y ddau'n ôl i'r neuadd. Yna trodd at y pedwar a fu'n gwrando efo fo ar y ddau o Edeirnion.

'Deudwch eich barn yn bendant.' Edrychodd ar y penteulu. 'Gwyncu?'

'F'Arglwydd, mae'n bwysig dy fod di'n cael cyfnod o heddwch i gael dy deyrnas i drefn. Ac i roi amser i ti hel dy nerth atat, a gwneud dy hun yn gryf yng Ngwynedd.'

'Dw inna'n teimlo felly,' meddai Collwyn.

'Ie,' meddai Gruffudd yn fyfyriol. Edrychodd ar ei gynghorwr hynaf. 'Anarawd, wyt ti'n cytuno?'

'Dw i ddim mor sicr â'r ddau yma, f'Arglwydd. O, mi wn

i'n iawn ei bod hi'n bwysig i ti gael heddwch i gryfhau dy afael ar dy deyrnas. Ond . . .' Cododd ei law i gydio yn ei ên drwy'r farf fraith fawr, yr arwydd arferol ei fod am ddweud rhywbeth a ystyriai'n ddoeth. 'Ond, os ydi hynny mor amlwg i ni, mi ddylai fod yn weddol amlwg i'r Ffrancwyr craff hefyd. Mae'n anodd credu eu bod nhw mor barod i roi cyfle i ti gryfhau dy fyddin a chreu teyrnas gref.'

Syllodd Gruffudd arno. 'Rwyt ti'n siarad synnwyr.' Symudodd ei olwg ar y cynghorwyr arall. 'A dy farn di, Bleddyn?'

Gwyddai Gruffudd fod Bleddyn yn hoffi anghytuno â'r hen gynghorwr fel petai cystadleuaeth rhwng y ddau – y ddwy genhedlaeth – i weld pa un a fedrai gael y brenin i gydsynio ag o amlaf. Weithiau câi Gruffudd yr argraff fod Bleddyn, a oedd wedi teithio llawer, yn dadlau er mwyn cael dangos ei wybodaeth o'r teyrnasoedd Cymreig a'u rhyfeloedd â'r Ffrancwyr. Ond pan fyddai Anarawd a Bleddyn yn unfarn, dysgodd Gruffudd trwy brofiad y gallai ddibynnu ar ddoethineb eu barn. Gobeithiai rŵan y byddai Bleddyn yn cytuno ag Anarawd.

'F'Arglwydd, fedra i ddim cefnogi barn y cyfaill Anarawd. Mae gen i ofn fod ei resymu o y tro hwn . . . braidd yn arwynebol.'

'O? Sut?' gofynnodd Gruffudd yn swta, wrth gofio ei fod wedi canmol barn Anarawd.

'Wel, f'Arglwydd, ei gamgymeriad o . . .'

Roedd o'n ddigon call i gyfyngu'r camgymeriad i Anarawd, meddyliodd Gruffudd. Aeth Bleddyn ymlaen. '. . . ydi tybio bod y Ffrancwyr yn credu dy fod di mewn unrhyw wendid rŵan. Y peth a wnaeth argraff arnyn nhw oedd dy fod di wedi curo Trahaearn a'i ddifa. Mi wn i be ydi dy farn di am Trahaearn, a barn y llys yma, a barn Gwynedd sydd wedi diodde cymaint oddi wrtho . . . Ond, y gwir ydi ei fod o'n frenin da ar Bowys, ac yn ddigon cryf i gadw'r Ffrancwyr o'i diroedd. Roedd ganddyn nhw ddigon o barch iddo i gadw at eu cytundeb efo fo.' Gwenodd Bleddyn ar Gruffudd. 'Faint mwy ydi parch y Ffrancwyr i'r brenin a orchfygodd Trahaearn? A faint mwy ydi'u hawydd nhw i gael cytundeb heddychol efo fo?'

Roedd yn rhaid i Gruffudd gydnabod bod dadl Bleddyn yn swnio'n rhesymol. Ond y *Ffrancwyr* fu'n ysbeilio pob rhan o'i deyrnas yn ystod y blynyddoedd y bu o'n disgwyl cael dod yn ei ôl o Iwerddon. Fuon nhw ddim yn fodlon ar ddwyn Tegeingl – roedden nhw wedi cymryd y cyfan o'r Berfeddwlad hefyd. Robert o Ruddlan oedd wedi cynllunio dwyn y Berfeddwlad, a fo oedd am adeiladu castell yn Neganwy. A fyddai'r castell hwnnw'n rhan o batrwm – Castell Caer yn dwyn Tegeingl, codi castell yn Rhuddlan a dwyn y Berfeddwlad, yna codi castell yn Neganwy a chroesi Afon Conwy i gymryd Gwynedd? Ac eto, fe gafodd Trahaearn barch, a'i deyrnas lonydd. Ond y gwir oedd bod Gruffudd yn dymuno llonydd gan y Ffrancwyr er mwyn cael amser i baratoi i ymosod arnyn nhw. Edrychodd ar y penteulu.

'Gwyncu, fedrwn ni godi byddin ddigon mawr ar unwaith i wrthsefyll nerth y barwniaid yma?'

'Y tri ohonyn nhw?'

'Ie.'

'Mi fuaswn i'n fwy ffyddiog ymhen hanner blwyddyn . . .' Erbyn hynny, meddyliodd Gruffudd, fe fyddai wedi priodi

Angharad a hithau'n byw efo fo yn y llys yma. Siaradodd Gwyncu eto, 'Os na fedri di, f'Arglwydd, gael byddin arall o Iwerddon?'

Cofiodd Gruffudd am y llong. Fe ddylai'i bod hi wedi cyrraedd yr aber erbyn hyn – os nad oedd hi, wedi'r cwbl, ar daith i rywle arall, i lannau Menai, falle. Roedd ei feddwl yn crwydro – yr arwydd arferol pan fyddai'n methu dod i benderfyniad eglur. Sythodd ei hun yn erbyn cefn ei gadair. 'Fedra i ddim ystyried gofyn am fwy o gymorth rŵan o Iwerddon. Mae mwy na hanner fy myddin i'n dod oddi yno fel y mae hi.'

Roedd o wedi dibynnu gormod ar y Daniaid a'r Gwyddelod i ymladd drosto yn y gorffennol. Ond, fedrai o ddim dychmygu bod hebddyn nhw'n llwyr byth. Roedd eu gweld a'u clywed nhw o'i gwmpas yn gysur hanfodol iddo. Gwelodd y pedwar yn syllu'n ddifrifol arno. 'Mae'n ymddangos felly nad oes gen i ddim byddin ddigon cryf i ymladd y barwniaid ar hyn o bryd. Mae'r penteulu'n meddwl – a dw inna o'r un farn – y medrwn i fentro gwneud hynny ymhen hanner blwyddyn. Y dewis sy gen i felly ydi derbyn y cynnig hwn o gyfeillgarwch gan y Ffrancwyr er mwyn sicrhau cael yr hanner blwyddyn yna, a mwy. Neu ei wrthod, a mentro gorfod eu hymladd nhw ar unwaith.' Gwenodd. 'Dewis anodd iawn.' Cododd ar ei draed. 'Mi fydda i wedi gwneud fy newis erbyn y bore.'

Dechreuodd y ddau gynghorwr gerdded at y llen oedd ar draws yr agoriad i'r ystafell. Yna siaradodd Gwyncu. 'F'Arglwydd, dw i'n anesmwyth ynglŷn ag un rhan o neges y Ffrancwyr.'

'Pa ran?' Gwyddai Gruffudd beth fyddai'n dod nesaf. Roedd o wedi gobeithio gallu osgoi trafod pam na chafodd y milwyr Cymreig wahoddiad i'r gynhadledd gyda'r Daniaid a'r Gwyddelod.

Roedd golwg styfnig ar wyneb y penteulu. 'Pam mae'r Ffrancwyr yn gofyn i ti ddod â'r milwyr o Iwerddon efo ti, ond nid y Cymry yn dy – '

Bloeddiodd llais yn iaith y Daniaid o'r ochr draw i'r llen. 'F'Arglwydd frenin!'

'Ie, Sitriuc, be sy'n bod?'

'Mae llong o Iwerddon wedi glanio yn y bae.'

'O ble yna?' Teimlai Gruffudd ei anesmwythder yn rhuthro'r cwestiwn.

Cododd llais Sitriuc. 'Porthlarg. Ac mae brodyr y dywysoges Máire wedi cyrraedd arni.'

Edrychodd Gruffudd ar Collwyn, yr unig un o'r lleill a ddeallodd y sgwrs. Roedd ei gyfaill yn gwenu.

'Sawl brawd sy wedi cyrraedd, Sitriuc? Dau?' gofynnodd Gruffudd, yn ansicr ei hun wrth siarad pam roedd o'n gofyn y cwestiwn.

'Tri. Maen nhw'n awyddus iawn i dy weld di.'

Y tri. Wrth gwrs roedd y rhif yn bwysig fel arwydd o ddifrifwch bwriad y brodyr.

Ar hynny daeth sŵn miri cyfeillgar o gyfeiriad y neuadd, a lleisiau'r Daniaid i'w clywed yn uchel. Roedd rhywun, o leiaf, meddyliodd Gruffudd, yn falch o weld tri brawd Máire. Clywodd lais mawr Sitriuc yn ymuno yn y croeso.

'Mae tri o feibion brenin Leinster – a roddodd gymaint o gymorth i mi – wedi cyrraedd,' meddai Gruffudd yn Gymraeg er mwyn i'r penteulu a'r ddau gynghorwr ddeall beth oedd yn digwydd. 'Mi fydda' i'n ystyried eich sylwadau chi . . .' siaradai'n arafach gan fod ei feddwl ar fater arall, '. . . wrth benderfynu sut i ateb y Ffrancwyr. Ddyweda i ddim mwy am hynny rŵan.' Cyflymodd ei lais. 'Mae'n bwysig ein bod ni'n rhoi'r croeso mwya i'r tywysogion yma o Lys Porthlarg. Dos di ar unwaith, Gwyncu, i ofalu amdanyn nhw – fe fyddai'n well iddyn nhw gael ystafell gysgu iddyn nhw'u hunain. Ac ewch chi'ch tri i'w cadw nhw'n ddifyr. Fe ddo' inna atyn nhw'n fuan.'

Brysiodd y pedwar o'r ystafell, a safodd yntau wrth dwll y ffenest a edrychai tua'r de. Crwydrodd ei lygaid drwy'r golau llwyd dros yr afon ac ar draws y ponciau tywod. Gwrandawodd am sŵn y gwylanod, a chlywodd gri unig un wylan yn y pellter. A daeth yn fwy ymwybodol o'i unigrwydd ei hun. Unigrwydd ei gyfrifoldeb. Roedd arwain llynges neu fyddin yn haws iddo na rheoli teyrnas. Ac roedd bod yn bwyllog yn lle cymryd cyfle i ymosod yn ei wneud yn ansicr o'i benderfyniadau. Sylwodd ar y goedwig ar y bryn agosaf fel caer anferth ddu yn gwylio'r gors fawr ac Aberffraw a'r môr. Fedrai o ddim gweld y gorwel, ond roedd mynyddoedd Arfon yn ddigon eglur o hyd. Yn llwyd iawn a phell, ac roedd pigiadau goleuni tanau'n llosgi yma ac acw ar eu llechweddau isaf. Rhywle ymhellach o lawer y tu draw i'r mynyddoedd roedd y Rug. Byddai penderfynu sut i ateb gwahoddiad y Ffrancwyr mor anodd bore fory ag roedd o heno – ac y byddai o ymhen wythnos neu fis. Roedd min peryglus i'r sefyllfa, a phetai o'n dewis ei thrin yn anghywir byddai'n siŵr o ddiodde'n arw. Daeth yn ymwybodol fod rhywbeth golau'n symud yn yr olygfa oddi tano. Edrychodd i gyfeiriad yr aber. Roedd tri neu bedwar o ddynion yn tynnu hwyl fawr y llong o Borthlarg i lawr. Doedd o erioed wedi hoffi brodyr Máire. A gwyddai eu bod nhw wedi ceisio rhwystro'u tad rhag rhoi llongau a milwyr iddo. Aeth rhai o'r milwyr hynny, a'r llongau i gyd, yn ôl i Leinster yn fuan ar ôl iddo sefydlu'i hun yn Aberffraw. Ond beth petai'r brodyr yn bygwth anfon llynges o Iwerddon i gario'r gweddill o'r Daniaid a'r Gwyddelod yn ei fyddin adre, os na fyddai'n cadw at ei addewid ac yn trefnu ar unwaith i briodi Máire? Fe fyddai'n rhaid iddo osgoi hynny rywfodd. Ond sut? Er cymaint oedd ei ddyled i frenin Leinster, gwyddai bellach mai ei ddymuniad a'i fwriad pendant oedd cael Angharad yn frenhines iddo yn Aberffraw. Pwysodd ei ben ar ffrâm twll y ffenest. Syllodd allan ar y gwyll, yn gweld dim a'i feddyliau wedi ymgolli yn yr ymdrech i droi pob agwedd ar y sefyllfa. Sylweddolodd fod y pren yn brifo ar groen ei dalcen. Camodd oddi wrth y ffenest. Roedd un syniad wedi aros yn amlwg – cael amser i gryfhau. Cael cyfle i gasglu byddin o ddynion Gwynedd y tu ôl iddo. Yna fyddai dim rhaid iddo boeni am ymateb llys Porthlarg i'r newydd ei fod am briodi Angharad. A gallai fynnu mwy na pharch gan y Ffrancwyr.

Cerddodd yn frysiog allan o'r ystafell ac i mewn i'r neuadd fawr. Cyfarchodd y tri brawd a'u gwŷr yn siriol, ac yfodd fedd gyda nhw. Ar ôl i'r brodyr orffen gwledda dychwelodd Gruffudd i'w ystafell ei hun gyda'r tri a Chollwyn. Holwyd y brodyr yn fanwl am eu tad a'i frwydro yn erbyn y Gwyddelod, am hanes y Daniaid yn Nulyn, am aelodau o'r llys ym Mhorthlarg ac yn enwedig am Máire. Clywodd Gruffudd fel roedd hi'n hiraethu amdano, ac yn ei chadw'i hun yn dlws iddo. Trwy ei feddwl gwibiodd syniad cellweirus Collwyn am gael dwy wraig. Gwenodd. Gwelodd Olaf, y brawd hynaf, y wên a gwenodd yntau ac meddai,

'Heblaw talu teyrnged i ti fel brenin, unwaith eto, mae gynnon ni fater pwysig iawn i'w drafod.' Dychwelodd y wên, ond yn llai siriol. '. . . ac i'w drefnu efo ti – '

'Máire, wrth gwrs?'

'Wrth gwrs.'

'Mae Máire ar fy meddwl i bob dydd . . . a nos,' meddai Gruffudd – yn dewis mynegi mymryn o wirionedd gan gredu y byddai'n haws iddo felly swnio fel petai'n dweud y gwir. 'Mi fydda' i'n hiraethu am ei chwmni . . . annwyl . . . yn aml . . .' Petrusodd o bwrpas. '. . . Ond . . .'

'Ie?' Llais Olaf yn amheus.

'Ond mae'n bwysig – pan ddaw'ch chwaer ata' i – ei bod hi'n dod i deyrnas ddiogel.'

'Gwir. Ond mae'r deyrnas hon yn ddiogel gen ti.'

Roedd yn amlwg fod y brawd hynaf yn anfodlon ei gyfarch fel brenin neu arglwydd. Fe ddeuai cyfle eto i Gruffudd fynnu cael mwy o barch ganddo. Gwnaeth ymdrech arall i wenu'n siriol. 'Welaist ti a dy frodyr Ffrancwyr erioed?'

'Naddo. Pam?'

'Maen nhw'n bygwth cymryd fy nheyrnas i.'

Edrychodd y dyn yn ddrwgdybus arno. 'Ydi hyn yn wir?'

'Maen nhw wedi 'ngalw i a fy milwyr o Iwerddon i'w cyfarfod.' Cafodd syniad direidus. 'Dach chi'ch tri o Iwerddon – mae'n debyg y byddai'r Ffrancwyr yn eich croesawu chitha hefyd.'

Llais y brawd hynaf yn wawdlyd, 'Ond dydyn ni ddim yn filwyr i ti.'

'Ofn?'

Y brodyr yn chwyrnu wrth wadu hyn, a'r brawd nesaf at Olaf – yr un mawr gwyllt, fel y disgrifiwyd o gan Collwyn – yn codi ar ei draed ac yn gweiddi,

'Pryd gwelaist ti fi'n ofnus? Dywed?'

'Eistedda,' meddai Gruffudd. Arhosodd y dyn mawr ar ei draed. Edrychodd Gruffudd ar Olaf. Yna dywedodd hwnnw rywbeth o dan ei wynt, ac eisteddodd ei frawd. Aeth Gruffudd ymlaen. 'Mi fydda fo'n gyfle i chi – ar ran eich chwaer – i weld yn iawn pa mor beryglus ydi sefyllfa Gwynedd.'

Sylweddolodd fod un penderfyniad pwysig yn dechrau ffurfio yn ei feddwl. A phetai'n dewis mynd i'r Rug fe fyddai'r brodyr a'u dynion – llond y llong ohonyn nhw – yn ychwanegu at ei fyddin, ac fe fydden nhw'n werthfawr petai'r gynhadledd yn troi'n frwydr.

'A does gen titha ddim ofn mentro i gyfarfod y Ffrancwyr?' Roedd yr her yn rhy amlwg yn llais Olaf.

Edrychodd Gruffudd ar Collwyn.

'Mae'r *brenin* Gruffudd wedi penderfynu,' meddai Collwyn.

'Penderfynu gwneud be?' gofynnodd Olaf, yn syllu ar Gruffudd.

Petrusodd Gruffudd am ennyd bach. 'Rwyt ti'n fy adnabod i bellach – penderfynu eu cyfarfod nhw, wrth gwrs.' Gwenodd. 'Ac fe ddowch chitha efo mi.'

Fflachiodd Olaf ei olwg ar ei ddau frawd, a chyn i'r un o'r ddau siarad wynebodd Gruffudd ac ateb yn bendant, 'Wrth gwrs. Mi fydd yn ddiddorol iawn.'

4

Gwasgodd Gruffudd ei benliniau yn erbyn ochrau ei stalwyn mawr coch, ei geffyl newydd. Roedd teimlo cryfder ystwyth yr anifail oddi tano yn lleddfu rhywfaint ar yr anesmwythder a oedd yn chwyddo yn ei feddwl wrth iddyn nhw nesáu at y Rug. Gwyliai'r ddwy ochr i'r llwybr yn ofalus am unrhyw arwydd o ymosodiad sydyn arnyn nhw. Yn marchogaeth wrth ei ymyl fel arfer roedd Collwyn, a rhyw ganllath o'u blaenau yn arwain y ffordd marchogai Meirion Goch a Cynwrig Hir. Ychydig y tu cefn i Gruffudd ar dri cheffyl du dilynai brodyr Máire, ac yna Sitriuc a'r marchogion eraill ac wedyn y milwyr traed. Arweiniai Gruffudd dros bedwar cant o filwyr arfog, a phob un wedi'i eni yn Iwerddon.

Gadawyd llys Aberffraw yng ngofal Gwyncu ddeuddydd yn ôl. Erbyn machlud y diwrnod cyntaf cyrhaeddodd Gruffudd a'i fyddin nant serth yn Eryri. Cyn iddi dywyllu neithiwr, roedden nhw'n gorffwys ar lan afon yng nghantref Rhufoniog. Roedd hyn yn ddigon agos i'r Rug iddyn nhw fedru cyrraedd yno'n gynnar y bore canlynol heb flino.

Arafodd Gruffudd gam ei geffyl. Roedd o wedi gweld bod y llwybr – er mwyn osgoi cors – yn dringo llethr goediog, a doedd o ddim am wneud i'r milwyr traed frysio i fyny'r allt. Cododd gylfinir o'r gors a gwibio i ffwrdd gan ganu ei fraw. Trodd Gruffudd at Collwyn. 'Galw Meirion Goch yma.'

Aeth Collwyn ychydig o gamau o flaen Gruffudd i weiddi ar y dyn pengoch, a daeth hwnnw at Gruffudd ar unwaith.

'Pa mor bell eto?'

'Dwy filltir, f'Arglwydd. Llai nag awr.'

'Ydi'r llwybr yma'n mynd drwy'r goedwig acw?'

'Ydi, f'Arglwydd. Dros y bryn drwy'r goedwig, ac i lawr i ddyffryn afon Dyfrdwy. Mae'r ddôl lydan lle bydd y ddau iarll a'u dynion yn dy ddisgwyl di yn agos i'r afon.'

'Ydi'r goedwig o amgylch y ddôl?'

Symudodd y gwefusau tew yn ddistaw unwaith neu ddwy fel petai'r dyn yn ansicr sut i ateb. 'Dw i ddim yn siŵr, f'Arglwydd.'

Syllodd Gruffudd yn flin arno. 'Gwna dy ora i gofio.'

'Ar ddwy ochr . . . falle.'

'A dim mwy?'

Roedd y dyn yn gwneud ymdrech i gadw'i olwg ar lygaid Gruffudd. 'Na . . . na, dim mwy, f'Arglwydd.'

'Dos yn d'ôl i'n harwain ni.'

Gwyliodd Gruffudd Meirion Goch yn dychwelyd at Cynwrig Hir, ac meddai wrth Collwyn, 'Bob tro y bydda' i'n siarad efo hwnna, dw i'n teimlo'n fwy anesmwyth.'

'Felly pam na faset ti'n holi'r llall?'

'Mae o'n ŵr gonest, ond dydi o ddim yn gwybod llawer am y trefniadau.'

'Ofn y byddai gan y barwniaid fyddin yn y coed o gwmpas y ddôl wyt ti?' gofynnodd Collwyn.

'Ie.' Edrychodd Gruffudd i fyny'r llechwedd at ymylon y goedwig. 'Mi fydd raid i ni fod yn . . . yn . . .' Methodd â chael y gair Cymraeg a throdd i iaith y Daniaid. 'Yn wyliadwrus iawn yn y coed acw hefyd.'

Gwenodd Collwyn, a daliodd ati i siarad yn Gymraeg. 'Dydi hi ddim yn rhy hwyr i ti newid fy feddwl, a throi'n ôl.'

'Mae'n rhy hwyr o lawer i frenin droi'n ôl.' Roedd Gruffudd wedi troi eto i'r Gymraeg. Siaradodd yn gyflymach. 'Dos i ddweud wrth Sitriuc fod pob dyn i gario'i arf yn barod am ymosodiad. Ac fe fyddai'n well i ni gael dwsin o'r marchogion o'n blaenau ni – rhyngon ni a'r ddau 'na sy'n arwain.'

Wrth i'r fyddin symud yn araf yn rhes hir drwy'r coed, gyrrodd brawd hynaf Máire ei geffyl at ymyl Gruffudd. 'Ydyn ni'n agos at y man lle rwyt ti'n cyfarfod y Ffrancwyr?'

'Yn agos iawn,' meddai Gruffudd, heb edrych ar Olaf.

'Wel, . . . maddau i mi am ddweud hyn, ond ydi o'n beth doeth cyrraedd cynhadledd heddychol fel petaet ti'n mynd i ryfel?'

'Ydi.' Atebodd Gruffudd yn swta. Yna ychwanegodd yn ffyrnig, 'A maddau i minnau – aros efo dy frodyr! Mi ofynna' i am dy gyngor di pan fydd ei angen o arna i.'

Gwenodd Olaf yn ddirmygus ond ddywedodd o ddim. Daeth ysfa dros Gruffudd i fwrw'r dyn oddi ar ei geffyl; gwaeddodd, 'Dos! Brysia!'

Roedd yr awr olaf cyn cyrraedd y Rug wedi effeithio'n arw ar ei nerfau. Nid bod arno ofn brwydro yn erbyn y Ffrancwyr a chael ei anafu neu'i ladd. Ond ofnai ei fod wedi gwneud penderfyniad ffôl wrth ddewis dod, a'i fod falle wedi arwain ei ddynion ffyddlonaf i ddinistr, ac wedi gadael Gwynedd yn ddiamddiffyn i'r Ffrancwyr. Yn fwy na dim, ofnai fethu unwaith eto â bod yn frenin llwyddiannus. Ganwaith ar y daith i'r Rug amheuodd ddoethineb ei benderfyniad. Ac am ei *fod* ar ei ffordd i gyfarfod â'r Ffrancwyr, ymddangosai pob dadl yn erbyn gwneud hynny yn gryfach nag o'r blaen. Beiodd ei hun droeon am adael i ymweliad brodyr Máire ddylanwadu ar ei benderfyniad. Yna bob tro y dywedodd wrtho'i hun na ddigwyddodd hynny, a bod ganddo ewyllys ry gryf i beth felly ddigwydd. Ond eto, roedd y cyhuddiad wedi dod yn ôl o hyd i'w feddwl. Ac ai rhyw euogrwydd a achosodd y casineb newydd a deimlai tuag at frodyr Máire? Na, y brawd hynaf oedd y drwg – roedd yn amlwg gynnau ei fod o'n chwilio am esgus i geisio herio barn y brenin.

'Paid â gadael iddo fo dy gynhyrfu di,' meddai Collwyn, gan ddal i edrych yn ei flaen. 'Mae'n debyg ei fod o'n dechrau difaru penderfynu dŵad.'

Teimlai Gruffudd fymryn yn ddig fod ei deimladau'n dangos mor amlwg. Ond, wrth gwrs, Collwyn oedd hwn a oedd yn ei adnabod yn well na neb arall.

'Wnaiff o mo 'nghynhyrfu i os gwnaiff o gau'i geg. Cadw fo oddi wrtha' i, Collwyn. Wyt ti'n deall?'

'Mi wna' i.'

Tro yn y llwybr, a daeth pen yr allt i'r golwg. Yno yn eu disgwyl yn y coed gyda Meirion Goch a Cynwrig Hir roedd tri marchog yng ngwisgoedd rhyfel y Ffrancwyr.

'Marchogion o lys Hugh iarll Caer,' meddai Meirion Goch pan gyrhaeddodd Gruffudd a Collwyn. 'Maen nhw wedi dod i'n hebrwng ni i'r man cyfarfod.'

Dewisodd Gruffudd y marchog a safai fymryn ar y blaen i'r ddau arall, a gofynnodd iddo yn Gymraeg, 'Wyt ti'n deall iaith y Cymry?'

Syllodd y marchog arno. Trodd Gruffudd i'r Lladin. 'Wyt ti'n fy neall i rŵan?'

'Ydw, f'Arglwydd.'

'Ble bydda i'n cyfarfod â'r barwniaid?'

'Ar y tir agored wrth yr afon, f'Arglwydd.'

Yna'r hen gwestiwn pwysig eto. 'Pa farwniaid fydd yno?'

'Bydd fy arglwydd, Hugh iarll Caer, a Rosier iarll Amwythig yno erbyn hanner dydd i wledda efo ti.'

'Faint o filwyr fydd yno?' Gwyliodd Gruffudd lygaid y dyn wrth i hwnnw betruso cyn ateb.

'Y . . . wn i ddim, f'Arglwydd. Ond fydd yna ddim digon i ryfela . . .' Trodd i edrych ar y lleiaf o'i ddau gydymaith. 'Mae'r ddau yma'n Gymry.'

Syllodd Gruffudd ar y marchog bychan â'r farf fawr ddu, ac meddai yn Gymraeg, 'Tyrd yn nes.'

Ufuddhaodd y marchog ar unwaith, a gyrrodd ei geffyl at ymyl Gruffudd.

'Rwyt ti'n gwasanaethu'r rhain?' gofynnodd Gruffudd.

'Y rhain?'

'Y Ffrancwyr,' meddai Gruffudd yn flin.

'Does gen i ddim dewis, Arglwydd Frenin.'

'Felly wir. A phwy wyt ti?'

'Tudur ab Idwal o Degeingl.'

'Tegeingl . . .' meddai Gruffudd a'r enw'n dod ag Angharad yn ôl i'w feddwl. Ysai am gael holi hwn am unrhyw wybodaeth amdani, ond nid dyma'r pryd i wneud hynny. 'Rwyt ti'n adnabod Robert o Ruddlan yn dda felly?'

Oedd yr wyneb uwchben y farf ddu wedi dangos ychydig o anesmwythder cyn ateb?

'Dw i'n ei nabod o, Arglwydd Frenin, ond nid yn dda.'

'Yn ddigon da i wybod a ydi o'n fy nisgwyl i yn y Rug?' Roedd Gruffudd yn ôl eto efo'r cwestiwn a oedd yn ei boeni.

Daeth yr ateb yn bendant iawn. 'Dydi o ddim yno, Arglwydd Frenin.'

Oedd yr ateb yn rhy bendant? Roedd yn anodd dweud. Gwenodd Gruffudd yn siriol ar y dyn. 'Dywed wrtha i, Tudur ab Idwal . . . Cymro wrth Gymro . . .' Disgynnodd ei lais. 'Fydd o'n fantais i mi – ac i Wynedd – fy mod i wedi dod yma heddiw?'

Ateb pendant arall. 'Yn fantais fawr, Arglwydd Frenin. Mae'r Ffrancwyr yn deg iawn.'

A oedd pob arglwydd a marchog yn Nhegeingl yn gorfod dysgu clodfori tegwch y Ffrancwyr fel salm? Cadwodd Gruffudd ei wên. 'O'r gore, fe awn ni yn ein blaenau. Ond aros di wrth fy ymyl i – mae arna' i isio sgwrs am Degeingl efo ti. A pheth arall . . .' Lledaenodd gwên Gruffudd. '. . . os mai bwriad y Ffrancwyr ydi fy nghael i yma i ymosod arna' i . . . wel, dy 'senna di fydd y cleddyf yma'n eu hollti gynta.'

Disgynnodd gwefus isaf y marchog; syllodd ar wên Gruffudd, yna ffurfiodd ei geg yntau'n wên ansicr drwy'r farf ddu.

Ymlaen â nhw gan ddilyn y llwybr dros ysgwydd y bryn coediog, ac i lawr i ddyffryn afon Dyfrdwy. Ar ôl iddyn nhw adael y goedwig a chyrraedd tir mwy agored rhedai'r llwybr trwy ganol eithin a llwyni trwchus o fieri. Unwaith dychrynodd sŵn carnau'u ceffylau haid o geirw ifainc yn cael eu hebrwng gan hen hydd mawr. Cyn i un o'r marchogion anelu atyn nhw neidiodd y praidd ar wib rhwng y perthi melyn a diflannu.

Yr un melyn â blodau'r eithin oedd gwallt Angharad. Trodd Gruffudd at Tudur ab Idwal. 'Wyt ti'n adnabod Owain ab Edwin o Degeingl?'

'Ydw, yn dda, Arglwydd Frenin.'

'A'i blant?'

'Yn dda iawn.'

'Dw inna'n adnabod Goronwy ac Angharad.'

'Mae Goronwy a'i frawd Rhiddid yn y Rug ymysg y rhai sy'n dy ddisgwyl di.'

Dangosodd Gruffudd ei syndod. 'Wyt ti'n siŵr?'

'Yn hollol siŵr, Arglwydd Frenin. Mi welais i'r ddau neithiwr.'

Edrychodd Gruffudd ar Collwyn. Cododd Collwyn ei aeliau ond ddywedodd o ddim. Teimlai Gruffudd fod presenoldeb Angharad yn y Rug yn arwydd da. Go brin y byddai meibion Owain ab Edwin – fis ar ôl i'w tad a'u chwaer ddod i dalu teyrnged iddo yn Aberffraw – yn rhan rŵan o gynllun i'w ddifa. Gan deimlo'n fwy gobeithiol, holodd Gruffudd am Angharad – rhywbeth y bu'n awyddus i'w wneud ers meitin. Gwnaeth ymdrech i guddio'i eiddgarwch drwy siarad yn ysgafn.

'Ydi . . . Angharad, eu chwaer,' gofynnodd dan chwerthin, 'yn y Rug hefyd?'

Chwarddodd y dyn yn oruchel fel petai'r arwydd o newid yn nhymer Gruffudd yn ollyngdod mawr iddo. 'O, na, Arglwydd Frenin. Falle'i bod hi yng nghastell Rhuddlan, ond dydi hi ddim yma.' Edrychodd yn ddireidus. 'Dw i'n gwybod ble mae 'na ferched eraill . . . tlws iawn . . . boneddigaidd . . . yn agos – '

Chwarddodd Gruffudd ar ei draws. Ond roedd ei feddyliau'n crafu'r syniad o Angharad yng nghastell Rhuddlan, ac yn mynnu tynnu gwaed. Gofynnodd â'i lais wedi newid yn gyflym i fod yn dawel, 'Angharad yng nghastell Rhuddlan, meddet ti – ydi hi'n garcharor yno?'

Torrodd y marchog byr i chwerthin. 'O, na, Arglwydd Frenin, mae Robert – medde nhw – yn hoff iawn ohoni hi. Ac mae 'na sôn–.' Peidiodd y dyn â siarad yn sydyn, a'i lygaid yn dangos ei fod wedi sylwi ar y newid eto ar wyneb Gruffudd.

'Dos yn dy flaen.'

'Wel, mi glywais i sôn fod Robert â'i fryd ar ei phriodi hi.'

Gwelodd Collwyn y perygl yn y sgwrs. Gwaeddodd, 'Be 'di'r mwg acw?' Cyfeiriodd ei fraich at lawr y dyffryn.

Roedd yr eithin a'r llwyni mieri'n ymestyn i lawr y llethrau nes cyrraedd coedwig arall a dyfai mewn hanner cylch anferth. O gyfeiriad y tir agored ar ganol yr hanner cylch codai colofnau main o fwg tywyll.

'Dyna'r man cyfarfod,' meddai Tudur ab Idwal. 'Maen nhw'n rhostio'r ychen i'r wledd. Mae'r coed yn cuddio'r rhan fwya o'r lle i ni o'r fan yma, ond mi weli di'n fuan fod croeso mawr yn dy ddisgwyl di.'

Ddywedodd Gruffudd ddim. Roedd ei feddwl yn dal i geisio diodde'r darlun o Angharad efo Robert yn ei gastell. Yna tynnodd ei feddyliau'n ôl at y sefyllfa o'i flaen. Edrychodd ar y goedwig yn y pellter, yn codi fel ynys ddu-werdd o ganol melyn eang yr eithin, a'i ffurf fel bwa tyn. Fe allai mil o filwyr fod yn cuddio ynddi. Y peth doethaf fyddai cael rhai o'i farchogion i fynd i lawr yno o'i flaen i wneud yn sicr nad oedd byddin yn cuddio yn y coed. Dewisodd Cormac, marchog craff iawn, i arwain hanner cant o farchogion i chwilio'r goedwig. Ac anfonodd Tudur ab Idwal gyda Cormac er mwyn i'r Cymro fedru egluro wrth y Ffrancwyr pam roedd ei farchogion yno o'i flaen.

Gorffwysodd Gruffudd a'i fyddin ar y llethrau i ddisgwyl Cormac a'r lleill yn eu holau. Erbyn iddyn nhw ddychwelyd roedd hi bron yn hanner dydd. Daeth Cormac yn syth at Gruffudd gan wenu'i gyfarchiad. 'F'Arglwydd Frenin, mae'r goedwig yn fwy nag y mae hi'n edrych o'r fan yma. Ond mi aethon ni drwy bob mymryn ohoni. Doedd dim Ffrancwr – na Chymro – yno.'

'A faint o filwyr sy yn y man cyfarfod?' gofynnodd Gruffudd ar unwaith.

'Pedwar neu bum cant, f'Arglwydd.' Gwenodd y Gwyddel. 'Dim gormod i *ni*!'

'Welaist ti'r barwniaid?'

'Do. Dau ddyn pwysig yn eistedd ar lwyfan. Mi fydd 'na ddigon o fwyd a diod i ni yno.' Edrychodd y Gwyddel yn fwy difrifol. 'Mae popeth yn edrych yn ddigon diniwed, f'Arglwydd.'

Gwyliodd Gruffudd lygaid ei farchog wrth iddo siarad. Roedd ganddo ffydd mawr ym marn hwn. Siaradodd yn araf. 'A dyna ydi dy farn bendant di, Cormac?'

'Ie, f'Arglwydd.'

Galwodd Gruffudd ei brif farchogion ato, a siaradodd â nhw mewn Gwyddeleg gan ailadrodd ambell air yn iaith y Daniaid.

'Dyma 'ngorchmynion ola cyn i ni gyfarfod y Ffrancwyr. Peidiwch â gollwng eich hunain i fod yn ormod o ffrindia efo nhw. Byddwch yn wyliadwrus bob amser – gwnewch yn siŵr fod eich arfau wrth eich ymyl. Peidiwch â chrwydro – gwell i ni aros yn agos at ein gilydd. A gwyliwch faint rydach chi'n ei yfed.' Chwarddodd rhai o'r marchogion. Torrodd llais Gruffudd ar eu traws. 'Gwrandewch! Os gwelwch chi rywbeth sy'n gwneud i chi amau bwriad y Ffrancwyr, dewch i ddeud wrtha' i – neu Collwyn neu Sitriuc – ar unwaith. Rŵan ewch i wneud y gorchmynion yma'n eglur i bob un o'ch dynion.' Gostyngodd ei lais fymryn. 'Wedyn mi awn ni i'r gynhadledd.'

Symudodd y marchogion i ffwrdd. Dechreuodd Gruffudd siarad efo Collwyn, yna daeth brawd hynaf Máire atyn nhw.

'Rwyt ti'n pregethu fel abad. Ond dw i'n synnu fod angen cymaint o gyfarwyddyd syml ar filwyr Iwerddon.'

'Mi ychwanega i ato fo, er dy fwyn di. Gwna'n siŵr dy fod di a dy frodyr yn cadw at yr un gorchmynion ag a rois i i fy marchogion.' Trodd Gruffudd ben ei geffyl yn ffyrnig i gyfeiriad gwaelod y dyffryn, a gwaeddodd ar Collwyn, 'Dos i ddeud wrth y rhai ar y blaen am gychwyn am y man cyfarfod.'

Yn fuan roedd y fyddin yn symud eto i lawr y llwybr drwy'r eithin, a thraed noeth y milwyr a charnau ceffylau'r marchogion yn codi llwch y llwybr yn fwg gwyn o'u cwmpas. Yr haul yn disgleirio ar yr arfau, ac ar y dur yn y gwisgoedd, ac yn fflachio'n llachar ar y darnau arian ar ffrwyn ceffyl Gruffudd.

5

Gorweddai'r ddôl lydan – y man cyfarfod – rhwng y goedwig a'r afon. Ar y tir yn agos at yr afon safai nifer o fyrddau hir trwm, ag un bwrdd yn eu canol wedi'i godi ar lwyfan isel. O amgylch y bwrdd ar y llwyfan eisteddai Gruffudd a Hugh iarll Caer a Rosier iarll Amwythig. Ar yr un ochr i'r bwrdd â Gruffudd roedd Collwyn, Sitriuc, a Cormac, a thri brawd Máire, a Cynwrig Hir. Ar yr ochr arall eisteddai'r ddau farwn, rhyw hanner dwsin o'u prif swyddogion a Meirion Goch a Tudur ab Idwal. Roedd cefnau Gruffudd a'i ddynion at y goedwig, a chefnau'r barwniaid a'u cwmni at yr afon.

Ar y byrddau eraill roedd marchogion Gruffudd a rhai'r barwniaid, ag ambell arglwydd Cymreig o un o'r cantrefi dan lywodraeth y Ffrancwyr. Gwelodd Gruffudd Goronwy, brawd Angharad, yn eistedd wrth fwrdd yn agos at y llwyfan. Wrth ei ymyl roedd dyn digon tebyg iddo o ran pryd a gwedd – â'r un llygaid rhy olau. Mae'n rhaid mai Rhiddid y brawd arall oedd hwnnw, meddyliodd Gruffudd. Gwenodd Goronwy ar Gruffudd ond ddaeth o ddim ato i'w gyfarch.

Ar laswellt y ddôl gorffwysai'r milwyr traed, wedi casglu'n griwiau bach yma ac acw. Ond roedd dynion Gruffudd wedi aros gyda'i gilydd ar ganol y ddôl a rhai'r barwniaid wedi casglu'n nes at ymyl y goedwig. Doedd neb, sylwodd Gruffudd, ar y stribyn o dir rhwng y byrddau a'r afon.

Roedden nhw wedi gwledda'n dda ar wahanol gigoedd wedi'u rhostio'n flasus, bara a theisennau a ffrwythau, a medd a gwinoedd newydd. Gruffudd a'i farchogion a'r arglwyddi Cymreig yn gwrthod y gwinoedd ond yn mwynhau'r medd, a'r Ffrancwyr yn yfed y gwinoedd yn unig. Roedd sŵn gwledda a siarad a chwerthin i'w glywed o bob cyfeiriad i'r ddôl. Ac o gwmpas y bwrdd ar y llwyfan siaredid pum iaith ar draws ei gilydd – Cymraeg, Ffrangeg y barwniaid a'u marchogion ag ambell orchymyn yn Saesneg wrth y gweision oedd yn gofalu am y bwrdd, ac iaith y Daniaid, a Gwyddeleg weithiau gan Sitriuc neu Cormac.

Ymddangosai'r awyrgylch – hyd yn hyn, meddyliodd Gruffudd – yn un digon cyfeillgar. Ond doedd o ddim yn hoffi golwg Hugh a Rosier. Câi'r argraff fod Rosier, a wenai'n rhy aml o dan gysgod y cnwd o flew cringoch a dyfai dros ei wefus uchaf, yn ddauwynebog a chraff. Roedd yn anodd cael syniad pendant o gymeriad yr iarll mawr tew o Gaer gan fod ei fraster yn tueddu i guddio pob argraff arall. Wrth iddo fwyta neu chwerthin, crynai'r chwyddiadau yn ei fol mawr. Roedd y bysedd a gydiai yn y bwyd, ac a fyddai'n cael eu golchi bob hyn a hyn mewn powlen bren wrth ei ymyl, yn dew a gwyn a meddal fel pe na bai dim esgyrn ynddyn nhw. Doedd dim lliw iach ar groen di-flew ei wyneb ychwaith. Ac roedd y bochau'n llenwi'r wyneb; yn gwthio ar y llygaid a gwneud iddyn nhw edrych yn gul, ac yn gwasgu'r geg yn dwll bach.

Roedd llais main Hugh heb ddweud dim, heblaw'r cyfarchiadau cyntaf, wrth Gruffudd yn ystod y wledd, a dyna'r cwbl a ddywedodd Rosier wrtho hefyd. Ond pan oedd pawb wrth y bwrdd wedi cael digon o fwyd ac yn sipian eu diodydd, gofynnodd Hugh rywbeth yn Ffrangeg i Gruffudd. Atebodd Gruffudd yn iaith y Daniaid.

'Wyt ti'n deall fy iaith i?'

Syllodd y barwn arno am ennyd cyn troi i siarad efo Rosier. Yna wynebodd y barwn tew Gruffudd eto a dweud mewn Lladin, 'Ddysgaist ti rywfaint o Ladin erioed?'

'Wrth gwrs – digon.' Atebodd Gruffudd yn bendant mewn Lladin, yr iaith y bu'n rhaid iddo'i siarad bob dydd am flynyddoedd pan oedd yn fachgen yn Ysgol Sord-Choluim-Cille. Oedd y Ffrancwyr balch yma'n meddwl mai dim ond nhw gafodd addysg dda?

'Da iawn. Da iawn,' meddai Hugh, yn swnio fel un yn canmol plentyn oedd wedi'i fodloni'n annisgwyl. 'Mi ddefnyddiwn ni ein Lladin.' Syllodd gan hanner gwenu ar Gruffudd. 'Rwyt ti'n ddyn diddorol, Gruffudd ap Cynan.'

'Be?' gofynnodd Gruffudd wedi'i bigo gan y gair 'dyn' ac yn codi'i lais.

Daliai'r hanner gwên ar wyneb y barwn. 'I ddechrau, dwyt ti ddim yn Gymro iawn – '

'Roedd 'y nhad yn Gymro iawn!' meddai Gruffudd ar unwaith. 'Mae brenin a barwn a phob dyn arall yn cymryd ei deulu oddi wrth ei dad.'

'Ond rwyt *ti*'n dibynnu bob tro ar deulu dy fam.'

Gwyliodd Gruffudd y llygaid bach bron o'r golwg ym mraster yr wyneb. 'Ac ar deulu pwy rwyt ti'n dibynnu?'

Dechreuodd bochau a thagellau mawr Hugh ysgwyd a sylweddolodd Gruffudd fod y barwn yn chwerthin yn ddistaw.

Siaradodd Rosier yn araf fel petai'n llai sicr o'i Ladin. 'Roedd Trahaearn ap Caradog yn wahanol. Roedd o'n dibynnu ar ddynion Powys. A bu'n rhaid cael dwy fyddin i'w guro fo.'

Cyffyrddodd y gosodiad ag ymyl tymer Gruffudd. Doedd y gosodiad ddim yn hollol wir, meddyliodd yn flin. Cymorth gafodd o gan Rhys ap Tewdwr a'i fyddin ar Fynydd Carn, a fo, wedi'r cwbl, oedd wedi arwain y ddwy fyddin, a'i farchogion a laddodd Trahaearn. Ond roedd y gosodiad wedi'i gynhyrfu. Oedd yr awyrgylch wrth y bwrdd yn newid fymryn? Ai bwriad y Ffrancwyr oedd ei gael i ffraeo a rhoi esgus iddyn nhw droi arno fo rywfodd? Edrychodd dros ei ysgwydd i weld sut roedd pethau ar y ddôl. Daliai'r olygfa i ymddangos yn heddychol.

Roedd Hugh wedi peidio â chwerthin. 'Rwyt ti'n gofyn, Gruffudd ap Cynan, ar deulu pwy dw i'n dibynnu. Wel, mi ateba i di fel hyn – ar deulu pawb sy'n fodlon fy helpu i. Er fy lles i, ac er eu lles nhw.' Yna trodd Hugh i siarad yn Ffrangeg efo Rosier.

Sylweddolodd Gruffudd ei fod yn cael cyfle i ystyried geiriau'r barwn tew. Falle, wedi'r cwbl, nad oedd sgwrs y ddau farwn yn arwain at ffraeo. A oedd pwrpas y gynhadledd yn dod i'r golwg o'r diwedd? Ai mynd i gynnig cyfle iddo gael heddwch i fod yn frenin ar Wynedd o dan eu huwchawdurdod nhw roedd Hugh a Rosier, ac ar y ddealltwriaeth ei fod yn eu helpu nhw – beth bynnag roedd hynny'n ei feddwl? Fe allai olygu, wrth gwrs, ei fod yn eu harwain i ysbeilio trwy Bowys fel roedd Trahaearn wedi'u harwain trwy Wynedd. Wel, mi fyddai'n barod i wneud hynny – er mwyn cael hanner blwyddyn i gasglu byddin gref o blith dynion Gwynedd. Yna fyddai ganddo ddim ofn herio ac wynebu Hugh a Rosier na Robert na neb arall. Gwyrodd Collwyn ei ben yn nes ato.

'Wnaeth o dy daro di mai peth digri fyddai cael brodyr

Máire ar yr un bwrdd â brodyr Angharad?' Dechreuodd bwffian chwerthin yn ddistaw. 'A'u cyflwyno nhw i frodyr Máire fel . . .' Sylweddolodd nad oedd gwên ar wyneb Gruffudd. 'Be sy? Oes 'na rywbeth o'i le?'

'Na. Na,' atebodd Gruffudd yn araf. 'Meddwl ydw i am beth ddeudodd y ddau yma.'

'Ond mae pethau'n mynd yn iawn?'

'Roeddwn i'n meddwl 'u bod nhw'n ceisio 'mhryfocio i i ffraeo gynna. Ond mi ges i'r argraff wedyn eu bod nhw'n arwain i gynnig rhyw gytundeb efo fi – '

'F'Arglwydd Frenin,' sibrydodd Cormac a oedd wedi codi oddi wrth y fainc ac wedi dod i sefyll wrth ysgwydd Gruffudd.

'Ie, Cormac?'

'Maddau i mi, f'Arglwydd, ond mi ddeudaist ti, petaen ni'n gweld . . . rhywbeth . . . rhyfedd – '

'Ie. Wel?'

Petrusodd y Gwyddel. 'Falle ei fod o'n ddibwys, ond . . .' aeth ei lais yn fwy pendant, 'mae ein cefnau ni at y ddôl, a dw i wedi sylwi bod cefnau'n marchogion ni ar y byrddau eraill 'run fath.'

Symudodd Gruffudd ei ben i weld y byrddau eraill. Roedd Cormac yn iawn. Ond falle nad oedd hyn yn fwy na syniad rhyw swyddog o gael trefn ar y byrddau.

'Falle nad ydi o'n golygu dim,' meddai Gruffudd.

'Un peth arall, f'Arglwydd. Does neb ond y Ffrancwyr wrth y byrddau pren ar y ddwy ochr.'

Edrychodd Gruffudd ar y rhes o fyrddau yn ymestyn i'r dde ac i'r chwith o'r bwrdd ar y llwyfan. 'Rwyt ti'n iawn. Ond fedra i ddim meddwl ei fod o lawer o bwys i ni.' Gwenodd

Gruffudd. 'Cadw dy lygaid craff ar y milwyr traed yna hefyd!'

'Oes rhywbeth . . . o'i le?' gofynnodd Rosier yn araf ar ôl i Cormac ddychwelyd i'w sedd wrth y bwrdd.

'Chlywais i am ddim,' meddai Gruffudd. 'Mi ddeallwch chi ei bod yn rhaid i 'nynion i ddod i drafod pob math o faterion efo fi weithiau.' Teimlai wrth siarad fod yr eglurhad yn swnio'n ddianghenraid, ond roedd yn well dweud rhywbeth rhag ofn y byddai Cormac ac eraill yn dod yn ôl ac ymlaen ato â'u hamheuon.

'Dw i'n deall,' meddai Rosier, ar ôl disgwyl ennyd i Hugh wneud rhyw sylw.

Ond roedd Hugh yn astudio'r dynion a eisteddai gyferbyn ag o fesul un. Dychwelodd ei olwg ar Gruffudd.

'Gruffudd ap Cynan, roeddwn i'n egluro ar bwy dw i'n dibynnu, ac fel y bydd hynny er eu lles nhw.'

'Oeddet. Dos ymlaen.'

'Na. Dos di ymlaen.'

Doedd brenin Gwynedd ddim yn mynd i ufuddhau i orchymyn unrhyw farwn. Gwenodd Gruffudd. 'Na, Hugh iarll Caer, eglura di be yn union mae dy *helpu di* yn ei olygu.'

Edrychai'r wyneb tew yn flin. Ond diflannodd yr olwg, ac eglurodd y barwn, gan bwysleisio'i eiriau yn uchel. 'Fy helpu i i wneud fy nyletswydd i'r brenin yn well.'

'Pa frenin?' Gwyddai Gruffudd y byddai'r cwestiwn yn codi gwrychyn Hugh, ond roedd yn mwynhau gweld y dyn yn cynhyrfu.

Fflachiodd y llygaid cul. 'Pa frenin! Y Brenin! William o Normandi, wrth gwrs!'

'O?' meddai Gruffudd gan hanner gwenu. 'Mae'n rhaid i ti

faddau i mi . . . ond, nid fo ydi y brenin i ni yng Ngwynedd.'

Ffurfiodd ceg y barwn i ddweud rhywbeth, ond sibrydodd Rosier ychydig o Ffrangeg yn ei glust. Ymddangosai Hugh fel petai'n ystyried geiriau'r llall, a phan siaradodd wedyn efo Gruffudd roedd ei wedd yn dawelach.

'Fedra i ddychmygu y gallai pobl Gwynedd deimlo felly, ond . . . fyddai o ddim yn beth doeth iddyn nhw – a'u brenin – ddangos parch i . . . frenin mwy?'

'I frenin ar *deyrnas* fwy?'

Gwenodd y ddau farwn.

'Ie, os ydi o'n well gen ti ei roi o felly,' meddai Rosier.

'Dw i'n credu mewn parchu pob brenin,' meddai Gruffudd, yn dewis ei eiriau yn ofalus. 'Ac yn enwedig y rhai ar deyrnasoedd mwy.'

'Da iawn,' meddai Rosier.

'A faint ydi dy barch di tuag at farwniaid mwya William o Normandi?' gofynnodd Hugh. 'Y barwniaid sy'n fwy na brenin Gwynedd.'

Roedd Hugh wedi defnyddio'r gair *mwy* o bwrpas i'w bigo. Teimlai Gruffudd ei dymer yn codi eto. 'Wyddwn i ddim fod yna *farwn* sy'n fwy na *brenin* Gwynedd!'

Daeth sŵn chwerthin main o'r gwddw tew. 'Rwyt ti'n hy iawn, Gruffudd ap Cynan. Ac yn ifanc . . . ac yn ddigri . . .' Aeth anadl Hugh yn gaeth a pheidiodd â chwerthin. Gofynnodd yn ddistawach, 'A faint ydi dy barch di tuag at farwniaid sy'n llywodraethu ar fwy o dir na theyrnas Gwynedd – llawer mwy?'

'Digon o barch i ddod i'w cyfarfod nhw.'

'A digon o barch . . .' arhosodd Hugh gan syllu i lygaid

Gruffudd, 'i dderbyn ein cynigion ni?'

'Pa gynigion?'

'Rydyn ni'n cynnig heddwch i ti gael llywodraethu Gwynedd – am bris.'

'Sut bris?'

'Mi fyddai'n rhaid i mi gael rhywfaint o dreth.'

'Ie?'

'Bydd rhaid caniatáu i Robert arglwydd Rhuddlan gael darn o dir yng Ngwynedd i adeiladu castell arno–'

'Na chaiff!' meddai Gruffudd yn danbaid. 'Wyt ti'n meddwl 'mod i'n ffŵl gwallgo?'

Anwybyddodd Hugh wrthwynebiad ffyrnig Gruffudd ac aeth ymlaen. 'A hanner dy fyddin at ein gwasanaeth ni – neu at wasanaeth y Brenin William, os bydd angen.'

'Byth! Na chewch byth! Mae fy myddin i i gyd yn aros efo fi!' Roedd Gruffudd wedi'i gynhyrfu. 'Mae'n rhaid i chi ofyn llai o lawer na hynna am eich heddwch!'

Gwenodd Hugh yn annifyr. 'Mae'n bosib y bydd rhaid i ti dalu llawer mwy am wrthod y pris.'

'Paid â phenderfynu'n fyrbwyll, Gruffudd ap Cynan,' meddai Rosier.

'Dw i'n bendant eich bod chi'n gofyn gormod!' meddai Gruffudd gan edrych yn flin ar y ddau farwn.

Symudodd Hugh ei gorff mawr i wyro dros y bwrdd yn nes at Gruffudd. 'Mae'n anodd deall dy wrthwynebiad . . . afresymol . . . di i Robert, a chithau'n hen gyfeillion. Fe fyddai o a'i gastell yn ysgafnu dy–'

'Chaiff o ddim rhoi'i droed yng Ngwynedd!'

'A fyddet ti'n gwrthwynebu i Hugh iarll Caer adeiladu

castell yno?' gofynnodd Rosier.

'Byddwn! Does arna i ddim isio gweld yr un Ffrancwr ar dir fy nheyrnas i. Dim un!'

Edrychodd y ddau farwn ar ei gilydd. A daeth Gruffudd yn ymwybodol fod wyneb Collwyn wedi troi tuag ato, ond daliodd i edrych ar y barwniaid. A oedd o wedi swnio'n rhy danbaid yn ei wrthwynebiad i'r Ffrancwyr gael llecyn yng Ngwynedd? A fyddai'n ddoethach petai wedi addo ailystyried yr amod yma ymhen blwyddyn, neu ymhen hanner blwyddyn – rhywbeth yn hytrach na'u cynddeiriogi ar hyn o bryd? Sylweddolai hyn yn iawn ond rhwystrai'i styfnigrwydd o rhag tynnu dim o'i wrthwynebiad yn ôl – hyd yn oed mewn celwydd.

Craffodd Hugh ar Gruffudd. 'Yr amod arall,' meddai, gan ddal i wyro dros y bwrdd, 'hanner dy fyddin . . . wel, mae hi yma i gyd heddiw.'

'Rhan ohoni hi,' meddai Gruffudd ar unwaith.

'O . . . y rhan fwya, mi wn i.'

'O'r gore, mae'r rhan fwya o 'myddin i yma. Pa wahaniaeth mae hynny'n mynd i'w wneud?'

'O, meddwl roeddwn i . . .' y wên annifyr ar yr wyneb tew eto, 'y byddai'n well i ti fentro colli'u hanner nhw, na . . . na mentro'u colli nhw i gyd.'

Ai'r bygythiad yma oedd prif neges y gynhadledd heddychol? Neu'n waeth, a fyddai'r gynhadledd yn gyfle i weithredu'r bygythiad petai'n rhaid? Ond doedd dim yn caledu styfnigrwydd Gruffudd yn fwy na bygythiad – fel dŵr oer ar haearn eirias. Roedd yn rhaid iddo ddangos nad oedd yn eu hofni nhw. Trodd i edrych ar y byrddau eraill. Roedd y marchogion yn dal i yfed a sgwrsio. Symudodd ei olwg yn gyflym dros y ddôl – y rhan fwyaf o'r milwyr traed wedi gorffen gwledda – rhai'n dal i yfed, bron pob un o'i ddynion yn gorwedd, nifer o filwyr y barwniaid ar eu traed. Ond dim golwg o unrhyw arwydd amheus newydd i'w boeni. Wynebodd y ddau farwn.

'Eu colli nhw i gyd?' Edrychodd ar Hugh. 'Ti ydi'r un digri! Dydi dy fygythiad di ddim yn codi ofn arna i. Mae'n bryd i ti sylweddoli nad un o arglwyddi Tegeingl neu Edeirnion ydw i . . .' Symudodd ei olwg ar wyneb Rosier '. . . ac nid Trahaearn ap Caradog chwaith! Dydi'r Ffrancwyr ddim yn fy nychryn i!' Roedd ei dymer yn codi wrth iddo siarad, fel petai ei eiriau ei hun yn effeithio arno. Ac roedd gweld yr ansicrwydd newydd ar wynebau'r ddau iarll yn rhoi boddhad iddo. Ond roedd ganddo fwy o ergydion iddyn nhw. Trawodd y bwrdd â'i gwpan bren wag. 'A dydi bygythion eu barwniaid yn gwneud dim ond fy ngwylltio!'

Cododd yn frysiog ar ei draed a gwaeddodd mewn Gwyddeleg 'Codwch! 'Dan ni'n gadael yma!' Safodd Collwyn, Sitriuc a Cormac, ond arhosodd brodyr Máire ar eu heistedd. 'Codwch!' gwaeddodd Gruffudd arnyn nhw. Yna teimlodd law yn cydio'n llac yn ei fraich.

'Camgymeriad – yn amlwg – oedd dy fygwth di,' meddai Hugh gan wenu'n anghyffyrddus.

'Roedden ni'n dy brofi di,' meddai Rosier.

'Aros, Gruffudd ap Cynan.' Gollyngodd y bysedd meddal eu gafael ar fraich Gruffudd. 'Ac mi wnawn ni newid ein cynigion.'

Camodd Gruffudd oddi wrth y bwrdd. 'A newid eich pris?'

'Gwnawn,' meddai Hugh, 'gwnawn.'

Ystyriodd Gruffudd hyn. Roedd o wedi'u dychryn nhw. Fydden nhw ddim mor barod eto i'w fygwth o, ac – yn fwy pwysig – roedd gobaith eu bod nhw am gynnig cytundeb mwy manteisiol iddo. Gorchmynnodd i'w ddynion eistedd, a sylwodd yn flin fod brodyr Máire wedi dal i aros ar eu heistedd.

'O'r gore,' meddai Gruffudd wrth eistedd ar y fainc, 'ga' i glywed eich cynigion newydd chi?'

Edrychodd y ddau iarll ar ei gilydd fel petai'r naill yn disgwyl i'r llall ateb Gruffudd. Yna gwenodd Hugh bron yn siriol.

'Yn gynta . . . er mwyn i ni gael . . . y . . . ailgynnau'r ysbryd cyfeillgar, mi hoffwn i i ti fwynhau ychydig o ddifyrrwch dw i – rydyn ni, Rosier iarll Amwythig a minna – wedi'i baratoi ar dy gyfer.'

'Gymri di fwy o'r medd?' gofynnodd Rosier.

'Dim i mi,' meddai Gruffudd.

'Rydyn ni wedi trefnu nifer o gystadlaethau rhwng fy nynion i a dynion Hugh iarll Caer–'

Siaradodd Hugh ar draws Rosier. 'A falla yr hoffai dy ddynion di, Gruffudd ap Cynan, gystadlu yn erbyn yr enillwyr?' Ychwanegodd â'i lais wedi melysu, 'dim ond fel tipyn o hwyl, wrth gwrs.'

Roedd yna newid mawr yn holl agwedd y barwn tew tuag at Gruffudd. A oedd hyn yn rhan o gynllun, ynte'n ymdrech fwy diniwed i'w dawelu ar ôl yr anghydfod? Roedd un peth yn sicr, roedden nhw'n awyddus iawn i'w gadw o yno. Ystyriodd eu her – roedd y syniad o'i gewri di-ofn o Iwerddon yn cystadlu yn erbyn y Ffrancwyr wrth ei fodd. Atebodd, 'Does arnon ni ddim ofn cystadlu – yn deg – yn erbyn y Ffrancwyr unrhyw bryd.'

'Da iawn,' meddai Hugh. Gosododd ei ddwylo yn y ddysgl ddŵr eto. Daeth gwas at ei ysgwydd â lliain iddo. Sychodd Hugh ei fysedd fesul un yn ofalus, yna cododd ar ei draed. 'Dyna ni. Fe aiff Rosier iarll Amwythig a minna at ein marchogion ein hunain am ychydig i . . .' Petrusodd. '. . . i . . . sicrhau bod ein cystadleuwyr ni ar eu gorau.'

Safodd Rosier ar ôl golchi'i ddwylo yntau, ond yn fwy brysiog na Hugh. Roedd y wên yn llydan o dan y blew cringoch. 'Rydyn ni o ddifri efo'r . . . cystadlaethau yma. Mae ennill yn bwysig iawn i'r dynion.' Camodd oddi wrth y bwrdd. 'Y . . . rwyt ti mewn lle da i weld popeth.'

'Ga' i awgrymu,' meddai Hugh mewn llais mwyn, 'dy fod di'n troi i wynebu'r maes? Mi fydd y gweision yma i ofalu amdanat ti. Ac mi ddown ninna'n ôl yma atat ti.' Tynnodd ar y geg fach i wenu. 'Dw i'n edrych ymlaen at weld dy ddynion di'n cystadlu.'

Gwyliodd Gruffudd y barwn tew yn mynd at ei farchogion ar y bwrdd ar un pen i'r rhes fyrddau, a Rosier yn mynd i'r cyfeiriad gyferbyn at y bwrdd ar y pen arall.

'Maen nhw wedi mynd i eistedd ar y byrddau pen lle mae'u marchogion nhw yn unig,' meddai Collwyn yn Gymraeg.

Ddywedodd Gruffudd ddim. Trodd i wynebu'r ddôl gan orffwys ei gefn ar ymyl y bwrdd.

'Wyt ti'n fodlon ar sut mae pethau'n mynd?' gofynnodd Collwyn gan droi i wynebu'r ddôl.

'Mae'n anodd dweud efo dau mor gyfrwys, ond dw i'n cael

yr argraff eu bod nhw'n awyddus iawn i mi aros yma, a bod arnyn nhw ofn fy nigio i eto.'

'Felly mae hi ora.'

'O, ie.'

'A dydi Robert ddim yma. Mae hynny'n arwydd da?'

'Dw i'n teimlo'i fod o.'

Gwelodd Gruffudd dri marchog yn gadael y bwrdd pen ar y dde i'r rhes, lle'r oedd Hugh yn eistedd, ac yn mynd ymysg milwyr traed y Ffrancwyr. Symudodd mwy na hanner y rheiny i ymgasglu ar y rhan o'r ddôl o flaen bwrdd Hugh. Yn fuan wedyn symudodd y gweddill ac ymgasglu o flaen y bwrdd lle'r oedd Rosier.

'Maen nhw wedi rhannu'u hunain yn ddau wersyll.' Gwnaeth Collwyn sŵn chwerthin gwan. 'Gobeithio y byddan nhw'n brifo'i gilydd.'

Rhedodd dyn tal mewn crysbais wlân werdd o blith criw Hugh ac aeth i sefyll tua chanol y tir gwag rhwng y byrddau a'r lle'r oedd dynion Gruffudd yn gorffwys. Roedd yn cario pastwn. Yna rhedodd un o ddynion Rosier ato. Roedd hwn hefyd yn cario pastwn ac yn gwisgo crysbais wlân las. Ar unwaith dechreuodd y ddau ymosod ar ei gilydd a gwaeddodd y ddau wersyll eu cefnogaeth. Symudodd y rhan fwyaf o filwyr traed Gruffudd yn nes at ganol y ddôl er mwyn medru gweld y cystadleuwyr yn well, ond gan gadw gyda'i gilydd.

Daeth bloeddio o bob cyfeiriad – a llais mawr Sitriuc yn codi'n uwch na'r lleill ar fwrdd Gruffudd – pan ddisgynnodd ffon dyn Rosier yn drwm ar ochr pen dyn Hugh. Siglodd hwnnw ar ei draed, ond daeth ato'i hun yn fuan ac aeth y gystadleuaeth ymlaen.

'Collwyn, oes gynnon ni rywun fedar guro'r gora o'r ddau yna?' gofynnodd Gruffudd.

Ystyriodd Collwyn y cwestiwn. 'Mae 'na lanc sy'n dda iawn – un o Ddaniaid Dulyn, ond ei fod o'n colli'i ben braidd weithiau os caiff o'i daro'n rhy galed yn aml.'

'Wnaiff hynny ddim. Oes 'na rywun arall? Does arna i ddim isio i 'nyn i golli i'r Ffrancwyr.'

'Mae 'na sôn fod un o farchogion ifanc Cormac yn rhoi cweir i bawb. Welais i 'rioed mohono fo'n defnyddio pastwn.' Trodd Collwyn i gyfeiriad lle'r oedd Cormac yn eistedd a gwaeddodd mewn Gwyddeleg. 'Cormac! Tyrd yma.'

Daeth y marchog atyn nhw. 'Roeddwn i ar fin dod atat ti, f'Arglwydd,' meddai.

Gwenodd Gruffudd. 'A be sy wedi tynnu dy sylw di rŵan? Na, cyn i ti ddweud hynny – pwy ydi'r marchog ifanc 'ma sy gen ti fedar guro'r gora o'r ddau acw?'

'O, Riagan, f'Arglwydd. Mi fedra guro'r ddau,' meddai Cormac yn ddifrifol, 'yr un pryd.'

Chwarddodd Gruffudd. 'Ardderchog.' Roedd ganddo ffydd arbennig ym marn Cormac. 'Trefna di fod Riagan yn barod i 'nghynrychioli i. Rŵan, be sy gen ti i'w ddweud?' Hwn, meddyliodd Gruffudd yn yr ennyd fer tra oedd Cormac yn ffurfio'i ateb, fydd yn cymryd lle Sitriuc ryw ddydd.

'F'Arglwydd Frenin, wnest ti sylwi fod y ddau Gymro – yr un pengoch a'r un bach efo'r farf ddu – wedi gadael y bwrdd yma i fynd at fwrdd barwn Caer?'

'Naddo.' Cododd y newydd ryw anesmwythder ar feddwl Gruffudd.

Neidiodd Collwyn ar ei draed i fedru gweld yn well y

bwrdd lle'r oedd Hugh. 'Ydi, mae Meirion Goch a Tudur ab Idwal yno.' Eisteddodd eto ar y fainc. 'Mi fydd yn fwy anodd rŵan i ti roi dy gleddyf trwy 'senna Tudur ab Idwal os bydd pethau'n troi'n chwerw!'

'Mae Cynwrig Hir wedi aros efo ni,' meddai Gruffudd. 'Ond mae'r ddau ro'n i'n hanner eu drwgdybio o'r dechrau wedi mynd mor bell oddi wrtha i ag y medran nhw.' Edrychodd ar y Gwyddel. 'Ydi hyn yn arwydd o rywbeth?'

'F'Arglwydd, mae'n anodd dweud be sy'n arwydd heb ddeall y patrwm. Oes 'na batrwm i'r digwyddiadau yma heddiw?'

'Wel, oes 'na?' Roedd Gruffudd wedi disgwyl cael ateb mwy pendant.

'Dw i wedi bod yn meddwl am hyn. Mi fydd y patrwm yn fwy eglur, f'Arglwydd, os digwyddith rhywbeth ar y darn tir yma y tu ôl i ni – rhyngddon ni â'r afon.'

'Rhywbeth diniwed yr olwg,' meddai Gruffudd yn tybio'i fod yn dechrau cael gafael ar y syniad oedd ar feddwl Cormac.

'Ie, f'Arglwydd, ac yn esgus i'r Ffrancwyr fod yno.'

Daeth sŵn bloeddio uwch nag o'r blaen. Edrychodd Gruffudd ar y ddau gystadleuydd. Gorweddai'r dyn yn y grysbais las ar y glaswellt, a'r llall yn sefyll yn syth gan ddal ei bastwn yn uchel uwch ei ben i dderbyn cymeradwyaeth y gynulleidfa. Roedd gweiddi mawr a llawer o chwifio cleddyfau a phicellau ymysg dynion Hugh.

'Cormac,' meddai Gruffudd, 'dywed wrth Riagan y caiff o'r ceffyl hwnnw oedd gen i yn Arfon a Llŷn os curith o ddyn Hugh.'

'F'Arglwydd, mi wneith Riagan ei guro fo heb wobr.'

Cododd llais Gruffudd. 'Gwna fel y dywedais i. A brysia!'

'O'r gore, f'Arglwydd.' Brasgamodd Cormac i chwilio am Riagan.

'Dydi o'n beth rhyfedd, Collwyn,' meddai Gruffudd yn Gymraeg, 'dw i'n rhoi mymryn mwy o sylw a phwysigrwydd i un o'm marchogion i, ac ymhen dim mae o'n gwybod yn well na fi. 'Chlywais i 'rioed mo Cormac yn meiddio cywiro 'ngorchymyn i o'r blaen.'

'Mae o'n uchelgeisiol.' Sylweddolodd Collwyn fod y gair yn newydd i Gruffudd ac ychwanegodd, 'mae o'n dyheu am swydd â mwy o awdurdod gen ti.'

'Uchelgeisiol . . . ydi. Rhaid 'mi geisio cofio'r gair. Ac mae'n rhaid i mi gofio cyfarth tipyn ar Cormac rhag ofn iddo fynd yn ormod o ŵr mawr. Ond nid heddiw. Heddiw mi geith o ddigon o lonydd a chyfle i ddangos mor graff ydi'i feddwl o.'

Cododd sŵn gweiddi dynion Gruffudd wrth i Riagan – yn ei grysbais o wlân llwyd – redeg ar draws y ddôl i'r lle cystadlu. Cododd bastwn dyn Rosier – a oedd yn dal i orwedd yno – a wynebodd y dyn mawr yn y grysbais werdd.

'A hwnna ydi Riagan,' meddai Gruffudd yn siomedig. 'Mae o'n llai o lawer na dyn Hugh.'

Dechreuodd yr ornest ar unwaith. Y dyn mawr yn chwifio'i ffon at ben Riagan, ond hwnnw'n dawnsio o un ochr i'r llall i osgoi'r ymosodiad. Riagan yn aros yn llonydd yn sydyn ac yn gwthio blaen ei ffon i bwll stumog fawr y llall. Effaith yr ergyd yn gwneud i ddyn Hugh wyro'i ben yn nes at Riagan. Riagan yn derbyn y gwahoddiad ac yn codi ar flaenau'i draed er mwyn dod â'i ffon i lawr â'i holl nerth ar draws gwegil y dyn mawr a'i fwrw ar ei wyneb i'r glaswellt.

'O! Gwych! Gwych!' gwaeddodd Gruffudd. 'Fel ergyd mellten!'

Roedd dynion Gruffudd – yn farchogion ac yn filwyr traed – yn codi i sefyll ac yn galw enw Riagan ac yn cymeradwyo'i gamp. Camodd Sitriuc at Gruffudd, a bloeddio,

'F'Arglwydd Frenin, welaist ti'n hogyn ni'n dangos iddyn nhw?'

'Do! Do! 'Dan ni wedi dangos iddyn nhw!' Roedd Gruffudd yn gweiddi hefyd, a phrin y clywodd o Collwyn yn dweud,

'Wnest ti sylwi ar be sy'n digwydd y tu ôl i ni?'

'Be?' gofynnodd Gruffudd gan ddal i wylio'r olygfa ar y ddôl. Yna daeth yn ymwybodol o beth roedd Collwyn wedi'i ddweud. Edrychodd ar ei gyfaill. 'Y tu ôl i ni?'

'Ie.'

Trodd Gruffudd i weld y stribyn o dir rhwng y byrddau a'r afon. Roedd nifer fawr o geffylau rhyfel trwm yn cael eu gyrru at lan yr afon gan ryw ddau ddwsin o filwyr y Ffrancwyr. Casglodd y ceffylau yn rhes hir ar hyd y lan i yfed; y rhes yn cuddio rhan o'r afon, ac yn ymestyn at y lle y diflannai'r afon mewn brwyn a hesg uchel.

'Wel,' meddai Collwyn yn araf, 'mae 'na rywbeth wedi digwydd ar y tir rhyngon ni â'r afon. Mae o'n esgus i'r Ffrancwyr fynd yno. Fydd y patrwm yn eglur i Cormac rŵan?'

Syllodd Gruffudd ar y rhes hir o geffylau, eu pennau o'r golwg wedi gwyro i'r dŵr a'u cynffonnau'n chwifio'r gwybed, a'r milwyr – yn sefyllian yma ac acw – yn eu gwylio. 'Ie,' meddai, 'ac maen nhw'n edrych mor ddiniwed.'

6

Roedd dau Ffrancwr trwm yn ceisio taflu'i gilydd mewn gornest ymgodymu ar y ddôl pan ddaeth Cormac yn ôl at fwrdd Gruffudd.

'Roedd Riagan yn ddewis ardderchog,' meddai Gruffudd yn frysiog.

'Fel y dywedais i, f'Arglwydd.' Roedd gwên fodlon ar wyneb Cormac.

'Mae o wedi haeddu'r ceffyl hwnnw.'

'Ydi, f'Arglwydd – os wyt ti'n dweud.'

Newidiodd llais Gruffudd, 'Edrych at yr afon.'

Lledaenodd yr olwg falch ar wyneb y Gwyddel. 'Wel, dyna fo. Roeddwn i'n hanner disgwyl rhywbeth fel hyn.'

'Pam? Dw i'n siŵr yr hoffet ti egluro.' Ymdrechodd Gruffudd i beidio â rhoi'r argraff ei fod yn dibynnu o gwbl ar farn Cormac.

'Wel, f'Arglwydd, meddylia be ydi – '

'Dwyt ti 'rioed yn rhoi gorchymyn?' Fwriadodd o ddim dechrau ar Cormac heddiw – ond am ryw reswm roedd o wedi rhuthro i gymryd y cyfle.

Edrychodd y marchog braidd yn syn. 'O, nac ydw, f'Arglwydd . . . ceisio dweud – '

'Dewis dy eiriau'n ofalus,' meddai Gruffudd yn swta.

Fflachiodd Cormac olwg ansicr ar Collwyn cyn dechrau

egluro eto. 'Gweld ydw i . . . meddwl ydw i, f'Arglwydd, be 'di dy sefyllfa di a dy farchogion. Rydyn ni'n un rhes fain yn y canol rhwng milwyr y Ffrancwyr ar un ochor – gan fod y rheiny wedi symud i gasglu o flaen y byrddau. Ac ar yr ochr arall rhes o farchogion y Ffrancwyr ar y byrddau, a rŵan mwy o'u dynion yn ymddangos y tu ôl iddyn nhw ar y tir rhwng y byrddau a'r afon. F'Arglwydd, rwyt ti yn y canol . . .'

Torrodd Collwyn ar ei draws gan siarad mewn Gwyddeleg. 'Ac os bydd pethau'n troi'n chwerw mae'r ddau farwn wedi sicrhau eu bod nhw ar fyrddau lle does neb ond eu marchogion nhw o'u cwmpas – yn gyfleus i'w hamddiffyn. Ac mae Meirion Goch a Tudwal ap Idwal wedi mynd atyn nhw i fod yn ddiogel.'

Edrychodd Gruffudd o'i gwmpas. Roedd milwyr traed y Ffrancwyr – yn eistedd ar y glaswellt o flaen y byrddau – wedi ymestyn, heb iddo sylwi, yn rhesi o'r ddau fwrdd pen hyd at y canol, gan adael dim ond bwlch main gyferbyn â'r bwrdd ar y llwyfan. Bellach, roedd yna reng neu ddwy o Ffrancwyr – ar eu heistedd, mae'n wir – rhyngddo â'i filwyr traed. Siaradodd heb edrych ar Collwyn a Cormac. 'Mae'n bosib fod be 'dach chi'n ei ddweud i gyd yn wir. A bod Hugh a Rosier yn cynllunio ymosodiad annisgwyl arnon ni. Ar y llaw arall, mi all y pethau 'dach chi'n eu hystyried yn arwyddion fod yn ddim mwy na nifer o symudiadau naturiol a diniwed.' Edrychodd dros ei ysgwydd. 'Dydi'r ddau ddwsin yna sy efo'r ceffylau ddim yn ddigon o nifer i fod yn berygl.'

'Ond, f'Arglwydd, be tasa 'na fwy o ddynion – '

'Dw i ddim wedi gorffen!' meddai Gruffudd wrth iddo gael syniad sydyn, ac yn benderfynol o'i fynegi ar unwaith rhag ofn y byddai Cormac wedi meddwl am yr un peth. 'Falle fod y ceffylau yna i guddio rhan o'r afon oddi wrthon ni.' Rhedodd ei olwg ar hyd y rhes ceffylau. 'Mi allai fod 'na griw mawr o ddynion yn cuddio tu draw i'r hesg acw, ac yn symud ar hyd yr afon gan gadw o'r golwg tu ôl i'r ceffylau.'

Cododd sŵn bloeddio'r gynulleidfa. Gorweddai un ymgodymwr ar wastad ei gefn, a'r llall yn eistedd ar draws ei frest fel petai ar gefn ceffyl.

'Mae un o ddynion Hugh wedi ennill eto,' meddai Collwyn.

'Pwy sy gen i i guro hwnna?' gofynnodd Gruffudd a'r anesmwythder ar ei feddwl wedi lleihau'i frwdfrydedd.

'Brawd Sitriuc – mi welais i o'n taflu tarw ar ei gefn unwaith!'

'Ie, dw i'n cofio rŵan. Brysia i ddeud wrtho fo am fynd ar y ddôl i guro hwnna.'

Aeth Collwyn at y bwrdd lle'r eisteddai brawd Sitriuc, a throdd Gruffudd at Cormac.

'A dos di â rhai o'r milwyr efo ti i symud rhai o'n ceffylau ninnau at yr afon. A chymer y cyfle i weld yn union be sy'n digwydd yno.'

'Ar unwaith, f'Arglwydd.' Gwenodd Cormac fel petai'n falch ei fod wedi cael y gorchwyl pwysicaf.

Syllodd Gruffudd eto ar y ceffylau wrth yr afon. Y dynion yn sefyll tua'r un mannau yn eu gwylio. Y ceffylau i gyd wedi gorffen yfed, rhai'n ysgwyd eu pennau'n aflonydd ymysg y gwybed, ond i gyd yn dal i gael eu cadw yno yn rhes glos ar hyd y lan. Pam? Dychwelodd Collwyn i eistedd wrth ymyl Gruffudd.

'Roedd brawd Sitriuc yn disgwyl i ti ei alw fo i gymryd rhan yn yr ornest yma.'

'Da iawn,' meddai Gruffudd yn swnio'n ddifater.

'Be sy'n bod? Does gen ti mo'r un diddordeb rŵan yn y cystadlaethau – poeni rwyt ti?'

Syllodd Gruffudd ar ei gyfaill. Roedd Collwyn yn ei ddeall i'r dim. Doedd ganddo mo'r un meddwl craff â Cormac – ond roedd o'n ei adnabod o'n well na neb . . . na'i fam hyd yn oed, pan oedd hi'n fyw. Ac roedd o'n well na brawd iddo – pa frawd fyddai'n fodlon bod yn was ffyddlon hefyd? Roedd cael cwmpeini Collwyn fel cael dau ohono fo'i hun, ac a chaniatâd parhaol gan un ohonyn nhw i fod ar y blaen.

Dechreuodd dynion Gruffudd weiddi'u cefnogaeth wrth weld brawd Sitriuc yn cerdded yn araf heibio i filwyr traed y Ffrancwyr ac at y lle cystadlu. Doedd o ddim mor dal â'i frawd, ond roedd ei ysgwyddau'n lletach hyd yn oed na rhai Sitriuc, a'i freichiau noeth yn edrych cymaint â choesau dyn cyffredin.

'Mae gweld y ceffylau acw'n aros mor hir yn un rhes wrth yr afon yn fy mhoeni i,' meddai Gruffudd, yna eglurodd beth yr aeth Cormac i'w wneud.

'Mae'n ceffylau ni wedi cael diod unwaith,' meddai Collwyn. 'Mae'r rhan fwya ohonyn nhw dan gysgod y coed ar ymyl y goedwig rŵan.'

Gwyliodd Gruffudd Cormac a thri marchog arall yn camu ar draws y ddôl at y lle'r oedd eu milwyr traed yn eistedd. Yna'r pedwar gyda rhyw bymtheg o'r milwyr yn cerdded ymlaen i gyfeiriad y ceffylau wrth y coed. Sŵn cyffro'n codi ymysg y gynulleidfa wrth i'r ddau gystadleuydd mawr wynebu'i gilydd . . . Cormac a'i ddynion yn lledaenu'n rhes wrth agosáu at y ceffylau . . . Cormac yn gadael y rhes . . . ac yn mynd ar ei ben ei hun at ymyl y goedwig. Llais Collwyn,

'Mae'n rhaid bod rhywbeth wedi tynnu sylw Cormac – ceffyl wedi crwydro drwy'r mieri yna i'r goedwig.'

Cormac yn diflannu o'r golwg rhwng y llwyni mieri ar ymyl y goedwig, a'r ennyd nesaf yn ymddangos eto ac yn dechrau cerdded at ganol y ddôl – heb frys ar y dechrau, yna'n brasgamu'n gyflym. Llais Collwyn yn hanner chwerthin,

'Dyma fo'n dŵad eto – wedi gweld rhyw arwydd pwysig arall!'

Bloedd fawr sydyn fel taran yn ysgwyd drwy'r gynulleidfa. Gruffudd yn symud ei olwg ar y gystadleuaeth, ac yn gweld bod y Ffrancwr trwm wedi cael ei godi ar draws ysgwyddau llydan brawd Sitriuc. Sitriuc yn gweiddi ar Gruffudd,

'F'Arglwydd Frenin! Mi gei di weld 'y mrawd yn ei godi o uwch ei ben rŵan – '

Llais Collwyn ar draws Sitriuc. 'Sbia! Mae Cormac hyd yn oed yn dawnsio o lawenydd!'

Gwelodd Gruffudd Cormac – a oedd bron wedi cyrraedd canol y ddôl – yn cerdded yn igam-ogam ac wedi codi'i ddwylo o flaen ei wyneb. Gruffudd yn meddwl mor rhyfedd oedd gweld Cormac yn dangos cymaint o lawenydd – mwy na phan enillodd Riagan. Cormac yn aros ac yn siglo cerdded i gyfeiriad arall, yn aros i wynebu canol y ddôl eto, ond yn siglo ar ei un fan, yna'n syrthio ar ei wyneb i'r ddaear. Yn sydyn bloeddio'r gynulleidfa'n fyddarol. Llais mawr Sitriuc fel gwich,

'Mae 'mrawd wedi'i godi o uwch ei ben! Mi droith

deirgwaith efo fo! Ac mi daflith o! Dyma fo'n dechrau troi . . .'

Ond Gruffudd yn syllu ar Cormac yn dal i orwedd ar ei wyneb. Y Gwyddel yn symud ei ben a'i freichiau mewn plwc sydyn, yna'n aros yn llonydd. A Gruffudd yn gweld coes saeth oedd â'i flaen wedi'i gladdu yng ngwegil Cormac. Clywodd lais Sitriuc,

'Dau! Tri! Dyma fo'n taflu'r Ffrancwr!'

Gruffudd ar ei draed. 'Maen nhw wedi saethu Cormac!' Ei lais ar goll ymysg y cynnwrf uchel o'i gwmpas.

Collwyn yn sefyll a gweiddi, 'Chodith y Ffrancwr ddim eto! Mae asgwrn ei gefn o wedi torri!'

Y cynnwrf yn troi'n fwy croch. Gruffudd yn gafael yn ffyrnig ym mraich Collwyn. 'Sbia ar Cormac! Mae 'na saeth yn ei wddw! Sbia!'

'Cormac! Pwy wnaeth hynny?' Llais Collwyn fel sgrech.

'Wn i ddim! Dos ato fo, a tyrd â fo yma! Galw ar y rheiny aeth i hel y ceffylau i'w gario fo! A cheisia gael hyd i rywun welodd pwy wnaeth! Dos!' Gruffudd yn gorfod bloeddio nerth ei ben i'w lais fod yn ddealladwy yn yr holl weiddi. Ond Collwyn yn neidio i lawr o'r llwyfan ac yn rhedeg yn syth rhwng milwyr traed y Ffrancwyr – roedd y bwlch rhwng y rhesi a'r llwyfan wedi'u cau. Gruffudd yn gwylio Collwyn yn rhedeg ar draws y ddôl o fewn deg cam i'r fan lle safai brawd Sitriuc a chorff y Ffrancwr wrth ei draed, ond ddim yn troi'i ben i edrych arnyn nhw. Yn rhedeg ymlaen . . . a chyrraedd Cormac . . . yn plygu drosto a chodi'i ben. Heb rybudd, saethau'n gwibio o gyfeiriad y coed agosaf ac yn taro'r ddau. Gruffudd yn syllu mewn arswyd ar Collwyn â thair saeth yn ei gefn yn dechrau llusgo Cormac, yna'n disgyn ar ei wyneb ar ben y Gwyddel. Gruffudd yn tynnu'i gleddyf ac yn gweiddi ar ei farchogion i ruthro ar y ddôl at eu milwyr traed. Sŵn utgorn uchel o rywle yn y goedwig, ac un croch yn ateb o gyfeiriad bwrdd Hugh. Yna rhes hir o saethwyr – cannoedd ohonyn nhw – yn ymddangos ar ymyl y goedwig a saeth ym mwa pob un yn barod i'w anelu at filwyr traed Gruffudd. Gruffudd yn gweiddi, 'Brad! Brad!' a'r un arswyd yn cydio ynddo ag a wnaeth ar faes brwydr Bron-yr–Erw pan welodd fod dynion Llŷn ac Eifionydd yn troi yn ei erbyn a bod ei sefyllfa'n anobeithiol. Roedd o wedi rhuthro o Fron-yr-Erw i Fenai i ddianc. Gallai ruthro am yr afon rŵan – ni fyddai torri trwy res marchogion y Ffrancwyr yr ochr arall i'r byrddau'n ddim . . . cipio'u ceffylau nhw a chroesi'r afon efo'i farchogion a ffoi am Eryri a Menai. Ond roedd dros dri chant o'i filwyr gorau ar y ddôl, a Collwyn, yn fyw falle. Ond fo oedd brenin Gwynedd, a'r afon oedd ei obaith gorau. Sŵn utgorn o gyfeiriad yr afon. Trodd i edrych. Roedd mintai fawr o filwyr traed yn dod i'r golwg o'r tu cefn i'r rhes geffylau a channoedd o bicellau'n disgleirio! Fedrai o byth gyrraedd yr afon! Clywodd ei hun yn gweiddi ar ei farchogion drwy'r cynnwrf,

'Ewch ar y ddôl! At ein milwyr traed!' Cododd ei lais a'i droi'n sgrech. 'Dilynwch fi!' Rhedodd yn wyllt trwy ganol milwyr y Ffrancwyr gan chwifio'i gleddyf o'i flaen a gwneud iddyn nhw neidio o'i lwybr. Ar draws y ddôl gan weiddi ar ei filwyr i godi'u harfau ac wynebu'r goedwig. Utgorn yn canu ar ymyl y coed, ac un arall o'r un cyfeiriad yn canu gydag o, ac un arall ar lan yr afon, yna'r utgorn croch o gyfeiriad bwrdd Hugh yn ymuno â'r tri. Yn sydyn y pedwar yn distewi. Ac yn

nistawrwydd rhyfedd yr ennyd nesaf clywid llais main Hugh
yn sgrechian gweiddi yn Lladin,

'Gruffudd ap Cynan! Gruffudd ap Cynan! Wyt ti'n fy
nghlywed i?'

Rhedodd Gruffudd ymlaen heb ddweud dim a
ffyrnigrwydd ei dymer yn torri trwy ei ofn.

'Gruffudd ap Cynan! Gwranda arna i! Gwranda ar hyn yn
iawn! Mae gen ti ddewis . . .'

Arhosodd Gruffudd a throi i geisio gweld Hugh, ond
roedd y barwn o'r golwg y tu ôl i'w farchogion. Synnodd o
weld mai dim ond ychydig o'i farchogion o oedd wedi medru
gadael y byrddau a'i ddilyn ar y ddôl. Oedd y sefyllfa wedi
newid yn rhy gyflym – dan gysgod y gystadleuaeth gyffrous –
i'r mwyafrif sylweddoli beth oedd yn digwydd? Ac yn yr holl
gynnwrf dim ond y rhai agosaf ato glywodd ei orchmynion . . . !
Ond roedd sŵn yr utgyrn wedi gwneud i bawb ddistewi.
Gallai deimlo'u distawrwydd rŵan fel chwys ocr. A doedd neb
yn symud, fel petai pob un yn disgwyl am ei ymateb o i eiriau
Hugh. Pa ddewis fyddai iddo heblaw byw neu farw?

'Gruffudd ap Cynan, dyma dy ddewis di. Rho dy hun yn
garcharor i mi, ac mi gaiff dy ddynion di i gyd fynd adre'n
fyw.' Dim ond y distawrwydd eto, a rhyw ddigalondid
dychrynllyd yn cydio yn Gruffudd. 'Neu – gwrthod rhoi dy
hun yn garcharor a dewis ymladd. Yna – fel y mae'n amlwg i ti
wrth edrych o dy gwmpas – mi gei di a dy ddynion i gyd eich
lladd.' Y llais yn troi'n wich eglur. 'Pob un ohonoch chi! Gwna
dy ddewis!'

Bellach safai dwy reng o saethwyr ar hyd ymyl y goedwig,
ac ar lan yr afon dwy reng o filwyr yn dal picellau. Teimlai

Gruffudd iasau'r arswyd eto, ac yn ddifeddwl – yn ôl greddf hen arferiad – trodd i chwilio am Collwyn a'i farn. A chofiodd. A cherddodd yn araf yr ychydig gamau at y lle y gorweddai Collwyn ar draws coesau Cormac, â'r saethau wedi'u plannu yn ei ysgwyddau fel tri blodyn hyll, a'r gwaed yn cronni ar waelod ei gefn. Roedd Cormac yn syllu i'r awyr a'i geg yn agored a'i wefusau'n ysgwyd, ond roedd llygaid Collwyn wedi cau.

'Collwyn!' Gruffudd yn mynd ar ei liniau wrth ben ei gyfaill. 'Collwyn!'

Y llygaid yn agor, ac yn syllu arno.

'Wyt ti am fyw, Collwyn?'

Y llygaid yn dal i syllu. Gafaelodd Gruffudd yn ei fraich. 'Glywaist ti'r cythraul tew 'na rŵan? Glywaist ti ei gynnig o?' Gruffudd yn gwyro'i wyneb i fod wrth wyneb Collwyn. 'A dy farn di?'

Y wên leiaf am ennyd. 'Fedra i ddim symud.'

Gruffudd yn gwasgu pen ei gyfaill rhwng ei ddwylo. 'Ond rwyt ti am fyw?'

Yr un wên eto, a'r llais bach. 'Wyt *ti* am fyw, Gruffudd?'

Gruffudd yn codi i sefyll yn syth. 'O'r ffŵl gwirion . . .' A'i lais yn troi'n frau. 'Rwyt ti wedi difetha'r cwbl i mi . . .' Sŵn traed yn rhuthro ato. A Sitriuc yn dod at ei ymyl â'i gleddyf anferth yn cael ei ddal uwch ei ben.

'F'Arglwydd Frenin! Dewis eu hymladd nhw! Maen nhw'n ein hofni ni!'

Gruffudd yn syllu ar y marchog mawr ond yn methu â'i ateb. Sitriuc yn camu oddi wrth Gruffudd yn chwifio'i gleddyf ac yn bloeddio ar ei farchogion i ddod ato. Hisian saethau, bloedd Sitriuc yn troi'n riddfan ac yntau'n disgyn yn araf ar ei liniau â blaenau chwe saeth yn ei gorff. Llais sych Collwyn, 'Dewis gael byw, Gruffudd!'

Hugh yn gweiddi, 'Brysia, Gruffudd ap Cynan! Cyn i mi'ch difa chi i gyd!'

Rhai o'r milwyr traed yn casglu'n anhrefnus o gwmpas Gruffudd. Yntau'n ei wthio'i hun drwyddyn nhw ac yn sefyll o'u blaen ac yn gweiddi. 'Be ydi gwerth addewidion cythraul bradwrus?'

Hugh yn ateb. 'Does yr un o dy ddynion di – heblaw'r tri oedd am beryglu ein cynllun ni – wedi cael ei anafu.' Un floedd a chwerthin main. 'Wyddost ti fod gynnon ni fil o filwyr yn barod i ymosod arnat ti, a chwe chant o saethau wedi'u hanelu atat ti a dy filwyr? Ac eto – dw i wedi peidio â gorchymyn dy ladd di – hyd yn hyn!'

Y milwyr traed o gwmpas Gruffudd yn tawelu'n sydyn fel petaen nhw newydd sylweddoli'r posibilrwydd fod cynnig iarll Caer yn un gwir. Y ddôl i gyd wedi mynd yn ddistaw eto. Gruffudd yn teimlo fod pob llygad arno wrth iddo gymryd dau gam araf i gyfeiriad y lle y tybiai roedd Hugh. Yna'n cofio am Collwyn yn aros ac yn troi ato. 'Aros ditha'n fyw . . . wnei di!' Collwyn yn dweud dim, a Gruffudd yn gweiddi mewn Gwyddeleg ar ei filwyr traed agosaf, 'Gwnewch eich gorau iddo fo. Ac i Sitriuc a Cormac . . .' Roedd brawd Sitriuc yn dal pen Sitriuc yn ei ddwylo, a meddyliodd Gruffudd am gyfeirio'i orchmynion at y brawd – y marchog agosaf, ond daliodd i siarad â'r milwyr. 'Ewch â nhw efo chi. Yn fyw neu'n farw. Cofiwch hynny.' Roedd o wedi methu â chadw'r digalondid o'i lais ar y diwedd. Cerddodd yn ei flaen at y bwrdd pellaf yn araf, gan wthio'i gleddyf i'w wain. Gwelodd Hugh yn dod i'r golwg o blith ei farchogion ar y bwrdd pen a Meirion Goch yn ymddangos wrth ysgwydd y barwn. Daeth yr ysfa drosto – fel gwres trwy ei ben – i ruthro at y bwrdd a rhwygo'r ddau â'i gleddyf. Ond daliodd i gamu'n nes atyn nhw heb gyflymu'i gam na chydio eto yn ei gleddyf. Trwy'r distawrwydd ar y ddôl daeth sŵn carnau ceffylau a sŵn trwm arfau o'r tu cefn iddo. Trodd ei ben – am ennyd gwirion yn hanner gobeithio mai rhyw fyddin Gymreig fawr oedd wedi disgyn o'r bryniau i'w achub. Yn symud o gyfeiriad y goedwig trwy fwlch yn rhesi saethwyr y Ffrancwyr roedd mintai o farchogion. A'r darnau dur syth yn disgyn o'u helmau tros eu trwynau, a'r dur cennog yn y gwisgoedd rhyfel hir, a phen pob tarian yn grwn a'i gwaelod yn big main, a'r ceffylau mawr trwm yn dweud ar unwaith mai rhagor o'r gelyn oedden nhw. Arhosodd llygaid Gruffudd ar y marchog oedd yn eu harwain. Dyn â barf fach ddu ganddo; ei helm a'i darian yn ddu, ac yn eistedd yn hollol syth ar ei geffyl. Yn sydyn fel ias gwayw, roedd Gruffudd yn gwybod pwy oedd o. Symudodd ei law yn reddfol a chydio'n chwim yn ei gleddyf, ond wrth iddo'i godi o'i wain gafaelodd pedwar o farchogion y Ffrancwyr ynddo a dal ei freichiau'n dynn. Clywodd lais Hugh.

'Mae hi'n rhy hwyr i hynna, Gruffudd ap Cynan!' Y chwerthin main. 'A pheth ffôl fyddai rhoi achos i Robert, arglwydd Rhuddlan, dy ladd di – rŵan, o flaen dy ddynion i gyd!'

7

Safai yn y tywyllwch yn pwyso'i gefn ar fur y pydew. Roedd anobaith llwyr yn llenwi'i feddwl. Anobaith a oedd yn waeth na'r ofn, ac yn waeth na'r ymwybod ei fod wedi methu unwaith eto. Petaen nhw wedi'i garcharu yng Nghymru – yn Rhuddlan, hyd yn oed – fe allai deimlo bod yna ryw obaith iddo gael ei achub.

Pan oedden nhw wedi'i lusgo mewn cadwyni o'r ddôl yn y Rug i faenordy yr ochr draw i'r afon, daliai i gredu'r posibilrwydd y gallai byddin o Wynedd gyrraedd yno dan arweiniad Gwyncu mewn pryd i uno â'i Ddaniaid a'i Wyddelod i'w achub. A'r bore canlynol pan gychwynnodd o'r maenordy yng ngolau cyntaf y wawr, â thua chant o farchogion a milwyr traed y Ffrancwyr yn ei hebrwng, roedd o'n dal i obeithio gweld byddin o rywle yn ymddangos dros un o gopaon y Berwyn ac yn disgyn ar garlam i'r dyffryn i'w ryddhau. Ond doedd 'run wedi ymddangos. A phan sylweddolodd nad oedden nhw'n croesi'r dyffryn ond yn dilyn yr afon am Gaer, roedd yn gwybod y byddai'n ffôl iddo ddisgwyl y câi ei achub o afael y Ffrancwyr. Yna ar ddiwedd y prynhawn gwelodd ddinas Caer; a'r muriau llwytgoch uchel o'i hamgylch a'r castell mawr ar y bryn yn cadarnhau ei anobaith. A phan ollyngwyd o i'r pydew o dan un o dyrau'r castell roedd yr anobaith hwnnw'n llwyr.

Roedd o wedi bod felly am ddiwrnodau. Doedd o ddim yn gwybod am faint yn iawn – am ddeg diwrnod, neu fwy, falle. Heb fwyd na diod, ei ddwylo a'i draed mewn gefynnau, a neb yn dod ar ei gyfyl. Doedd 'run o'r marchogion wedi siarad efo fo ar y daith i Gaer. Ac yn fwy rhyfedd, ddaeth Hugh na Rosier na Robert ddim yn agos ato yn y maenordy yn y Rug. Dim ond un frawddeg ddywedodd Robert wrtho yn Lladin pan ddaeth ar gefn ei geffyl ar draws y ddôl at fwrdd Hugh – 'Y tro yma, Gruffudd ap Cynan, mae dy fethiant di'n llwyr!'

Cerddodd rhywun ar y llawr uwchben y pydew. Gwrandawodd Gruffudd – sŵn traed trwm . . . Hugh, tybed? Arhosodd y traed o'r golwg yn agos at geg y pydew. Oedden nhw am ei godi o'r pydew? Neu am roi bwyd a diod iddo? Roedd syched dychrynllyd arno ac agorodd ei geg i weiddi am ddŵr. Yna penderfynodd beidio ag erfyn arnyn nhw am ddim. Daliwyd ffagl olau ar ymyl y pydew. Safodd Gruffudd yn syth yn y goleuni, yn peidio â throi'i wyneb ato ond yn cymryd y cyfle i edrych o gwmpas y pydew. Roedd y lle bron yn grwn, a'i ochrau o graig neu o gerrig coch, a thuag uchder ei ben ar un man disgleiriai ôl dŵr ar wyneb darn o graig.

Chwarddodd dau lais o'r tu draw i'r ffagl. Diflannodd y golau ac aeth sŵn y traed i ffwrdd. Aeth Gruffudd yn syth ar draws llawr y pydew i'r cyfeiriad lle tybiai roedd y gwlybaniaeth ar y graig. Llusgodd flaenau'i fysedd ar hyd ochr y pydew – teimlo'r pridd tamp . . . ymyl pigog y graig . . . yna oerni newydd, a chafodd hyd i'r gwlybaniaeth. Roedd o'n rhy uchel i'w geg ei gyrraedd. Pwysodd ei fysedd arno, yna rhwbiodd ei fysedd gwlyb ar draws sychder ei wefusau. Cafodd hyd i rigolau llyfn yn y graig lle'r oedd y gwlybaniaeth yn ffurfio'n ddiferion ar flaenau'i fysedd. Teimlai'n sicr ei fod yn bodio ôl bysedd llu o rai a fu'n crafu'n sychedig yno o'i flaen. Casglodd y diferion a sugnodd ei fysedd ddegau o weithiau cyn iddo fedru lleddfu rhywfaint ar y sychder yn ei wddw a'i geg.

Eisteddodd ar y llawr yn union o dan y mymryn o graig wlyb fel y medrai gael hyd i'r fan eto heb drafferth yn y tywyllwch. Roedd blas pridd ar ei dafod, ond fedrai o ddim poeri. Syllodd i fyny at geg y pydew gan obeithio gweld y llygedyn o oleuni llwyd a ddeuai o rywle, ei unig arwydd ei bod hi'n ddydd. Teimlai ei iselder yn waeth yn y düwch ofnadwy. Yn ei wendid siglodd wrth eistedd, a phwysodd ei gefn yn drwm ar ochr y pydew. Aeth ymyl miniog darn o garreg trwy wlân bras ei ddillad fel blaen saeth. Gwelodd ei feddwl y saethau yng nghefn Collwyn. Oedd o'n fyw? A'i farchogion a'i filwyr traed? Be ddigwyddodd iddyn nhw? Ac i Wynedd ac Aberffraw? Teimlodd ddagrau cynnes yn codi dros ymylon ei lygaid – nid dagrau hiraeth, ond arwydd o'i anobaith ac o gydnabod ei fethiant dinistriol. Roedd yn rhaid iddo gau Collwyn a'r lleill . . . ac Angharad . . . o'i feddwl. Roedd cofio amdanyn nhw'n rhy boenus iddo – fe fyddai ceisio dal y poenau hynny hefyd yn rhy niweidiol. Tynnodd ei gefn oddi wrth yr ochr a gorweddodd ar y llawr. Wrth orwedd yn llonydd daeth yn ymwybodol o'r poenau yn ei ddwylo. Roedd y gefynnau'n rhy dynn am ei arddyrnau mawr, a neidiai pigiadau o boen trwy ei ddwylo mewn amser â churiadau'i galon. Gwthiodd y gefynnau â'i ên, a medrodd eu symud ychydig yn nes at ei ddwylo, ac yn raddol lleihaodd y poenau. Gwrandawodd am sŵn. Lleisiau, traed, gwynt, llygod, sŵn rhywbeth. Ond doedd dim i'w glywed. Doedd yno ddim llygod oherwydd doedd dim bwyd yno. Gafodd y rhai a fu yno'n crafu am ddŵr o'i flaen eu llwgu i farwolaeth? Oedden nhw am ei lwgu o hefyd? Cofiodd weld caethweision afiach wedi'u gadael i farw ar ynys foel Sailtí unwaith. Roedd rhai wedi brathu darnau o'u breichiau – pob un wedi dewis ei fraich chwith. Symudodd ei draed gyda'i gilydd yn araf mewn hanner cylch i chwilio am olion esgyrn. Clywodd sŵn y gadwyn fer rhwng y gefynnau am ei fferau yn taro ambell garreg fach yn y llawr, ond doedd dim esgyrn yno. Wrth gwrs, fe fyddai'r Ffrancwyr wedi symud y cyrff cyn iddyn nhw bydru, neu fe godwyd y carcharorion oddi yno cyn iddyn nhw lwgu i farwolaeth. Ond nid – trawodd y syniad o yn sydyn – cyn bod y pydew wedi gwywo ysbryd ac ewyllys pob un. Ai dyna oedd pwrpas y driniaeth roedd o'n ei chael? Roedd y syniad fel her i'w styfnigrwydd cynhenid. Dywedodd drosodd a throsodd wrtho'i hun y gallai ddal y pydew ond iddo gael byw . . . ond iddo gael rhywbeth yn ei fol ganddyn nhw i'w gynnal. Ond iddo gael byw, credai y medrai ei gorff gwydn a'i ysbryd cyndyn wrthsefyll y gweddill.

Aeth chwech neu saith diwrnod arall heibio, a'i newyn unig yn nhywyllwch y pydew erbyn hynny wedi gwneud iddo golli diddordeb mewn unrhyw her, ac i beidio â malio am ddim ond cael bwyd i esmwytho'r gwayw'n brathu trwy ei stumog. Ond y noson honno, pan ddaeth y ddau efo'r ffagl i edrych arno eto, gwnaeth ymdrech arall i sefyll ar ei draed – yn simsan. Ffurfiodd y geiriau yn ei geg i ofyn am fwyd a diod. Ond roedd rhyw ewyllys gryfach na'i ddyhead yn ei rwystro. Ddywedodd o ddim. Clywodd leisiau'r ddau wrth iddyn nhw ei wylio, a'u chwerthin; eu lleisiau'n diflannu, ond sŵn eu chwerthin yn atsain yn ei glustiau am ennyd maith.

Llusgodd mwy o ddyddiau tebyg – ond eu bod nhw'n waeth – heibio. Wyddai o ddim faint ohonyn nhw. Bellach yr unig ffordd y medrai leihau'r poenau oedd trwy orwedd – weithiau am oriau – a'i ddwylo a'r gadwyn wedi'u gwasgu i bwll ei stumog, a'i benliniau wedi'u tynnu yn erbyn ei frest. Syrthiai droeon wrth sefyll i chwilio am y gwlybaniaeth ar y graig. A phan ddaeth yn ymwybodol o olau'r ffagl roedd o'n gorwedd ac wedi plygu'i hun i wasgu'i stumog. Diffoddodd y golau cyn iddo fedru symud i wneud ymdrech i sefyll. Swniai'r chwerthin yn uwch ac ymhell. Rywbryd, pan oedd ei boenau'n llai, cysgodd. A phan ddeffrodd o gymysgedd o freuddwydion clywodd ei hun yn galw enw Collwyn. Teimlai'i dafod fel wy yn ei geg, a llosgai holltau gwaedlyd ar draws ei wefusau. Roedd yn rhaid iddo godi ar ei draed a cheisio eto gael hyd i'r gwlybaniaeth ar y graig – methodd yn aml yn ddiweddar oherwydd doedd ganddo mo'r nerth i ddal ati'n chwilio'n hir ar ei draed. Pwysodd ar y mur i godi'i hun, a chwiliodd am ddarn gwlyb y graig. Ond methodd â chael hyd iddo. Roedd pwysau'r gefynnau a'r gadwyn ac yntau'n dal ei freichiau i fyny yn ormod iddo yn ei wendid mawr. Disgynnodd ar ei liniau, a chrafodd waelodion yr ochrau. Daeth ei fysedd o hyd i fymryn o bridd llaith a lwmp o fwsog arno. Cododd y mwsog a'i sugno, yna sugnodd lond llaw o'r pridd llaith. Ac un arall. Ac un arall. Roedd codi'r pridd yn ei flino. Gorweddodd o fewn cyrraedd iddo, a dioddef y poenau'n troi'n gwlwm poeth yn ei berfedd. Cyn hir ailddechreuodd godi'r pridd i'w geg. Yna gorweddodd eto a'r poenau'n waeth. Roedd yn sicr ei fod

yn mynd i farw. Gweddïodd gan syllu ar y tywyllwch, a'r pridd
wedi caledu ar ei wefusau ac yn ei farf. Yn clywed geiriau'r
weddi'n araf yn ei ben . . . gofyn am faddeuant am ei
wendidau a'i fethiant . . . melltithio Robert a Hugh a Meirion
Goch – fedrai o ddim cofio enwau'r lleill . . . gofyn am fendith
ar rai annwyl a ffyddlon ac enwi Collwyn ac Angharad a Máire
. . . gofyn am farwolaeth fuan dawel . . . ac erfyn ar Sant
Columba i hebrwng ei enaid yn ddiogel.

Adroddodd yr amen drosodd a throsodd. Fedrai o ddim
cael hyd i fwy o bridd gwlyb. Gorweddodd yn llonydd â'i
benliniau yn erbyn ei frest heb yr egni mwyach i wneud dim
arall, a'i feddyliau mewn dryswch yn aml. Weithiau byddai'n
dechrau mynd dros y weddi eto yn ei feddwl, ond methai bob
tro â chyrraedd ei diwedd yn iawn. Dychwelai ei feddwl o hyd
i'r dyhead i gael syrthio i gysgu neu i ryw fath o anymwybod –
a chael aros felly nes ei fod yn farw.

Roedd o mewn hanner llewyg pan ddaeth y syniad ansicr
i'w ben ffwdanus ei fod yn cael ei ysgwyd, a bod lleisiau o'i
gwmpas. Derbyniodd yr argraff fel y derbyniai'r pytiau hunllef
a ddisgleiriai ar ei feddwl o dro i dro. Newidiodd y breuddwyd
a theimlodd ei hun yn cael ei godi a chlywodd sŵn ei enw. Y
llais yn bloeddio wrth ei glust, a phoen yn taro'i wyneb.
Agorodd ei lygaid. Roedd golau yn y pydew . . . yn ei ddallu . . .
a ffurfiau duon yn siglo wrth ei ymyl . . . ac roedd y pydew yn
siglo. Chwyddodd cylch gwyn yn wyneb anferth o'i flaen . . . a
daeth llais ohono yn ailadrodd geiriau – geiriau Lladin yn
cynnwys ei enw. Syllodd ar yr wyneb a oedd yn siglo rŵan
hefyd fel lleuad ar ddŵr.

'Gruffudd ap Cynan, rwyt ti'n fudr fel mochyn! Ac rwyt

ti'n drewi fel mochyn! Dydi brenin ddim i fod i ddrewi fel hyn!' Sŵn lleisiau'n chwerthin yn agos ac yn y pellter bob yn ail. Llais yr wyneb mawr eto. 'Ond mae'n rhaid i ni dy godi di oddi yma! Gruffudd ap Cynan, saf ar dy draed!'

Siglodd yr wyneb a'r ffurfiau a'r pydew i gyd o'i olwg i'r tywyllwch.

8

Dŵr oer yn ei lygaid a'i ffroenau, ac yn ei geg a'i glustiau.
Roedd y dŵr yn ei fygu ond methai â symud ei ben ohono.
Clywodd lais aneglur yn gweiddi mewn Lladin,

'Yfa fo, Gruffudd ap Cynan, tra mae o gen ti!'

Codwyd ei ben fymryn o'r dŵr. Hanner agorodd ei lygaid.
Roedd o yng ngolau dydd. Sylweddolodd fod rhywun yn dal ei
ben mewn casgen o ddŵr. Drachtiodd y dŵr – yn tagu wrth
wneud ond yn teimlo gollyngdod anferth wrth i'r ffrwd oer
redeg trwy ei gorff i'w berfedd. Yna bron ar unwaith tynnwyd
ei ben o'r gasgen.

'Dim gormod y tro cynta – does arnon ni ddim isio i ti
chwydu o flaen yr iarll!'

Sŵn chwerthin. 'A phaid â meddwl dy fod di'n cael mynd
o'i flaen o heb olchi'r wyneb a'r farf warthus yna! Dangos
dipyn o barch!'

Chwerthin eto wrth i'w ben gael ei wthio i lawr yn ôl o
dan y dŵr. Yna'n cael ei godi ohono a'i wthio wedyn i'r dŵr
nifer o weithiau. Rhywun yn ei dynnu o'r gasgen gerfydd ei
wallt, a dyn yn gwyro drosto ac yn syllu arno. Roedd meddwl
Gruffudd yn clirio, ac roedd ei lygaid yn dechrau dygymod â
golau dydd. Sylweddolodd mai Ffrancwr yng ngwisg filwrol
marchog oedd yn edrych i'w wyneb, a bod dau filwr yn cydio
yn ei freichiau, a'i fod yn sefyll wrth dalcen adeilad pren y tu

mewn i furiau castell. Cofiodd yn iawn ble'r oedd.

'Rwyt ti'n edrych yn well – yn fwy tebyg i greadur dynol. Synnwn i ddim na fyddi di'n dal i fyw am ddiwrnod neu ddau arall!' Y chwerthin uchel eto oddi wrth y tri, a'r marchog yn chwerthin fwyaf. A rhyw syniad yn troi yn meddwl Gruffudd ei fod yn adnabod sŵn eu chwerthin, ond yn methu â gwybod sut.

'Tyrd, mae'r Arglwydd Hugh, iarll Caer, isio dy weld di . . .' Pwl o chwerthin. '. . . am y tro ola!'

Llusgwyd Gruffudd ar hyd talcen y cwt pren, ar draws rhan o fuarth mawr y castell, i fyny rhes o risiau pridd yn cael ei gario gan y ddau filwr, a thrwy borth i'r beili uchaf. Yna daethon nhw at adeilad mawr pren yn sefyll yn erbyn mur y beili. Aeth y marchog i mewn i'r adeilad, ond dychwelodd yn fuan a heb ddweud gair, gafaelodd yng ngwar Gruffudd a'i wthio i mewn i'r adeilad.

Gwelodd Gruffudd ei fod mewn ystafell hir a llydan; tybiai mai hi oedd prif neuadd y castell. Roedd byrddau pren wedi'u gosod yn un rhes ar ddwy ochr iddi gan adael y llawr ar hyd y canol yn wag. Yn y pen draw safai bwrdd anferth fel pont rhwng y ddwy res, ac wrtho eisteddai nifer o ddynion. Cododd un ohonyn nhw ei law, ac ar unwaith llusgwyd Gruffudd at y bwrdd a'r ddau filwr yn cario'i holl bwysau, ei draed yn llusgo ar hyd y llawr a heb y nerth i ddal ei ben i fyny. Clywodd lais Hugh o gyfeiriad y bwrdd yn agos ato yn gweiddi yn Lladin:

'Dyna fo, Philip! Paid â dod â'r creadur yn ddim nes aton ni. Mae arna i isio mwynhau'r wledd ar ôl hyn!' Dynion yn chwerthin a'r marchog yn gafael yn ysgwydd Gruffudd i'w rwystro rhag symud ymlaen. Cododd Gruffudd ei ben.

Eisteddai pedwar dyn wrth y bwrdd; Hugh yn fawr ac yn amlwg yn eu canol, ac i'r dde iddo ddyn â'i farf a'i wallt yn ddu disglair – Robert o Ruddlan. Teimlodd Gruffudd gyffro yn ei nerfau'n corddi'r gwayw trwy ei ganol. Ysai am fedru chwydu dros y bwrdd.

'Mae'n drist,' meddai Hugh, yn esgus dangos cydymdeimlad yn ei lais, 'gweld *brenin* ifanc yn edrych yn fwy truenus na hen gaethwas . . .' Y rhai wrth y bwrdd, a'r marchog Philip, a oedd yn sefyll y tu ôl i Gruffudd, yn chwerthin. Hugh yn disgwyl iddyn nhw ddistewi. 'Ond ar dy falchder di a dy styfnigrwydd di roedd y bai. Petaet ti wedi cytuno i mi gael hanner dy fyddin di, ac i Arglwydd Rhuddlan yma gael darn o dy dir di i adeiladu castell arno, wel . . .' Chwifiodd y bysedd tewion. 'Mi faset ti'n llywodraethu dy deyrnas . . . fach . . . mewn diogelwch rŵan.' Sychodd ei geg ag ymyl ei fantell las fawr. Roedd pen Gruffudd yn disgyn yn ôl ar ei frest. Clywodd y llais main eto. 'Ond roedd dy falchder pengaled di'n rhy fawr – yn rhy fawr o lawer i un o dy faint di – ac mi gollaist ti'r cwbl. Popeth! Yn waeth na hynny, does–'

'Y lleill?' Rhwygodd y cwestiwn yn wich gryg allan o geg Gruffudd.

'Be mae'r creadur yn ei ddweud, Philip?'

Atebodd y marchog y tu ôl i Gruffudd, 'Dw i'n meddwl ei fod o'n holi am y lleill, f'Arglwydd.'

Cododd Gruffudd ei ben i edrych ar y barwn tew.

'O! dw i'n deall!' meddai Hugh. Trodd ei wyneb at Robert a dechreuodd y ddau chwerthin. 'Dywed ti wrtho fo, Robert. Dy gynllun di oedd hwn.'

Sythodd Robert o Ruddlan yn ei gadair cyn siarad, a

chliriodd meddwl Gruffudd am ysbaid arall iddo fedru ofni cael disgrifiad dychrynllyd o fel y lladdwyd pob un o'i ddynion.

'Gruffudd ap Cynan . . .' y llais yn gyflym a chaled ac ymffrostgar, 'fy nghynllun i oedd dy gael di a dy filwyr o Iwerddon i Rug. Fy ngharcharor i wyt ti. Mi gefais i gymorth fy nghefnder, iarll Caer, a Rosier iarll Amwythig, ond fi biau ti. Cofia hynny. A fi biau Gwynedd. A chofia hynny –'

Gwichiodd Gruffudd ar ei draws, 'Y lleill?'

Agorodd dau lygad du Robert yn fawr, a sgleinio'n ffyrnig ar Gruffudd. Siaradodd yn arafach ond â'r ymffrost yn amlycach. 'Wnân nhw ddim ymladd i ti eto – nac i neb arall chwaith.' Roedd o'n gwenu.

Teimlai Gruffudd ddagrau'n boeth yn ei lygaid. Gwyrodd yn nes at y bwrdd – mor agos ag y medrai yng ngafael y ddau filwr – ac meddai, a'r geiriau gwichlyd yn crafu ar ei gilydd, 'Y diawl aflan! Mi felltithia i di bob awr sy gen i! A phetawn i'n medru chwydu mi faswn–'

Y wên yn diflannu. 'Ie, petaet ti'n medru! Ond fedri di wneud dim bellach, Gruffudd ap Cynan . . . ond marw!' Newidiodd tymer y dyn. Roedd o'n siarad yn uwch. 'Ac mi wna i'n sicr na fydd raid i ti ddisgwyl yn hir am hynny!'

Torrodd Hugh ar ei draws. 'Ond dywed wrtho be wnest ti i'w ddieithriaid.'

Edrychodd y ddau farwn ar ei gilydd am ennyd. Disgynnodd pen Gruffudd yn ôl ar ei frest. Dywedodd Robert rywbeth yn gyflym yn Ffrangeg, ac atebodd Hugh yn swta yn yr un iaith. Oedd yna fymryn o anghydfod rhwng y ddau? meddyliodd Gruffudd yn ddifater trwy ei flinder. Clywodd lais Hugh.

'Gruffudd ap Cynan, oes arnat ti isio marw ym mhydew'r hen ffynnon?'

Ddywedodd Gruffudd ddim a chododd o mo'i ben. Doedd dim ots ganddo bellach ble y byddai'n marw. Mi fedrai ddal tridiau arall ar lawr y pydew – ac fe fyddai tridiau yn ddigon i'w orffen. Siaradodd Robert.

'Ond, f'Arglwydd Hugh, mae o'n arferiad i ddallu môr-ladron. A dydi hwn, wedi'r cwbl, yn ddim mwy na môr-leidr uchelgeisiol.'

Daeth yr enw 'môr-leidr' ag atgof am Angharad a thraeth Aberffraw i Gruffudd. Torrodd llais Hugh ar ei feddyliau.

'Galw fo'n fôr-leidr os mynni di ond cofia wedyn y bydd rhaid i ti – yn ôl y ddeddf – roi ei gyfoeth a'i diroedd o i gyd i'r brenin.'

Chwyrnodd rhywun – Robert, mae'n debyg. Ond ddywedodd o ddim byd eglur. Roedd y dŵr yn stumog Gruffudd yn llosgi a'i ben yn troi.

'Gruffudd ap Cynan, lle i ddofi carcharorion gwyllt . . . styfnig . . . ydi'r pydew. Wyt ti wedi dy ddofi? . . . O, wyt!' Boddhad uchel yn y llais main, 'Fel pob un arall! Er mai carcharor Robert, arglwydd Rhuddlan, wyt ti, fy nghyfrifoldeb i wyt ti tra byddi di'n cael dy gadw yma–'

Daeth llais Robert ar draws ei gefnder. 'Ond pan fydda' i wedi cael trefn ar bethau yng Ngwynedd mi fydda i'n ei symud o i Ruddlan.' Y geiriau'n dilyn ei gilydd yn gyflym iawn ac yn uchel. 'A dyna fydd ei ddiwedd o!'

Cliriodd pen Gruffudd fymryn, a chododd yn araf. Roedd Hugh yn edrych ar ei gefnder â golwg ffyrnig ar ei wyneb. Yna trodd ei wyneb at Gruffudd a siarad fel petai heb glywed geiriau olaf Robert.

'Rydyn ni'n bobl waraidd. Ac mae o'n draddodiad ymysg y prif arglwyddi yn Normandi . . .' gwnaeth y pwyslais ar y geiriau 'prif arglwyddi' i Robert symud yn ddiamynedd ar ei gadair, '. . . i barchu beth oedd swydd carcharor. Doedd gen ti fawr o swydd . . . ond fe gei di fyw gen i. Chei di mo dy ddallu. Rwyt ti'n haeddu cymaint o barch â hynny . . . Fe symuda'i di o'r pydew, ac fe gei di dy fwydo – hanner y bwyd arferol i gaethwas.'

Chwarddodd Robert. Edrychodd Hugh yn ffyrnig arno eto, ac agorodd ei geg fel petai'n mynd i ddweud rhywbeth. Yna newidiodd ei feddwl a throdd ei olwg yn ôl ar Gruffudd.

'Ond – ac mae arna i isio i ti ddeall hyn – os byddi di'n ceisio dianc fe gei di dy ladd. Wyt ti'n deall?'

Syllodd Gruffudd o'i flaen yn gweld y barwniaid a'r bwrdd mawr a muriau a llawr y neuadd yn siglo, ac yn teimlo'r llosgi yn ei stumog yn troi. Gwelodd Hugh yn codi ar ei draed, ac yn ymddangos fel petai'n ysgwyd i gyd.

'Wyt ti'n deall? Ateb fi!'

Rhedodd diferion chwys i lawr dros drwyn Gruffudd. Edrychai Hugh yn anferth yn ei fantell las fawr. Ond doedd o ddim yn ysgwyd rŵan, na'r lle yn siglo. Roedd Hugh yn gweiddi arno am ateb eto, yn ceisio dangos ei awdurdod o flaen ei gefnder a'r lleill. Wel, châi o ddim gair o ufudd-dod ganddo fo – roedd y penderfyniad yn fwy eglur na dim arall ym meddwl Gruffudd. Wnâi o ddim, a ddywedai o ddim a fyddai'n cydnabod awdurdod y Ffrancwyr drosto – tra câi fyw ganddyn nhw.

'Ateb fi, greadur!' Y llais main yn sgrechian a gwrid yn codi o'r bochau gwyn mawr.

Daliodd Gruffudd yn fud.

'Torra'i dafod o i ffwrdd – dydi o ddim am ei ddefnyddio fo eto!' meddai Robert.

Roedd Hugh yn chwifio'i ddwylo. 'Philip! Gwthia fo'n nes ata i! Gwthia fo!'

Trawodd dwylo'r marchog yn erbyn cefn Gruffudd a'i hyrddio ymlaen yn erbyn ymyl y bwrdd. Gwyrodd Hugh dros y bwrdd ato a siarad yn ddistawach, a gadael sŵn ei anadlu rhwng y geiriau fel petai'n gwneud ymdrech i reoli'i dymer.

'Dw i'n gorchymyn i garcharor . . . fy ateb i . . . Ateb fi!' Disgwyliodd y barwn am atebiad, y gwrid wedi tywyllu a lledaenu dros ei dalcen, a'i geg yn hanner agored. Roedd y rhain wedi lladd Collwyn a Sitriuc a Cormac a'r lleill i gyd – cannoedd o'r milwyr gora welodd o erioed, rhai wedi bod efo fo ers y tro cynta y gwelodd o Abermenai. Roedd y rhain wedi dwyn Gwynedd oddi arno . . . am byth! Ac roedd y cythreuliaid yma'n disgwyl ufudd-dod ganddo rŵan! Sugnodd ei fochau i chwilio am rywfaint o boer. Cafodd hyd i beth bron yn sych, a symudodd o ar ei wefus. Gwenodd, yna gyda hynny o nerth a oedd yn ei wefusau poenus chwythodd y poer at yr wyneb o'i flaen. Disgynnodd y diferion sych fel mymryn o eira mân ar y fantell las. Dechreuodd Robert chwerthin cyn sgrech ei gefnder, a'r ennyd nesaf disgynnodd dwrn mawr meddal ar draws clust Gruffudd gan ei fwrw i lawr i dywyllwch.

9

Doedden nhw ddim wedi'i ladd, na'i roi yn ôl yn y pydew.
Gorweddai ar lawr pridd llychlyd mewn goleuni llwyd-dywyll.
Ceisiodd Gruffudd weld lle'r oedd o. Symudodd ei ben yn araf
a theimlodd boenau newydd ar ochr ei ben. Cofiodd am Hugh
yn ei daro. Symudodd ei dafod – doedden nhw ddim wedi'i
dorri, roedd o yno fel hen ledr o hyd. Ond teimlai fod
rhywbeth gwaeth i'w gofio. Yna ffurfiodd yr atgof yn ei ben –
roedden nhw wedi lladd ei filwyr i gyd. Rhuthrodd rhes o'u
henwau trwy ei feddwl – y rhai annwyl a'r dewr a'r ffyddlon.
Griddfanodd yn uchel, a phan ddechreuodd felltithio'r
barwniaid daeth yn ymwybodol o sŵn anadlu yn ei ymyl . . .
Fe ddywedodd Hugh rywbeth am ei fwydo. Oedd y barwn
wedi cadw at ei addewid wedi'r cwbl? Gwnaeth ymdrech i
droi ar ei ochr i weld pwy oedd yno, ond roedd rhywbeth yn
dal ei draed rhag symud. Trodd ei ben. Roedd o mewn cwt
pren, a'r goleuni'n dod i mewn drwy'r agoriad yn un pen iddo.
Gwelodd fod y gadwyn fer rhwng y gefynnau am ei fferau
wedi ei chysylltu â phostyn trwchus ar ganol y cwt gan
gadwyn arall drom hir. Syllodd ar y postyn – roedd rhywun
aneglur yn sefyll wrtho. Symudodd Gruffudd ei ysgwyddau i
geisio codi ar ei eistedd, ac wrth iddo wneud gwelodd fod y
goleuni'n taro dur cleddyf yng ngafael yr un wrth y postyn, a
bod blaen y cleddyf wedi'i anelu ato. Camodd dyn oddi wrth y

postyn a neidiodd blaen y cleddyf yn syth am fynwes Gruffudd. Tywyllwyd ei olwg gan y dyn yn plygu drosto, yna roedd min blaen y cleddyf yn pigo croen ei wddw. Teimlodd ei hun yn crynu a'i geg yn agor yn fawr i weiddi ond fedrai o ddweud dim. Crafodd blaen y cleddyf ar hyd croen ei wddw . . . bachodd pig y blaen yn y croen, a theimlodd ddiferyn o waed yn rhedeg fel pryf tros ei wddw. Daeth wyneb y dyn â'r cleddyf yn nes ato. Yn bennoeth, gwallt tywyll a barf drwchus ac oglau medd ar ei wynt . . . y dyn yn chwerthin . . . ac yn siarad yn Gymraeg.

'Mae cymaint o ofn arnat ti, Gruffudd ap Cynan – rwyt ti'n crynu!'

Syllodd Gruffudd ar y cysgod du lle'r oedd wyneb y dyn gan chwilio am y llygaid.

Methodd â'u gweld, a gwichiodd, 'Cymro!'

'Petawn i . . .' meddai'r dyn yn araf, 'yn gwthio blaen hwn fymryn ymhellach . . . mi fasat ti'n farw . . . cyn i mi fedru dweud y newydd . . . trist . . . wrth yr iarll.'

Pigodd blaen y cleddyf yn ddyfnach i wddw Gruffudd, a theimlodd un diferyn gwaed ar ôl y llall yn llithro dros ei groen. Dechreuodd feddwl geiriau gweddi, ond roedd ei ofn mawr yn drysu ei feddyliau, a chlywodd ei hun yn gwichian eto, 'Ond Cymro wyt ti!' fel petai wedi anghofio am Meirion Goch.

'Dw i'n dy gasáu di, Gruffudd ap Cynan! A dy Ddaniaid a dy Wyddelod cythreulig! Ac mi faswn i'n aberthu fy mraich er mwyn cael y boddhad o dy ddifa di!' Gafaelodd y dyn yng ngwallt Gruffudd a gwelodd wyn ei lygaid yn dangos, a gwyn ei ddannedd. Ceisiodd symud ei wddw oddi wrth y cleddyf, ond roedd y dyn yn cydio'n rhy dynn yn ei wallt. 'Y cythraul dialgar!' meddai'r dyn.

Daeth sŵn traed ac arfau'n tincian o gyfeiriad yr agoriad, a cherddodd rhywun i mewn i'r cwt gan siarad yn Ffrangeg. Gollyngwyd gwallt Gruffudd, a chododd y dyn â'r cleddyf yn gyflym ar ei draed. Roedd dau ddyn yn croesi llawr y cwt at Gruffudd, ac roedd mwy o oleuni yno iddo fedru gweld mai'r marchog Philip oedd un ohonyn nhw, ac un o'r milwyr a'i llusgodd o i'r neuadd oedd y llall. Safodd y marchog wrth draed Gruffudd yn syllu arno. Trodd at y dyn a fu'n pigo Gruffudd â'i gleddyf, a siaradodd yn Lladin.

'Dy ddyletswydd di, Gymro, oedd aros yma yn y cwt yn gwylio hwn – nid ei waedu o.' Roedd y llais yn hanner cellweirus.

'Ond os oedd o am fynd . . . dianc?' meddai'r Cymro'n araf yn ei Ladin ansicr.

Edrychodd y marchog ar y gadwyn hir oedd yn clymu Gruffudd wrth y postyn. 'Be? Oedd hwn yn ceisio dianc?'

Y Cymro'n gwenu. 'Roedd o'n . . . meddwl am wneud!'

'Felly, fe wnest ti'n iawn i'w bigo fo fymryn,' meddai'r marchog. Chwarddodd y ddau a'r milwr arall. Yn sydyn peidiodd y marchog a newidiodd tôn ei lais.

'Cofia hyn – paid â'i ladd o – beth bynnag fydd y demtasiwn. Nid dy fraint di fydd cael y pleser hwnnw. Wyt ti'n deall hynny?'

'Mi fyddai'n bleser mawr i mi, hefyd.'

'A deall hyn, Gymro; os caiff hwn ei ladd tra wyt ti yn y cwt yma – mi fyddi di'n cymryd ei le fo.'

Gwenodd y Cymro a gwthio'i gleddyf i'w wain.

'Ond os digwyddith i dy gasineb di at hwn . . . droi,' meddai'r marchog, 'a'i fod o rywsut yn dianc tra wyt ti yma –

fe gei di dy ddallu. Wyt ti'n dal i ddeall?'

'Helpu hwn?' Chwarddodd y Cymro. 'Byth!'

Edrychodd y marchog ar Gruffudd. 'Na, wnaiff hwn ddim dianc. Fedar o ddim sefyll.' Camodd yn nes at Gruffudd, a chydio yn ei fraich a'i glun. 'Mae hi'n bryd i ni roi mymryn yn ei fol o – neu mi fydd hi'n rhy hwyr.' Gwyrodd ei ben, a siaradodd ag ambell nodyn llai chwyrn yn ei lais.

'Gruffudd ap Cynan! Wyt ti'n fy nghlywed i?'

Syllodd Gruffudd arno heb ateb. Yr unig hawl oedd ganddo bellach oedd cael dewis peidio â dweud dim wrthyn nhw. Tra medrai ddal i wrthod eu hateb doedden nhw ddim wedi'i orchfygu'n llwyr. Oedd y marchog wedi deall hyn? Ymddangosodd gwên gyflym ar ei wyneb.

'Camgymeriad oedd poeri ar f'Arglwydd Hugh. Mae gen ti elynion gwaeth – ond neb sy'n gryfach. Cofia hynny.'

Caeodd Gruffudd ei lygaid. Clywodd sŵn y marchog a'i filwyr yn cerdded allan o'r cwt, a'r marchog yn dweud rhywbeth dan ei wynt wrth y Cymro. Ar ôl i sŵn eu traed ddiflannu siaradodd y Cymro efo Gruffudd.

'Glywaist ti Philip rŵan? Cha' i mo dy ladd di. Ond dw i'n mynd i gael hwyl efo . . . Brenin Gwynedd!' Chwarddodd yn annifyr. 'Cod ar dy draed, dy fawrhydi!' Trawodd blaen ei droed yn erbyn asennau Gruffudd. Gwingodd Gruffudd gan boen. Agorodd ei lygaid, ond symudodd o ddim.

'Dw i'n benderfynol dy fod di'n cerdded at y postyn yma, dy fawrhydi. Rŵan, ar dy draed cyn i'r cleddyf 'ma dorri tipyn mwy o dy groen di!' Blaen y droed yn rhoi ergyd i ysgwydd Gruffudd. 'Cod! Y cythraul pengaled!' Gwyrodd y Cymro ac estyn ei law fel petai'n bwriadu cydio yn y gadwyn rhwng dwylo Gruffudd a'i dynnu i fyny ar ei draed. Yn sydyn, â'i holl nerth eiddil, cododd Gruffudd ei ddwylo'n uchel i gyfarfod pen y Cymro fel bod y gadwyn yn taro'n galed ar draws cefn trwyn y dyn. Bloeddiodd y Cymro mewn poen, a chamodd oddi wrth Gruffudd gan ddal ei law ar draws ei wyneb.

'Mi rwyga i di am hyn!' meddai ar dop ei lais.

Ar unwaith ymddangosodd dau filwr yn yr agoriad. Camodd un i mewn i'r cwt a gwaeddodd y llall yn Lladin, 'Be sy'n bod, Gymro?' Gwelodd y gwaed ar wyneb y dyn a chwarddodd. 'Dach chi'r Cymry'n gymaint o ffrindia efo'ch gilydd!'

'Mi rwyga i o!' meddai'r Cymro yn Gymraeg gan dynnu'i gleddyf allan.

'Mae Philip isio dy weld di rŵan – ar unwaith,' meddai'r milwr oedd yn dal i sefyll wrth yr agoriad.

'Dw i . . . i aros yma . . . efo hwn. Mi ddeudodd Philip,' meddai'r Cymro'n flin.

'Mae o'n disgwyl amdanat ti yn nhŵr y gwylwyr. Brysia!'

Sychodd y Cymro ei drwyn gwaedlyd â chefn ei law. 'Dw i am roi gwers i hwn . . . cyn mynd.'

'Nac wyt–' Cyn i'r milwr wrth yr agoriad ddweud mwy, trodd y Cymro'n gyflym a gwibiodd blaen ei gleddyf am ochr wyneb Gruffudd. Ond yr un ennyd neidiodd y milwr oedd yn y cwt am y Cymro a'i fwrw yn erbyn mur yr adeilad gan weiddi rhywbeth yn Ffrangeg.

'Dwyt ti ddim yn gall!' meddai'r milwr wrth yr agoriad. 'Wyt ti ddim yn gweld ei fod o'n fwy na hanner marw? Fe allai un briw eto ei orffen o!'

Chwarddodd y Cymro gan wthio'r milwr arall oddi wrtho.

'Gobeithio y bydd Philip yn chwerthin pan glywith o'r hanes yma gen i,' meddai'r un wrth yr agoriad. Ychwanegodd, 'Petaet ti wedi bod mewn byddin iawn erioed mi fasat ti wedi dysgu rheoli dy dymer yn well o lawer.'

Chwarddodd y Cymro eto wrth gerdded allan o'r cwt, ac roedd ei lais mawr i'w glywed yn gweiddi o'r tu draw i'r agoriad, 'Efo fi – mae Philip yn gwybod – mae Gruffudd ap Cynan yn ddiogel . . . fel llygoden . . . ym mhig tylluan.' Collodd Gruffudd ystyr geiriau gweddill y weiddi.

Rŵan, a chyffro perygl ymosodiad y Cymro arno drosodd, teimlai'i wendid a'i boenau'n waeth nag o'r blaen. Gorweddai'n swp bron yn ddiymadferth, ei lygaid wedi'u cau eto, ei ben mewn gwres a'i feddyliau'n troi fel mwg mewn gwynt. Clywodd lais agos, ac eto o ryw uchder mawr; y geiriau wedi'u gwasgu i'w gilydd, ac un yn disgyn ohonyn nhw ac yn atsain yn ei glust – 'Marw! Marw! Marw!' Tawelodd y llais, ond gallai ddal i glywed y gair yn ei ben – 'Marw! Marw!' Agorodd ei lygaid yn llydan. Doedd neb wrth ei ymyl yn siarad. Distawodd sŵn y gair, a ffurfiodd ei feddyliau'n fwy pendant. Gwthiodd ei ddwylo'n boenus o dan ei ben er mwyn iddo fedru edrych o gwmpas y cwt yn well. Roedd o yno ar ei ben ei hun. Dychwelodd yr atgof – ansicr bellach – i'w feddwl . . . roedd Hugh . . . neu Philip, neu rywun, wedi dweud y byddai'n cael rhywbeth yn ei fol. Oedd o wedi breuddwydio hyn hefyd, ac wedi mynd i gredu'i fod yn wir – fel y credodd unwaith yn y pydew ei fod yn sefyll mewn cawod o law? Oedd y ddau filwr wedi'i adael i fynd i nôl diod a bwyd iddo? Neu, a oedden nhw wedi gweld ei bod hi'n rhy hwyr i'w achub ac wedi'i adael i farw yno? Ond fe ddywedodd Philip wrth rywun

. . . y Cymro . . . efo'r cleddyf, cofiodd yn araf . . . am beidio â'i ladd. Ond, wedyn, fe waeddodd un o'r milwyr y gair *marw* uwch ei ben . . .

Torrodd y poenau eto fel cyllyll ar draws ei ganol. Llusgodd ei benliniau yn erbyn ei frest wrth i'r gwres ddychwelyd yn waeth i'w ben a'i ddallu. Rhygnodd sŵn ei riddfan trwy ei wddw sych. Dyheai am gael llewygu eto a chael dianc oddi wrth wayw'r newyn. Siglodd ei feddyliau ar ben ei gilydd . . . Clywodd ei fam yn dweud wrtho am ofalu ei fod yn bwyta'i uwd i gyd bob dydd ac yn addo y byddai o wedyn yn tyfu i fod yn gryfach na'i dad am fod gwaed gora'r Daniaid ynddo . . . Chwythai gwynt mawr o'r môr gan daflu'r tywod i'w wyneb – i'w lygaid a'i ffroenau . . . Roedd y tywod yn llenwi'i geg ac yn cau'i wddw. Dechreuodd weiddi . . .

Yna roedd Angharad yn ei gusanu, a'i cheg yn wlyb ac oer ar ei wefusau, ac roedd o isio crio am fod blas gwin y Ffrancwyr ar ei cheg . . . Rŵan roedd y blas yn llenwi ei geg, a'r gwin ei hun yn rhedeg dros ei wefusau a'i ên, a thrwy ei farf a thros ei wddw ac yn gwlychu ei frest . . . Rŵan, roedd o'n symud ac Angharad gydag o. Teimlai ei breichiau hi'n ei wasgu, a chlywai ei llais hi'n mynd yn uwch ac uwch . . . a'i llais yn newid wrth alw ei enw . . . 'Gruffudd ap Cynan . . . Gruffudd ap Cynan!'

Agorodd ei lygaid. 'Angharad!' meddai a sŵn yr enw'n aneglur. Roedd dau wyneb yn syllu arno. Dau ddyn – milwyr y Ffrancwyr. Daliai un bowlen bren wrth geg Gruffudd, ac roedd gwlybaniaeth o'r bowlen yn rhedeg dros ei ên.

'Yfa hwn – yn araf,' meddai'r wyneb agosaf ato.

10

Daeth y ddau filwr – yr un rhai, sylweddolodd, a oedd yn y cwt pan rwystrwyd y Cymro rhag ymosod arno – â dŵr neu lefrith iddo hanner dwsin o weithiau y dydd am dridiau. Yna daethon nhw â llond powlen o gawl a darn o fara haidd a diod o ddŵr iddo bob hwyrnos, ond dim mwy o lefrith. Yn raddol lleihaodd y poenau yn ei stumog, a chollodd beth o'r ysgafnder yn ei ben. Medrai sefyll eto heb ddisgyn. A dau neu dri diwrnod ar ôl iddo gymryd y cawl a'r bara, medrodd gerdded ychydig o gamau o gwmpas y cwt – yn araf, gan lusgo'r gadwyn drom ar ei ôl. Roedd y cerdded yn boenus iddo, ond gwnaeth ymdrech bob dydd i symud rywfaint ar ei draed.

Edrychai ymlaen yn ystod y boreau a'r prynhawniau at gael ei fwyd, ac ar ôl ei gael byddai'n disgwyl am dywyllwch a thawelwch y nos iddo gael cysgu. Bellach doedd dim arall o bwys iddo. Gwelodd ei hun fel rhyw anifail gwan, mewn cadwyni ac wedi'i glymu wrth bostyn yn y cwt, ac yn disgwyl trwy un dydd ar ôl y llall am ei ddysglaid o fwyd. Ac yna'r oriau o orwedd wedi'i blygu'n ddau ar lawr pridd y cwt tan y bore. Wedyn y disgwyl eto am ddysglaid arall.

Ar un adeg disgwyliai'n obeithiol i'r Ffrancwyr ychwanegu at yr un ddysglaid o gawl a'r un darn o fara, a rhoi digon iddo fedru cryfhau'n iawn. Ond ar ôl i rai wythnosau fynd heibio ac yntau heb gael mwy ganddyn nhw, sylweddolodd mai dyna'r cwbl roedd o'n mynd i'w gael a'u bod nhw'n bwriadu rhoi digon o faeth iddo i'w gadw'n fyw, ond nid digon i'w gryfhau'n iawn. Roedd ei gadw mor newynog yn sicrhau ei fod yn dal yn rhy wan i fedru dianc.

Arhosodd peth o'r gwayw yn ei stumog, ond roedd o'n llai poenus a daeth Gruffudd i arfer efo fo. Roedd dygymod â'r iselder a oedd yn gafael ynddo yn anoddach. Weithiau byddai'n cael ei barlysu ganddo am oriau. Pan fyddai hynny'n digwydd, gorweddai ar y llawr yn dal ei benliniau yn erbyn ei frest a'r dagrau ambell dro'n codi i'w lygaid. Gwyddai mai ei wendid mawr oedd achos y dagrau ac nid unrhyw dristwch arbennig. Bellach aeth ei dristwch a'i siom a'i ofnau'n deimladau aneglur, ond i gyd yn rhan o flinder yr anobaith anferth. Gwyddai ei fod yn cael ei gadw'n fyw er mwyn iddyn nhw fedru mynd ag o i Ruddlan i'w ddallu yno gan Robert – a'i ladd, mae'n debyg. Ond doedd o ddim yn ymwybodol ei fod o'n ofni hynny'n arbennig – fel petai iselder diobaith wedi pylu'r ofnau mwyaf hyd yn oed.

Gwnâi ei unigrwydd y sefyllfa'n waeth. Ond roedd rhywfaint o fai arno fo am hynny. Gwrthododd siarad â neb a fyddai'n dod ato. Pan ddechreuodd y ddau filwr ddod â'r llefrith a'r dŵr iddo roedden nhw wedi ceisio ei gael i sgwrsio. Gwrandawodd ar siarad y ddau – ar un yn arbennig, oherwydd wyddai'r llall fawr ddim Lladin – ond ddywedodd o'r un gair wrthyn nhw. Deallodd mai dynion y marchog Philip oedden nhw, yn gwasanaethu Hugh, ac mai Edric a Richard oedd eu henwau. Edric oedd y milwr a fedrai siarad Lladin – yr un a arhosodd wrth yr agoriad, sylweddolodd Gruffudd, yn gorchymyn i'r Cymro adael y cwt. Cyn hir, dim ond Edric a fyddai'n dod â'r bwyd i Gruffudd. Am ychydig ddyddiau ar ôl i

Edric ddechrau dod i'r cwt ei hun, holodd bob tro sut roedd Gruffudd yn teimlo. Yna deallodd fod Gruffudd wedi penderfynu bod yn fud, a ddywedodd Edric ddim gair wedyn wrtho. Bob dydd gosodai'r ddwy bowlen bren – un yn dal y cawl a'r bara, a'r llall yn dal dŵr – wrth y postyn yn ganol y cwt. Yna âi i sefyll wrth yr agoriad i wylio Gruffudd yn bwyta.

Daeth Philip i'w weld gyda'r milwr Richard bob deuddydd neu dri. Gafaelodd yng nghlun Gruffudd bob tro i weld faint o gnawd oedd arno, a syllodd i fyw ei lygaid. Ac yn gyson ar ôl gwneud hynny dywedai, 'Rwyt ti'n ddigon cryf i fyw am ryw hyd eto.'

Unwaith, yn fuan ar ôl i Gruffudd ddechrau cael ei fwydo, roedd Philip wedi'i holi. A phan wrthododd Gruffudd ei ateb bygythiodd y marchog ei anfon yn ôl i'r pydew. Ymatebodd Gruffudd i'r bygythiad trwy orwedd ar y llawr a throi'i gefn ar y marchog, ond roedd Richard wedi cydio yn ei wallt a'i godi ar ei eistedd i wynebu'r marchog eto. Gwaeddodd Philip, 'Ateb fi, ful! Ateb fi!' Chwarddodd y marchog yn sydyn – yr un chwerthin uchel ag a glywodd Gruffudd yn dod o'r tu ôl i oleuni'r ffagl pan oedd yn y pydew, 'Ateb fi neu mi geith y Cymro lloerig 'na ddod yma eto i gadw cwmni i ti!'

Ac er i Gruffudd ddal i wrthod ateb y marchog y diwrnod hwnnw a'r dyddiau eraill pan fyddai'n ei holi, aeth y Cymro ddim yn ôl i'r cwt. Ymhen ychydig amser peidiodd y marchog â gofyn dim iddo, yn bodloni'i hun trwy fynegi rhyw fygythiad neu sylw gwawdlyd ar gyflwr Gruffudd.

Roedd yn amlwg fod gorchymyn ar led yn gwahardd pawb ond y marchog a'i ddau filwr arbennig rhag galw yn y cwt. Yr unig beth arall a welai Gruffudd oedd ambell gipolwg ar ben y gwyliwr a fyddai'n cerdded yn ôl ac ymlaen heibio i'r cwt weithiau – ond nid yn gyson, fel petai ganddo ddyletswyddau gyda charcharorion eraill hefyd. Clywai Gruffudd sŵn traed a lleisiau dynion yn mynd heibio i'r agoriad drwy'r dydd. Sŵn ceffylau'n aml, a chyfarth cŵn hela, nadau gwragedd a sŵn defaid a geifr a moch. Twrw dynion yn gweithio, weithiau lleisiau uchel merched, a ddwywaith neu dair tybiodd Gruffudd ei fod yn clywed dynion yn siarad Cymraeg. Ond fentrodd 'run ohonyn nhw – cyn belled ag y gwyddai o – ddangos ei ben yn yr agoriad.

Hynny yw, fentrodd 'run ohonyn nhw yn ystod y mis neu ddau cyntaf – roedd Gruffudd wedi colli cyfrif o'r diwrnodau – y bu o yn y cwt. Yna un prynhawn tawel, yn dilyn bore llawn o sŵn cyffro a symud marchogion a milwyr traed, pan oedd Gruffudd yn gorwedd yn pendwmpian, clywodd lais yn galw'n ddistaw yn Gymraeg o gyfeiriad yr agoriad, 'Hei! Gruffudd ap Cynan, wyt ti'n effro?'

Ddywedodd Gruffudd ddim, a symudodd o mo'i ben i weld pwy oedd yn siarad. Ei syniad cyntaf oedd mai'r Cymro a ymosododd arno yn y cwt oedd yno.

'Ydyn nhw'n dy lwgu di?' Roedd pwy bynnag oedd yno wedi aros yn yr agoriad, meddyliodd Gruffudd yn araf. Teimlai hefyd bellach fod y llais yn ddiarth ac mai Cymro arall oedd hwn.

'Dw i'n gweithio yma–' Sŵn y llais yn newid ac yn troi i sibrwd brysiog. 'Mae 'na wyliwr ar ei ffordd i'r pen yma! Mae'n rhaid imi fynd! Cymer hwn!'

Sŵn rhywbeth yn disgyn y tu cefn i Gruffudd ac yn rholio fymryn ar y llawr, ond edrychodd o ddim i weld beth oedd yno. Daliai i orwedd â'i gefn at yr agoriad. Gwasgai'i esgyrn trwy ei gnawd tenau yn erbyn y ddaear galed, a gwneud iddo fod isio troi'i gorff i symud y pwysau ar fannau llai dolurus. Ond roedd dioddef y boen yn her iddo. Yn raddol, ymledodd y poenau ar hyd ei gorff ac ymffurfio – fel arfer ar ôl iddo orwedd yn llonydd yn hir – yn gur yn ei ben. Trodd yn araf ar ei ochr arall ac wynebu'r agoriad. Ar y llawr o fewn cyrraedd i'w fraich roedd afal melyn.

Roedd rhyw Gymro yn y castell wedi mentro cosb er mwyn rhoi'r afal iddo. Cyffyrddodd y syniad â theimladau diffrwyth Gruffudd. Daliodd yr afal yn ei law gan syllu arno a chymryd amser i sylweddoli ei fod yn wir. Wedyn cuddiodd o y tu mewn i lawes lac ei fantell. Fore trannoeth brathodd ddarn o'r afal a'i gnoi'n hir cyn ei lyncu. Roedd yr afal yn un melys, a phenderfynodd fwyta mymryn ohono bob bore. Teimlai hefyd y dylai ddweud rhywbeth wrth y Cymro a roddodd yr afal – petai'n dangos ei hun yn agoriad y cwt eto.

Ond y trydydd bore iddo gymryd brathiad o'r afal, a heb fwyta'i hanner, daeth Philip a'i ddau filwr – Edric a Richard – i mewn i'r cwt ar frys. Datodwyd Gruffudd yn rhydd oddi wrth y gadwyn oedd yn ei glymu wrth y postyn, a gyda'r ddau filwr yn cydio yn ei freichiau a'r marchog yn cerdded o'i flaen, allan ag o o'r cwt.

Arweiniodd Philip nhw heibio i adeiladau eraill – fedrai Gruffudd mo'u gweld gan fod golau'r haul yn ei ddallu ar y dechrau – ond gwyddai oddi wrth y gwahanol sŵn mai gweithdai a chytiau'r milwyr oedden nhw. Clywodd ddynion yn chwerthin yn wawdlyd, a lleisiau'n gweiddi yn Saesneg – deallodd y gair am *frenin* – a'r chwerthin yn cynyddu. Dynion yn gweiddi yn Ffrangeg a Philip yn eu hateb. Yna o blith y sŵn o'i gwmpas, llais Cymraeg: 'Oedd y melyn yn felys, Gruffudd?' Yr un a daflodd yr afal, meddyliodd Gruffudd, a throdd ei ben fymryn i geisio edrych i gyfeiriad y llais. Roedden nhw'n croesi'r beili isaf – doedd yr haul ddim yn ei wyneb rŵan ac roedd ei olwg yn dechrau dygymod â'r goleuni – ac i'r dde iddo gwelodd res o gytiau yn erbyn mur y castell. Safai dynion y tu allan i'r cytiau – milwyr y Ffrancwyr a gweithwyr. Cafodd Gruffudd yr argraff trwy ei lygaid hanner agored fod un gweithiwr pen golau tal wedi codi'i law arno. Gwaeddodd rhywun yn Lladin. 'Pam na chawn ni'i weld o'n marw yma?' Roedd Gruffudd wedi clywed y llais mawr o'r blaen. Cofiodd – llais y Cymro a ymosododd arno yn y cwt. Arhosodd Philip a hanner troi i edrych y tu ôl iddo fel petai am weiddi eglurhad, ond newidiodd ei feddwl a cherddodd yn ei flaen eto. Llusgwyd a gwthiwyd Gruffudd ar draws y beili at brif borth y castell.

Roedd nifer fach o filwyr wrth y porth, ac yn eu canol – yn fawr ac amlwg yn ei fantell las a gwyn – safai'r Iarll Hugh. Cerddodd ychydig o gamau i gyfarfod Philip. Siaradodd â'i farchog yn Ffrangeg, yna daeth yn nes at Gruffudd.

'Rwyt ti wedi heneiddio, Gruffudd ap Cynan, mewn dau fis.' Gwenodd. 'Mae gen ti ryw urddas digalon, tlawd.' Chwarddodd y marchog. Aeth Hugh ymlaen. 'Rwyt ti'n gadael fy ngofal i heddiw. Cyfrifoldeb Robert, arglwydd Rhuddlan, fyddi di wedyn. A dy fywyd yn ei law o.' Syllodd y llygaid bychan yn ddifrifol ar wyneb Gruffudd. 'Petaet ti'n garcharor i mi, fe fyddet ti'n sicr o gael byw – ond heb y styfnigrwydd balch yna. Mi faswn i'n dy ddysgu di i ddangos parch i dy feistri gwaraidd, ac fe fyddai cael gwneud hynny'n ddigon o dâl am dy gadw di'n fyw.' Camodd yn ôl oddi wrth y carcharor, yn rhoi'r argraff ei fod wedi ofni'n sydyn y byddai Gruffudd yn poeri arno eto. Gwasgodd y dwylo tew ei gilydd, ac edrychodd y barwn ar ei farchog. 'Mae pob dyn yn dyrchafu neu'n dinistrio'i hun, Philip.'

'O, ydi, f'Arglwydd.' Chwarddodd y marchog a rhoi pwniad â'i ddwrn yn erbyn brest Gruffudd. 'Ac fe wyddon ni pa un wnaeth hwn!'

Syllodd Gruffudd ar Hugh mor ddirmygus ag y medrai. Roedd y cerdded wedi'i flino, a dibynnai ar freichiau'r ddau filwr o dan ei geseiliau i'w gadw ar ei draed. Meddyliodd am alw'n uchel ar Sant Columba i heintio'r barwn a'i ddynion a'i gastell a Chaer a phob Ffrancwr. Ond daliodd ar yr ysfa; fe fyddai parhau i aros yn fud ac anwybyddu'r dyn yn dangos mwy o gadernid. Cododd ei wyneb ac edrych ar yr awyr. Glesni eang a thalpiau o gymylau'n dilyn ei gilydd ar ei draws fel llynges o longau mawr â'r gwynt yn eu hwyliau yn croesi'r môr rhwng Iwerddon a Chymru, rhwng Porthlarg ac Aberffraw. Gwenodd Gruffudd yn feiddgar.

Dechreuodd Hugh gerdded i ffwrdd yn araf, yn siarad wrth fynd, ei lais main yn swnio fymryn yn amhendant wrth iddo betruso rhwng y geiriau. 'Philip . . . dos . . . Dos â fo . . . Dos â fo at y fintai o Ruddlan. Dos â fo o 'ngolwg i!'

Rhuthrwyd Gruffudd drwy'r porth a'i draed prin yn cyffwrdd â'r ddaear. Roedd y symud cyflym yn troi'i ben. Gwelodd res o farchogion a milwyr traed yn disgwyl y tu allan i fur y castell. Gwaeddodd rhywun o blith y marchogion yn Ffrangeg, atebodd Philip, a llusgwyd Gruffudd i'w ganol ac at ymyl merlen goch. Tynnodd Edric un o'r gefynnau oddi ar ei fferau ac roedd ar fin tynnu'r llall pan waeddodd Philip arno. Gadawodd Edric yr ail efyn, yna gafaelodd yntau a Richard yn dynnach yn Gruffudd a'i daflu ar gefn y ferlen. Ond bwriwyd ei gorff tenau yn rhy bell dros gefn yr anifail, a byddai wedi syrthio i'r llawr yr ochr draw ond bod un o'r ddau filwr wedi cydio yn ei goes wrth iddo ddechrau disgyn. Am ennyd hongiai Gruffudd dros ochr cefn y ceffyl â'i un goes yng ngafael Edric, a phwysau sydyn gwaed yn ei ben ysgafn yn ei ddallu. Clywodd y marchogion o'i gwmpas yn gweiddi chwerthin. Symudodd y ferlen ei thraed yn anesmwyth, a theimlodd Gruffudd yr hanner afal yn llithro'n gyflym i lawr ei lawes a heibio i'w law cyn iddo fedru ei ddal. Disgynnodd yr afal i'r llawr a rholio rhwng traed y ferlen. Cyrhaeddodd Richard Gruffudd a chydio yn ei freichiau a'i godi'n iawn ar gefn y ceffyl.

Daliodd rhai o'r marchogion i chwerthin ac ambell un i weiddi yn Ffrangeg. Daeth Philip at ymyl Gruffudd, a gafael yn ei fraich a'i dynnu ato nes bod ei ben wedi'i wyro'n agos at wyneb y Ffrancwr.

'Pwy feiddiodd roi'r afal 'na iddo fo?' sibrydodd y marchog yn ddigon uchel i Edric a Richard ei glywed.

'Welais i 'rioed mohono fo o'r blaen, syr,' atebodd Edric, a dywedodd Richard rywbeth yn Ffrangeg.

Brathodd ewinedd y marchog i mewn i'r cnawd llac ar fraich Gruffudd, a sibrydodd, 'Fe ga' i hyd i bwy roddodd yr afal yna i ti – pwy feiddiodd dorri deddf yr iarll?'

Daliai Gruffudd i syllu ar y llawr a'r hanner afal. Gwelodd droed y marchog yn symud at yr afal ac yn ei sathru'n ddim. Siaradodd y marchog yn uwch.

'Ac mi weli ditha ei bod hi wedi bod yn nefoedd arnat ti

yng nghastell Caer!' Rhyddhaodd ei afael yn Gruffudd, yna dywedodd yn ddigon uchel i Gruffudd a'r ddau filwr ei glywed a gyda llai o ffyrnigrwydd yn ei lais, 'Gosodwch y gadwyn rhwng ei fferau o dan fol y ferlen, a rhowch y gefynnau'n ôl am ei fferau. Fedr o ddim syrthio eto felly.'

Daeth marchog tal ar gefn ceffyl gwyn atyn nhw. Cariai gleddyf anghyffredin o hir yn ei law. Siaradodd yn Ffrangeg efo Philip. Ar ôl i'r ddau sgwrsio am ychydig, trodd Philip i'r Lladin. 'Mae o wedi bod yn frenin.'

Edrychodd y marchog tal ar Philip ac yna ar Gruffudd. 'Carcharor ydi o,' meddai yn Lladin. 'Ydi o'n barod i mi fynd â fo?'

'Rwyt ti'n gweld ei fod o'n hollol fyw ac yn gyfan?' Roedd yn amlwg fod Philip yn bwriadu i Gruffudd ddilyn y sgwrs.

'O, ydw.' Cododd y marchog tal ei lais. 'Ac yn simsan!'

Chwarddodd rhai o'r marchogion agosaf.

'Wel, dy gyfrifoldeb di . . .' siaradai Philip yn bendant, '. . . a dy feistr Robert, arglwydd Rhuddlan, ydi Gruffudd ap Cynan rŵan. Cofiwch hynny.' Trodd ar ei sawdl a dechreuodd gerdded at borth y castell a'i ddau filwr yn ei ddilyn.

Ag un symudiad chwim, cododd y marchog tal ei gleddyf a tharo Gruffudd yn drwm ar draws ei ysgwyddau ag ochr wastad y llafn. Crynodd y boen trwy holl gorff Gruffudd a symudodd y ferlen yn ôl ac ymlaen.

'Odo ydi fy enw i. Odo de Lacey. Syr, i ti,' meddai'r marchog tal yn uchel. 'Fy ngorchwyl i ydi dy gael di i Ruddlan yn fyw. Dyna'r cwbl. Y tro cynta y doi di oddi ar y ceffyl yna ar y daith – am unrhyw reswm – mi dorra i dy glust di i ffwrdd. Wyt ti'n fy neall i?'

Edrychodd Gruffudd i wyneb y dyn. Un llygad oedd ganddo a hwnnw'n felyn, neu'n wyrdd golau, a'r aeliau, fel y blew tywyll uwchben ei wefus, wedi dechrau britho. Roedd hwn yn un o'r hen gythreuliaid profiadol wrth ysgwydd Robert. Wedi arfer bodloni'i chwantau wrth ddifa ysbryd a chorff y naill garcharor ar ôl y llall. Wedi cael gwledd yn lladd ac yn llosgi trwy Wynedd. Hwn, yn ddigon sicr, oedd un o'r rhai fu'n gyfrifol am ladd ei ddynion yn y Rug. Hwn laddodd Collwyn? Casglodd Gruffudd y gwlybaniaeth yn ei geg, ond cyn iddo hel digon i'w boeri trawodd y cleddyf o eto, y tro hwn ar draws ei war a'r ergyd yn waeth na'r llall. Bwriwyd Gruffudd yn hanner ymwybodol ar draws gwddw'r ferlen. Torrodd gweiddi'r marchog trwy ei glustiau.

'Dywed rywbeth, y ci drewllyd!'

Clywodd sŵn cyfarwydd chwerthin uchel Philip o gyfeiriad porth y castell, a'i lais yn gweiddi yn Ffrangeg. Atebodd y marchog tal yn Lladin. 'Paid â phoeni, dw i'n siŵr o wneud iddo fo siarad unwaith y byddwn ni yn Rhuddlan!' Trodd i'r Ffrangeg a gweiddi gorchmynion ar y rhai o'i gwmpas. Cychwynnodd y marchogion i lawr yr allt o flaen y castell, a daeth un o'r milwyr traed i arwain y ferlen goch â Gruffudd yn dal i orwedd ar draws ei gwddw. Ond ymhen ychydig daeth ato'i hun. Eisteddodd yn sythach ar gefn y ceffyl, teimlodd y gwynt ar ei dalcen a'r haul yn cynhesu'i gefn. Ac ar y gorwel o'i flaen gwelai res o fryniau glas. Am ennyd cododd rhyw obaith bach yn ei feddwl. Yna trodd yn hiraeth. Roedd o'n cael mynd yn ôl i Gymru . . . i farw.

11

Agorodd Gruffudd ei lygaid yn araf a gwelodd gylch mawr o oleuni yn syth uwch ei ben. Cyffyrddodd ei fysedd â'r llawr, a theimlodd ei ewinedd yn crafu pridd a cherrig gwastad. Roedd o'n syllu ar geg pydew yng nghastell Rhuddlan, ac yn gorwedd ar ei gefn ar lawr y pydew. A daeth pethau eraill yn ôl yn gyflym i'w gof. Y bore hwnnw daeth y marchog, Odo, a dau o'i filwyr i lawr i'r pydew i ymosod arno er mwyn ceisio'i orfodi i siarad. Hwn oedd y trydydd tro i Odo a'i filwyr ddod i lawr ato a defnyddio'i benderfyniad i ddweud dim fel esgus i'w frifo a'i faeddu.

Y tro cyntaf, roedden nhw wedi ei gicio a'i ddyrnu. Tynnwyd gwaed o'i drwyn a'i geg, a chwyddodd un llygad i gau'n llwyr, ond ddywedodd o ddim wrthyn nhw.

Ymhen tridiau roedden nhw yn eu holau yn cario pastynau. Medrodd ddal eu hergydion y diwrnod hwnnw hefyd heb orfod siarad. Ond roedd yr ergyd olaf a gafodd – un giaidd gan y marchog ei hun – wedi taro'i dalcen a'i lorio'n hollol anymwybodol.

Heddiw fe ddaethon nhw â chasgen o ddŵr efo nhw. Roedden nhw wedi gwthio'i ben o dan y dŵr, a'i ddal felly nes iddo deimlo'i ysgyfaint yn rhwygo, a'i gorff i gyd yn mynd yn llipa. Codwyd ei ben o'r dŵr a gofynnodd y marchog unllygeidiog iddo eto, 'Pwy ydi dy feistri di, Gruffudd ap

Cynan? Pwy ydi dy feistri di? Ateb, y ci drewllyd!' Trawodd y marchog Gruffudd ar draws ei wyneb. 'Rwyt ti'n ffodus fod yr Arglwydd Robert wedi cael ei gadw'n brysur yn Aberffraw. Ond mi fydd o yma unrhyw ddiwrnod rŵan i dy –' Fflachiodd y syniad am Robert yn Aberffraw yn llachar a phoeth trwy feddwl Gruffudd. Gan ollwng ochenaid groch tynnodd ei hun â phlwc cyflym o afael y ddau filwr a gydiai ynddo, a bwriodd ei hun yn erbyn y marchog. Trawodd ei ben bwll stumog Odo a'i daflu yn erbyn ochr y pydew. Ac wrth i hwnnw ddisgyn dan riddfan ar ei liniau neidiodd y ddau arall ar Gruffudd a'i dynnu yn ei ôl ar wastad ei gefn.

Roedd 'na ennyd o ddistawrwydd wrth i'r milwyr ddisgwyl i Odo ddod ato'i hun a chael ei anadl eto. Yn sydyn gwaeddodd yn Ffrangeg, ac yna yn Lladin. 'Boddwch o! Rŵan!' Roedd y milwyr wedi codi Gruffudd ar ei draed a dal ei ben o dan ddŵr y gasgen. Daeth Odo atyn nhw, a theimlodd Gruffudd ei hun yn cael ei godi a'i wthio dros ei ysgwyddau i'r gasgen ac i lawr nes bod ei wyneb yn erbyn ei gwaelod. Fedrai o ddim dal ei wynt ddim mwy; dechreuodd lyncu dŵr a gwnaeth hyn i'w fynwes a'i stumog a'i ben chwyddo'n ddychrynllyd. Yna roedd o wedi llewygu.

Roedd rhywbeth yn symud dros ei foch ac i lawr ei wddw. Y pryfed yn rhedeg rhwng tyllau ei friwiau? Cododd ei law at ei foch, a theimlodd bwysau ei fysedd yn llosgi arni. Roedd hi'n wlyb. Edrychodd ar ei fysedd a gwelodd waed trwm yn sgleinio arnyn nhw. Cododd ar ei eistedd yn araf, a sylweddolodd fod hollt waedlyd wedi'i hagor ar draws asgwrn ei foch. Ergyd olaf Odo iddo tra oedd o'n ddiymadferth? Pa ots, cyn hir fe fydden nhw'n torri'i glustiau neu'i dafod i ffwrdd – a'r peth pwysicaf bryd hynny fyddai medru dal y boen yn gryf.

Chwydodd beth o'r dŵr o'i stumog. Ymddangosodd rhywun ar ymyl y pydew i'w wylio. Gwaeddodd llais yn Lladin, 'Mae'r ci drewllyd yn sâl fel ci!' Yna sŵn dau yn chwerthin, a'r un llais yn gweiddi eto, 'Dyna be wyt ti'n gael am lenwi dy fol gymaint!' Mwy o chwerthin a gwneud hwyl am ei ben. Ond doedd hyn ddim yn poeni dim arno bellach.

Yn yr adeilad uchel o gerrig a choed a godwyd dros y pydew arhosai pump neu chwech o filwyr ddydd a nos. Y rhain oedd rhai o wylwyr y tŵr ar bonc castell Rhuddlan. Llosgai tân mawr yn barhaol yn yr adeilad gan daflu peth o'i oleuni i'r pydew. Yn aml bob dydd byddai milwyr yn dod at ymyl y pydew i syllu i lawr ar Gruffudd. Weithiau i boeri neu dywallt dŵr budr arno, neu i daflu darn o bren neu garreg ato. Droeon pan syrthiai i gysgu – yn enwedig yn ystod y dydd – byddai rhai ohonyn nhw'n gweiddi arno yn Ffrangeg i'w ddeffro, ac ambell air yn Lladin. Ond byddai un yn gweiddi yn Lladin bob tro. Weithiau, yn dibynnu ar eu tymer, taflai'r milwyr ddarnau o gig neu fara iddo. Chododd o ddim o'r bwyd tra roedden nhw'n ei wylio. Roedd o'n benderfynol na chaen nhw'r boddhad o'i weld yn codi'r bwyd oddi ar y llawr fel anifail. Ond bwytaodd rywfaint bob dydd – os na fyddai'r llygod mawr wedi cnoi pob mymryn o'i flaen. Ambell dro âi am ddeuddydd neu dri heb ddiod, yna byddai llond pwced o ddŵr yn cael ei ollwng i lawr ar raff iddo.

Gorweddodd Gruffudd yn ôl ar y pridd. Teimlai'n rhy sâl a gwan i aros ar ei eistedd. Pwysodd ei law ar draws ei lygaid i leddfu mymryn ar y boen ofnadwy'n curo trwy ei ben. Aeth oerni'r dillad gwlyb i'w gyhyrau a'i esgyrn a gwneud iddo grynu. Fe fyddai'n well iddo godi oddi ar y ddaear a mynd i eistedd ar y twmpath bach o gerrig sych wrth ei draed. Ond doedd ganddo mo'r ewyllys na'r nerth i symud. Clywodd y llais a waeddai bob tro yn Lladin.

'Hen frenin! Wyt ti'n gwrando?' Distawrwydd am eiliad. Yna teimlodd Gruffudd boen sydyn ar ei glun, sŵn rhywbeth yn taro'r llawr, a thwrw milwyr yn chwerthin. Symudodd ei law oddi wrth ei lygaid a gweld darn o bren o'r tân yn dal i fflamio llosgi ar y llawr wrth ei ymyl. Dychwelodd ei law dros ei lygaid.

Y llais eto. 'Gest ti haearn coch erioed ar dy dafod, frenin?' Sŵn chwerthin. 'Mi fyddi di'n siŵr o weiddi rhywbeth pan fyddi di'n teimlo'r haearn arno fo fory!' Yr un llais yn siarad yn Ffrangeg a'r milwyr yn chwerthin yn afreolus. Y geiriau Lladin yn dod o blith y chwerthin. 'Mae Odo wedi tyngu y gwneith o i'r ci drewllyd gyfarth cyn y daw Robert yn ei ôl o Aberffraw.'

Aeth y gwawdio a'r bygwth a'r chwerthin ymlaen. Ond arhosodd meddwl Gruffudd gyda'r enw Aberffraw. Oedd y llys wedi chwalu cyn i Robert gyrraedd? Beth oedd hanes Gwyncu ac Anarawd a Bleddyn? Oedd Robert wedi difa'r plas? Oedd o am ei gadw a'i droi'n gastell iddo'i hun? Ac a fyddai'n cael Angharad i ddod yno ato fo? Cododd ar ei goesau simsan a'i ben yn troi, ac aeth i eistedd ar y cerrig. Bellach roedd o'n casáu Robert a Hugh a'u Ffrancwyr ormod i fedru'u hofni. Dywedodd wrtho'i hun nad oedd eu creulondeb nhw'n dychryn fawr ddim arno rŵan – gwyddai y byddai'i wendid yn gwneud iddo lewygu unwaith y deuai'r poenau annioddefol.

Ond drannoeth, ddaeth Odo a'i ddynion ddim i lawr i'r pydew i losgi Gruffudd a chafodd lonydd annisgwyl am ddiwrnodau wedyn. Sylwodd fod llai o fynd a dod yn adeilad y gwylwyr uwch ei ben ac nad oedd rhai o'r lleisiau cyfarwydd i'w clywed. Doedd yno neb i weiddi yn Lladin, a llai o daflu pethau ato. Ac yn y llonyddwch cafodd ei hun – yn amlach na phan oedd yng Nghaer – yn meddwl am Aberffraw ac Angharad. Welai o 'run o'r ddau eto. Ond beth petai Gwyncu a'r llys wedi medru ffoi mewn pryd cyn i'r Ffrancwyr gyrraedd yr ynys, ac wedi medru glanio wedyn yn Llŷn? Ac wedi casglu byddin o ddynion Gwynedd yn Eryri? A beth petaen nhw'n gwybod ei fod o'n fyw o hyd ac yng nghastell Rhuddlan?

Cerddodd yn araf yr ychydig gamau ar draws llawr y pydew. Petaen nhw'n gwybod hynny fe fydden nhw'n sicr o fentro ymosod ar y castell a cheisio'i achub. Ond os casglodd Gwyncu fyddin Gwynedd yn y mynyddoedd, pam oedden nhw wedi oedi? Eu cyfle gorau oedd pan aeth Robert i Aberffraw.

Camodd ar y pentwr cerrig ac eistedd arnyn nhw. Fyddai'r Ffrancwyr craff byth wedi'i symud o gastell Caer petai'r posibilrwydd lleiaf i fyddin o Wynedd ymosod ar Ruddlan. Na, roedd ei lys – fel ei fyddin – wedi'i chwalu, a'i ddynion gorau yn Aberffraw hefyd wedi'u difa neu'n ffoaduriaid aneffeithiol. Pwysodd flaen ei droed o dan un garreg a'i gwthio'n rhydd o'r domen â chymaint o egni ffyrnig nes iddo grafu ei fodiau'n boenus yn ei herbyn. Mor wahanol fyddai pethau petai Collwyn a Sitriuc a Cormac a'r pedwar cant dewr a ffyddlon wedi cael byw! Wedyn fyddai castell Caer, hyd yn oed, ddim yn lle diogel i'w garcharu. A fyddai Robert erioed wedi meiddio'i gadw yn Rhuddlan petaen nhw heb –? Roedd y syniad yn rhy ofnadwy o boenus iddo. Am y tro cyntaf sylweddolodd mai meddwl am golli'i ddynion fedrai dorri ei galon yn fwy na dim arall. Yn fwy na meddwl am Robert yn Aberffraw – ei gynddeiriogi wnâi hynny, nid torri ei galon. Yn fwy na cholli Angharad – codi hiraeth ynddo wnâi hi, nid torri ei galon. Ble oedd hi? Beth am y straeon hynny amdani'n mynychu'r castell yma? Wrth gwrs, doedd hi ddim yma rŵan, a Robert i ffwrdd. A hyd yn oed petai'r barwn yn y castell, fedrai Gruffudd ddim credu y deuai Angharad yno a hithau'n gwybod beth oedd wedi digwydd iddo – os oedd ganddi ryw feddwl mawr ohono. Cafodd syniad newydd. Beth petai hi isio'i weld am y tro olaf? Cofiodd hi'n dweud yn Aberffraw fel roedd hi'n bryderus ynglŷn â'i garu'n fwy rhag ofn y byddai hi'n dioddef gormod petai hi'n ei golli eto. Na, byddai dod i'w weld fel hollti briw. Ac roedd hi'n rhy gall i wneud hynny. Cofiodd ei hun yn brolio'n ffôl am ei nerth ac nad oedd perygl iddi ei golli. Doedd arno yntau ddim isio iddi hi'i weld o fel hyn – yn cael ei drin gan y Ffrancwyr yn fwy gwarthus na phetai'n rhyw ysbeiliwr ffiaidd. Daeth tristwch mawr drosto, a gorweddodd ar ei wyneb ar y cerrig.

Aeth dau ddiwrnod arall heibio. Tua chanol prynhawn yr ail ddiwrnod, clywodd Gruffudd sŵn cyffro a chyfarchion yn adeilad y gwylwyr. Ac ymhen dim roedd yr hen leisiau yn gwneud hwyl am ei ben eto, a mwy o anelu ato. Anwybyddodd y rhan fwyaf o hyn, ond roedd yn methu teimlo'n ddifater wrth glywed fod Robert wedi dod yn ei ôl i'r castell. Roedd y llais a siaradai Ladin wrthi eto, ac yn ailadrodd yr un cyngor o hyd, dan chwerthin. 'Rhifa dy oriau, hen frenin! Mae Robert yma. Mi fyddi di'n sgrechian dros y castell cyn nos!'

Taflwyd mwy o fwyd nag arfer i lawr iddo'r diwrnod hwnnw, fel petai rhai o'r milwyr yn gwybod am yr erchyllterau oedd o'i flaen; ac yn taflu eu sbarion iddo i gael gwared â hynny o dosturi oedd ganddyn nhw er mwyn medru mwynhau gweld ei ddioddefiadau olaf yn well. Anwybyddodd Gruffudd y bwyd. Daeth yr ysfa drosto unwaith i daflu'r esgyrn cigog i fyny'n ôl at y milwyr. Ond penderfynodd y byddai'n cadw ei urddas yn well wrth ddal i'w hanwybyddu. Fe wnâi o iddyn *nhw* – yn eu hymddygiad tuag ato – golli'u hurddas fel dynion yn gyntaf. Fe orfodai o iddyn nhw wneud hynny. Dyna fyddai ei fuddugoliaeth o.

Daeth nos y diwrnod hwnnw heb i Robert nac Odo ddod yn agos ato. Ond yn gynnar y bore canlynol ymddangosodd Odo ar ymyl y pydew. 'Ydi'r ci drewllyd ar ei draed?' Chwarddodd a siarad yn Ffrangeg, a daeth tri milwr i'r golwg. Disgynnodd rhaff i'r pydew, a dringodd y tri i lawr at Gruffudd. Gwaeddodd Odo, 'Dau o dy hen ffrindia, ac un newydd efo nhw. Maen nhw isio profi dy nerth di eto!'

Cododd Gruffudd ar ei draed a gorffwysodd ei gefn yn erbyn ochr y pydew. Uwch ei ben gwelodd y milwyr eraill yn ffurfio'n rhes ar bob ochr i'r marchog unllygeidiog. Yna, heb ddweud gair wrth Gruffudd, ymosododd y tri milwr arno. Dyrnau mawr mewn menig lledr caled yn dod amdano o bob cyfeiriad, ac yn taro'i wyneb bob tro. Disgynnodd ar ei liniau. Plethodd ei freichiau ar draws ei dalcen yn reddfol i amddiffyn ei lygaid. Teimlodd asgwrn ei drwyn yn torri o dan yr ergydion. Ceisiodd gysgodi'i wyneb trwy ei droi yn erbyn ochr y pydew, ond llusgwyd o gerfydd ei wallt a'i farf i ganol y llawr. Clywodd floeddio'r rhai'n gwylio. Yna disgynnodd y dyrnau eto ar ei wyneb. Syrthiodd ar ei gefn. Rhedodd gwaed o'i dalcen i'w lygaid, ac o'i drwyn i'w geg. Teimlai'n rhy sâl i amddiffyn ei hun a dyheai am gael ei frifo ddigon i wneud iddo lewygu. Ond daeth yn amlwg mai bwriad yr ergydion oedd ei frifo ac nid ei daro'n ddiymadferth. Yna gwthiodd un ergyd ei ben yn galed yn erbyn carreg ar ymyl y domen. Am eiliad, gorweddai wedi'i syfrdanu a phan ddaeth ato'i hun roedd yna leisiau'n gweiddi'n agos ac yn uchel uwch ei ben yn Ffrangeg, a'r geiriau '. . . y ffagl i ti!' Sylweddolodd wrth geisio agor ei lygaid fod goleuni mawr o'i amgylch. Roedden nhw wedi peidio â'i ddyrnu. Trwy'r gwaed yn ei ffroenau a'i geg cafodd yr argraff fod rhywbeth wrth ei ymyl ar dân. Roedd 'na fwg ar draws y goleuni. A gwres poenus yn llosgi ar ei wddw a'i goesau. Cododd sŵn y lleisiau uwch ei ben. Roedd y gwres rŵan yn llosgi'i groen yn annioddefol a'r mwg yn ei wyneb. Deallodd, a'i ddychryn yn ei godi'n syth ar ei eistedd. Roedden nhw wedi rhoi'i farf a'i wallt a'i fantell ar dân.

Gwasgodd ei ddwylo'n wyllt am y fflamau bach ar ei farf i'w diffodd ond rhwystrodd y milwyr o drwy dynnu ei freichiau y tu ôl i'w gefn. Llosgodd y fflamau groen ei goesau a'i wyneb. Gwasgodd ei ddannedd at ei gilydd i atal ei hun rhag gweiddi. Trodd ei gorff o'r naill ochr i'r llall i geisio osgoi'r fflamau, ond cydiodd milwr yn ei draed tra oedd y ddau arall yn dal i afael yn ei freichiau. Neidiodd y fflamau trwy ei wallt a tharo'i glustiau. Dechreuodd un milwr chwerthin yn ei wyneb. Yn sydyn gwaeddodd llais yn Ffrangeg o'r llawr uwchben, a gollyngodd y tri milwr eu gafael ar Gruffudd.

Trawodd ei farf a'i wallt â chledrau ei ddwylo i ddiffodd y fflamau, a'r un pryd rholiodd ar y ddaear er mwyn gorwedd ar y rhai a losgai'i goesau.

Llanwodd chwerthin gwallgof y milwyr yr holl bydew. Diffoddodd y fflamau ar y farf a'r gwallt, ond roedd y tân wedi cael gafael rhy dda ar ei wisg. Dechreuodd Gruffudd rwygo darnau o'r deunydd a ddaliai i losgi, a'u tynnu oddi ar ei gnawd. Wrth iddo wneud hyn cododd un o'r milwyr y ffagl a daflwyd i'r pydew a'i dal uwchben Gruffudd er mwyn i'r lleill ar lawr y cwt gael ei weld yn iawn. Cynyddodd sŵn chwerthin y rhai'n gwylio, yna o'u plith clywyd llais eglur yn siarad Lladin cyflym.

'Wyt ti wedi crasu dipyn, Gruffudd ap Cynan?' Llais Robert. Chymerodd Gruffudd ddim sylw ohono, ond chwarddodd y lleill yn uwch nag o'r blaen.

Siaradodd Robert yn uchel yn Ffrangeg, yna gwaeddodd yn Lladin. 'Taflwch ddŵr ar y dyn sy ar dân! Mae arna i isio iddo fo fedru cerdded heno!'

Y chwerthin yn ailgodi a dŵr oer yn pistyllio dros ymyl y pydew am ben Gruffudd. Am ennyd roedd yr oerni gwlyb fel balm. Yna gwaethygodd y dŵr holl wayw ei gnawd llosg. Gorweddodd ar ei gefn a'r poenau'n gwthio fel blaenau cleddyfau trwy ei gorff nes ei ysgwyd i gyd.

Gwaeddodd Odo yn Ffrangeg. Atebodd y milwr a ddaliai'r ffagl, wedyn plygodd dros Gruffudd er mwyn ei ddangos yn well yn y golau. Siaradodd y rhai oedd yn gwylio ar draws ei gilydd yn Ffrangeg dan chwerthin yn uchel. Yna gwaeddodd y barwn eto a'i lais yn distewi'r lleill.

'Sbia arno fo, Odo! Welaist ti ddrychiolaeth fwy

dychrynllyd o druenus erioed?'

'Mae o'n barod am heno, syr!'

'Pwy fase'n meddwl rŵan fod hwn wedi bod yn bwt o frenin unwaith – neu hyd yn oed yn fôr-leidr a gafodd dipyn o lwyddiant.'

'Ci drewllyd ydi o, syr! Ci drewllyd!'

'O, ydi, mae o'n barod am heno. Gwna'n siŵr, Odo, fod rhywun yn ei wylio drwy'r amser. Mae arna i ofn iddo fo ddifa'i hun er mwyn fy nhwyllo i o'r pleser o gael gwneud hynny iddo.'

'Mae o'n rhy styfnig i wneud hynny, syr.'

'Ond mae o'n frau, Odo, fel y Cymry yma i gyd. Gwylia fo. Mae arna i isio fo yn yr union gyflwr yma heno.'

Trodd i'r Ffrangeg. Chwarddodd y barwn a'r marchog a symud i ffwrdd.

Arhosodd un o'r tri milwr ar lawr y pydew yn gwylio Gruffudd am beth amser. Ond ar ôl iddo weld nad oedd ei garcharor yn gwneud dim mwy na gorwedd ar ei gefn yn hollol lonydd fel petai'r symudiad lleiaf yn ormod o boen iddo, gadawodd yntau'r pydew hefyd.

Fedrai Gruffudd ddim anadlu trwy ei drwyn a oedd wedi'i ddyrnu'n lwmp di-siâp gwaedlyd. Gadawodd ei geg yn hanner agored yn barhaus rhag gorfod symud dim arni a chodi mwy o boen i'r gwefusau a gafodd eu hollti a'u llosgi. Ond fedrai o wneud dim i rwystro'r cryndod a ddeuai drosto bob hyn a hyn gan yrru iasau o wayw trwy ei ben a'i goesau llosgedig.

Gwelodd ben y gwyliwr ar ymyl y pydew yn troi i siarad â rhywun. Roedd gan y dyn farf gwta yn dod yn big fel un Collwyn. Caeodd Gruffudd ei lygaid. Roedd o wedi dioddef digon. Pa mor hir y medrai o ddal cael ei drin fel hyn? Fe fyddai'n well petai wedi'i ladd efo'r lleill yn y Rug – petaen nhw wedi ymladd yno ac wedi syrthio gyda'i gilydd yn cydio yn eu cleddyfau. Nid fel hyn y dylai'r diwedd fod i frenin Gwynedd – cael hanner ei foddi a'i losgi a'i ddyrnu a'i guro a'i faeddu fel hwyl i'r Ffrancwyr, a'i gadw am fisoedd fel baedd gwyllt ym mudreddi pydew. Nid fel hyn y dylai'r diwedd fod i un â gwaed cymaint o gewri'r Cymru a'r Daniaid yn ei wythiennau. Roedd o wedi etifeddu digon o gryfder a balchder i fedru dal y cwbl heb ildio i ddweud yr un gair wrth y Ffrancwyr. Sicrhaodd ei hun y gallai wrthsefyll y cwbl eto. Ond a fedrai o ddal triniaeth waeth? Ceisiodd beidio ag ateb. Medrai wynebu marw – marw'r noson honno fel y disgwyliai wneud. Llusgodd ei feddwl yn ôl at y cwestiwn poenus. Fedrai o ddal ei ofn mawr – haearn eiriasboeth yn ei lygaid neu ar ei dafod? Wyddai o mo'r ateb – roedden nhw'n ddigon cyfrwys i ofalu wrth ei anafu nad oedd o ddim yn cael llewygu i ddianc am ysbaid o'i boenau. Fe fyddai marw'n ddistaw yn haws nag ymdrechu i ddal yn fud wrth i'r haearn poeth dyllu'i lygaid. Ond châi o ddim marw'n ddistaw, roedd hynny'n amlwg. Pa erchylltra olaf roedd Robert a'i wŷr wedi'i gynllunio ar ei gyfer? A pham roedd hi'n bwysig iddo fod yn y fath gyflwr ofnadwy i'w wynebu? Oedd ei ddiwedd am fod yn olygfa fawr gyhoeddus, a'r castell a'r dref ac arglwyddi Tegeingl – a falle rhai Gwynedd – yn gwylio? Teimlodd ei wroldeb yn llacio eto. Roedd yn rhaid iddo weddïo. Gwasgodd ei ddwylo'n araf ar ei gilydd, a dywedodd ei weddi'n gryg heb symud ei wefusau. Dywedodd ambell air yn uchel gan gorddi'r gwaed yn ei geg, ac weithiau ar y dechrau byddai pigiadau'r poenau trwy ei gorff yn ymyrryd â'i feddyliau. Ond adroddodd hi drosodd a throsodd, yn erfyn ac ailerfyn am faddeuant a nerth. Yn raddol medrodd gau ei feddwl oddi wrth bopeth ond y weddi. Dywedodd y geiriau'n araf rhwng anadlu fel petai'n sugno pob gair am nerth, eto ac eto fel petai'n methu peidio.

Yna o'r diwedd gwaeddodd rhywun arno. Ddeallodd o mo'r geiriau y tro cyntaf. Daeth y llais eto ac yn fwy eglur o'r llawr uwch ei ben – llais Odo.

'Cod ar dy draed! Rydyn ni'n dod i dy nôl di!'

12

Diflannodd Odo y tu ôl i'r llen ledr ar draws agoriad adeilad
pren yn un cornel i feili'r castell. Safai Gruffudd ar y beili
ychydig o gamau oddi wrth yr agoriad yng ngofal tri o filwyr
Odo – yr un tri a fu'n ei gam-drin yn y pydew. Gosodwyd
gefynnau am ei wddw a'i ddwylo yn y cwt uwchben y pydew a
chydiai dau yng nghadwyni'r rhain cyn ei lusgo ar draws y
beili. Siaradai'r trydydd milwr â'r gwyliwr a safai wrth yr
agoriad. Yn llonyddwch y disgwyl daeth Gruffudd yn
ymwybodol iawn o'r cur a phigiadau'r gwayw oedd yn ysu
trwy ei gorff i gyd – ac yn enwedig yn ei ben a'i wyneb.
Unwaith, wrth groesi'r beili, roedd y milwyr wedi'i dynnu ar
ei wyneb i'r llawr a'i lusgo felly nes iddo fedru codi'n ôl ar ei
draed. Erbyn hynny roedd y briwiau newydd ar ei wyneb
wedi'u crafu ac yn gwaedu eto. Rŵan, wrth iddo syllu i fyny ar
y tŵr a godwyd ar bonc y castell y tu ôl i'r adeilad pren,
teimlai ddiferion gwaed yn rhedeg dros ei dalcen i'w lygaid.
Roedd coed y tŵr wedi'u duo mewn mannau. Cofiodd. On'd
oedd o wedi hanner llosgi'r lle melltigedig yn lludw unwaith?
A fyddai ei fyd bellach mor wahanol petai o wedi medru
llwyddo'n llwyr i ddinistrio'r castell ac i ddifa Robert ac Odo a
phob Ffrancwr oedd ynddo? Oni fyddai Hugh wedi anfon
barwn arall yn ei erbyn – neu wedi dod ei hun i adeiladu caer
yn Rhuddlan a Deganwy? Ond roedd casineb Robert tuag ato

yn fwy na gelyniaeth dyn oedd yn mynnu dwyn ei deyrnas oddi arno. Cyfeiriodd un o'r milwyr ei fys at wyneb Gruffudd a dweud rhywbeth yn Ffrangeg. Chwarddodd y tri a'r gwyliwr yn ddigon uchel i ddychryn dwy frân o ben y tŵr. Gwyliodd Gruffudd y ddwy'n troelli unwaith uwchben y castell, ac yna'n hedfan yn gyflym ac uchel dros yr afon i gyfeiriad y machlud a Gwynedd. Syllodd ar eu holau, ond cyn iddyn nhw ddiflannu clywodd lais Odo yn gweiddi yn Lladin.

'Ia, sbïa ar yr awyr 'na. Weli di mohoni hi eto!'

Safai'r marchog yn yr agoriad. Siaradodd yn Ffrangeg, yna ychwanegodd yn Lladin, 'Tyrd i mewn, gi! Mae 'na edrych ymlaen at gael clywed dy lais di!' Gwenodd Odo, tynnodd y gwyliwr y llen ledr i un ochr a llusgwyd Gruffudd drwy'r agoriad.

Ar un mur i'r adeilad llosgai tair ffagl yn goleuo bwrdd hir oddi tanyn nhw. Eisteddai deg neu ddwsin o ddynion wrth y bwrdd ar yr ochr nesaf at y wal, ac yn eu canol roedd dwy gadair wag. O flaen y bwrdd – ond yn nes at y mur gyferbyn – roedd lle tân cerrig mawr wedi'i osod yn y llawr coed, ac ynddo llosgai tanllwyth coch. Safai dau filwr un bob ochr i'r lle tân, a'r ddau'n dal darn hirgul o haearn.

Gafaelodd Odo yn y gadwyn a oedd yn hongian oddi wrth y cylch am wddw Gruffudd a rhoi plwc cryf iddi cyn tynnu'i garcharor i sefyll rhwng y tân a'r bwrdd. Teimlodd Gruffudd ddur y cylch yn taro asgwrn ei wegil ac yn parlysu'i ben am ennyd, a byddai wedi disgyn petai'r milwyr oedd yn cydio yn ei freichiau heb ei ddal. Daeth ato'i hun; a gyrrodd Odo'r tri milwr a hebryngodd Gruffudd yno i sefyll wrth yr agoriad. Roedd Gruffudd gyferbyn â chanol y bwrdd hir. Ac er bod gwaed wedi glynu blew ei lygaid wrth ei gilydd gallai weld digon i sylweddoli fod un o'r rhai wrth y bwrdd yn wraig mewn oed. Roedd gwallt gwyn ganddi, ond fedrai o ddim gweld ei hwyneb yn eglur nac wynebau'r lleill oherwydd y gwaed yn ei lygaid ac am fod y ffaglau y tu ôl i'r bobl yn taflu cysgodion ar eu hwynebau.

Dechreuodd rhai o'r dynion wrth y bwrdd chwerthin gan gyfeirio'u dwylo at ei wyneb, at ei wisg fudr waedlyd wedi'i llosgi'n dyllau a'i goesau llosgedig yn dangos drwyddi. Syllodd Gruffudd arnyn nhw gystal ag y medrai. Doedd o ddim yn gweld Robert yn eu plith, a fedrai o ddim adnabod yr un ohonyn nhw. Daliai'r wraig ei phen i lawr. Ai mam y barwn oedd hon?

'Welsoch chi frenin delach erioed?' gofynnodd Odo yn uchel yn Lladin. Cynyddodd y chwerthin wrth y bwrdd. 'Ydi'r ci drewllyd yn rhy agos atoch chi?' Plwc arall ar y gadwyn yn tynnu Gruffudd ar ei liniau fymryn ymhellach oddi wrth y bwrdd, a'r chwerthin yn chwyddo eto. Cododd ar ei draed bron ar unwaith a daliodd ei hun yn syth. Roedd y rhai wrth y bwrdd yn siarad ar draws ei gilydd trwy'r chwerthin. Clywodd eu geiriau ond heb wrando arnyn nhw. Yna, yn araf daeth yn ymwybodol o'r gair 'brenin' yn Gymraeg yn cael ei ailadrodd. Syllodd ar y pennau aneglur, a sylwodd am y tro cyntaf fod lliw coch trawiadol gwallt un a ffurf ei dalcen main yn gyfarwydd – Meirion Goch! Teimlodd Gruffudd egni ei dymer yn codi drwyddo.

'Maen nhw wedi methu â'i gael o i ddweud gair wrthyn nhw yng Nghaer. Ond . . .' Trodd Odo ei ben i edrych ar y ddau oddeutu'r tân yn dal y darnau haearn. 'Ond, dw i'n siŵr y bydd ganddo fo rywbeth i'w ddweud wrthon ni!'

Ar ganol y chwerthin a achoswyd gan eiriau'r marchog cerddodd Robert i mewn i'r neuadd o ddrws yn y pen pellaf. Yn ei ddilyn gan gydio yn ei law roedd merch dal benfelen. Daliodd Gruffudd ei anadl. Heb weld ei hwyneb yn eglur roedd o'n sicr pwy oedd hi. Mor sicr ag yr oedd pan welodd hi'n troi ei hwyneb at y goleuni wrth eistedd yn un o'r cadeiriau gwag ar ganol y bwrdd wrth ymyl Robert. Sibrydodd Gruffudd trwy ei wefusau gwaedlyd yr un gair, 'Angharad!'

Trodd Odo ato'n sydyn. 'Be ddeudaist ti?'

13

Roedd Gruffudd wedi sefyll wrth y tân, ac Odo wrth ei ymyl yn dal i afael yn y gadwyn, am hanner awr a mwy heb i'r rhai oedd wrth y bwrdd roi lawer o sylw iddo. Roedd Robert wedi ei anwybyddu'n llwyr ac wedi galw am ddiodydd ac afalau a chanu. A dim ond unwaith yr ymddangosodd Angharad fel petai'n syllu arno. Ddywedodd Robert wrthi pwy oedd o? Fedrai Gruffudd ddim credu y gallai hi ymddangos mor ddifater os oedd hi'n gwybod mai fo oedd y carcharor o'i blaen. Wrth gwrs, doedd dim posib iddi ei adnabod â'r fath olwg arno. Roedd o'n falch o hynny. Doedd o ddim isio iddi ei weld o fel hyn – ei weld a gwybod pwy oedd o – a gwylio'i ddioddef a'i farw'n destun gwawd. Doedd dim isio'i chydymdeimlad mud hi na'i dagrau arno – petai rhai. Fedrai o ddim bod yn sicr o hynny. Ddim yn hollol sicr ... Ond oedd ei brodyr yn rhan o gynllwyn Robert yn y Rug? Oedden. Ond roedd hi wedi'i garu am flynyddoedd. Fo oedd ei harwr, dyna ddywedodd hi. A hi addawodd ei briodi cyn y Nadolig. Fedrai o ddim credu bod y teimladau fynegodd hi ar draeth Aberffraw yn rhai ffug. Syllodd arni. Gwasgodd ei amrannau at ei gilydd i geisio clirio peth o'r gwaed hanner sych o'i lygaid. Roedd ganddi wisg wyrddlas amdani a'i gwallt yn disgyn yn rhydd at ganol ei chefn. Cofiodd yn sydyn. Fel hyn roedd hi'n edrych pan welodd hi y tro cyntaf, ac yma, yn neuadd castell Rhuddlan oedd hynny – ond bod hon yn neuadd newydd. Fo losgodd y llall. Teimlodd ryw dristwch brau newydd yn codi drwyddo. Caeodd ei lygaid. Roedd syllu arni yn ei wanhau. Yn codi teimladau a allai danseilio cadernid ei ewyllys i wrthsefyll yr erchylltra oedd o'i flaen. Dechreuodd un o'r milwyr wrth y tân daro blaen ei ddarn haearn yn ddistaw ar y llawr. Symudodd Odo'i draed yn anniddig. Roedd yn amlwg fod y marchog wedi blino ar ôl i'w arglwydd ei anwybyddu mor hir. Yna, ar ôl iddo chwyrnu un ochenaid hir wrth edrych ar y ddau'n dal y darnau haearn, gadawodd i'r gadwyn yn ei law ddisgyn ar y llawr pren. Tynnodd y sŵn sylw Robert.

Cododd y barwn ar ei draed gan droi ei wyneb at ei farchog a Gruffudd, a siarad yn Ffrangeg. Clywodd Gruffudd yr enw Odo de Lacey fwy nag unwaith, ond nid ei enw'i hun. Syllodd ar Angharad eto, yn chwilio am arwydd fod Robert wedi dweud wrthi pwy oedd o. Ond roedd hi'n gwyro'i phen oddi wrth y goleuni wrth yfed o'i chwpan. Yna trodd Robert i'r Lladin.

'Mae fy marchog ffyddlon yn awyddus iawn i'n difyrru ni gyda'r ddrychiolaeth anffodus yma sydd yn ei ofal o.' Daeth ambell bwff o chwerthin o blith y rhai wrth y bwrdd, ond chododd Angharad mo'i phen. Aeth y barwn ymlaen. 'Mae Odo wedi cael llawer o drafferth efo hwn. Ond ...' Ymddangosodd gwyn y dannedd yng nghanol y farf ddu, '... Ond fethodd Odo erioed â dofi'r un carcharor – hyd yn oed un haerllug o styfnig fel hwn.' Robert yn aros i arwain chwerthin y lleill, ac yna'n codi ei lais. 'Wyddoch chi fod hwn – y dolur yma ar ddwy goes – yn herio awdurdod marchog ac arglwydd a brenin! Hwn!' Sychodd ei geg ag ymyl ei lawes. 'Odo, ydi o wedi ateb cwestiwn eto?'

'Dim un, syr. Mae o wedi gwrthod dweud gair.'

'Ond mae o wedi dofi?'

Y marchog tal yn chwerthin ac yn rhoi plwc ar y gadwyn gan orfodi Gruffudd i ymgrymu'i ben. 'O, ydi! Ond mae o'n styfnig ac yn amharod iawn i ddangos y parch lleiaf i'w well, syr.'

'Wir! Wel, mae o'n ddyletswydd arnon ni fel Cristnogion i ddysgu gostyngeiddrwydd i hwn cyn ei ddiwedd.'

Odo yn ei frwdfrydedd bron â thorri ar draws ei arglwydd. 'Ci drewllyd ydi o, syr!'

'Gwylia dy iaith, Odo. Cofia fod 'na ferched yma – bod 'na foneddiges addfwyn iawn wrth f'ymyl i.' Trodd y barwn at Angharad, a ddaliai i edrych i lawr ar ei chwpan. 'Ydi'r ddrychiolaeth yma'n dy ddychryn di?'

Edrychodd hi ar Robert, ac atebodd yn Lladin. 'Cymro ydi o?'

Gwrandawodd Gruffudd ar ei llais. Doedd o erioed wedi'i chlywed yn siarad Lladin o'r blaen, ond cynhyrfai sŵn cyfarwydd y llais ei dristwch.

Ymddangosodd y gwyn yn nüwch barf y barwn. 'Mae o'n Gymro weithiau.'

'Be ...' Petrusodd Angharad. '... Be oedd ei drosedd?'

'Trosedd? Troseddau! Carcharor rhyfel ydi o. Ar ben hynny mae o'n ffŵl peryglus, anwaraidd.' Gafaelodd yn ei braich. 'Tyrd ato fo efo fi, i ni gael ei weld o'n iawn.'

'Mae'n well gen i beidio, f'Arglwydd.'

'Tyrd, mi fydd yn brofiad diddorol i ti.'

'Ond dw i ddim yn dymuno'r profiad.'

'Ofn?'

'O, na –'

'Yna, dw i'n dymuno – ac yn mynnu – dy fod di'n dod.' Tynnodd ei braich a chododd hithau o'r gadair heb air arall. Gwyliodd Gruffudd hi'n dilyn y barwn heibio i gefnau rhai o'r lleill. Trodd y wraig i ddweud rhywbeth yn ddistaw wrthi. Y wraig, sylweddolodd Gruffudd yn sydyn, oedd yr hen forwyn a ddaeth efo Angharad i Aberffraw.

Wrth i Angharad a'r barwn ddechrau croesi'r llawr rhwng y bwrdd a'r tân, teimlodd Gruffudd ysfa angerddol i geisio rhuthro allan o'r neuadd i ddianc neu eu gorfodi i'w ladd ar unwaith. Fe fyddai'n well ganddo hynny na chael ei ddinistrio'n araf gan yr heyrn poeth yng ngŵydd Angharad. Trodd ei ben fymryn i edrych i gyfeiriad yr agoriad.

'Gafael yn dynn yn y gadwyn yna, Odo – rhag ofn i'r bwystfil yma gael rhyw syniad gwallgof.'

Trodd y marchog ben y gadwyn am ei arddwrn. Galwodd Robert am ffagl, ac aeth un o'r milwyr a safai wrth yr agoriad i nôl y ffagl fwyaf ar y wal a'i dal uwchben Gruffudd. Yna safodd Robert – gan barhau i gydio ym mraich Angharad – ddau gam o flaen y carcharor. Cafodd Gruffudd gipolwg ar lygaid mawr y ferch yn syllu'n drist arno. Edrychodd Gruffudd ar y llawr.

'Angharad, welaist ti'r fath hylltra ar wyneb dynol erioed?' gofynnodd Robert.

Ddywedodd Angharad ddim.

'Wel, welaist ti? Dywed.'

'Mae o wedi diodde'n ofnadwy, f'Arglwydd.'

'O, ydi. Ond, wnaeth o ddim manteisio ar y profiad i buro'i gymeriad. Mae gwreiddiau balchder a styfnigrwydd hwn yn ddwfn. Ydw i'n iawn, Odo?'

'Wyt, syr!'

Heb godi ei olwg gallai Gruffudd weld llaw rydd Angharad yn cael ei dal i lawr wrth ei hochr. Gwyliodd y bysedd yn plygu ac yn sythu bob yn ail yn anesmwyth.

'Pwy ydi o?' gofynnodd hi.

Ennyd o ddistawrwydd, yna'r barwn yn sibrwd yr ateb yn uchel. 'Môr-leidr!'

Odo a rhywun wrth y bwrdd yn chwerthin. Meirion Goch, mae'n debyg. Y bysedd yn cael eu plygu'n sydyn a'u gwasgu nes bod gwyn yr esgyrn yn dangos.

'Môr-leidr?' Ei phryder yn amlwg yn ei llais.

'Ie. Pam, wyt ti'n ei adnabod o?'

'Dw i ddim yn nabod yr wyneb yma. Ond, f'Arglwydd, pam ... pam mae o'n bwysig i mi weld y dyn yma?'

'Pam mae o'n bwysig i ti weld y creadur yma – am y tro ola? Am mai'r tro ola ydi o.'

'Felly ... felly dw i yn ei nabod o?'

'Wel, wyt ti? Edrych arno fo'n iawn!'

'F'Arglwydd Robert!' Cododd ei llais. 'Paid â 'mhryfocio i fel hyn. Be ydi'i enw o?'

'Fedri di ddim bodloni ar y ffaith ei fod o'n ddihiryn hyll sydd ar fin dechrau marw – fel mae o'n haeddu?'

'Na fedra – rwyt ti wedi codi ofn dychrynllyd arna i.'

'Paid ag anghofio mai fo orfododd fi i ddweud –'

Rhuthrodd hi o afael y barwn a gwasgu'i dwylo ar freichiau Gruffudd. 'Pwy wyt ti? Be ydi . . .?' Roedd o'n syllu i'w llygaid a'i wefusau'n crynu. Gwelodd ei harswyd yn ei llygaid a'i cheg yn agor yn araf. 'Nid Gruffudd ap Cynan wyt ti? Nid – O, Dduw! Na!' Disgynnodd yn swp ar ei frest, ei dwylo'n cydio yn ei wisg a'i chorff i gyd yn ysgwyd.

Ceisiodd Gruffudd dynnu'i ddwylo'n rhydd o'r gefynnau oedd yn eu clymu y tu ôl i'w gefn. Ond roedd y gefynnau'n rhy dynn, a gwthiodd ei ddau benelin ymlaen i'w dal hi rywsut. Dywedodd ei henw ddwywaith, ond ddeuai dim geiriau eraill ar ei dafod. Gwasgodd hithau ei hwyneb yn ei frest gan riddfan yn uchel.

'Mae o'n medru siarad yn iawn, f'Arglwydd!' meddai Odo dros y neuadd.

Y barwn yn rhoi chwerthiniad bach. 'Ac mae o'n mynd i ddweud mwy nag un enw wrthon ni, Odo!'

'Gawn ni boethi'r darnau haearn, syr?'

'Ar unwaith. Brysiwch!'

Gwaeddodd y marchog yn Ffrangeg, a chlywodd Gruffudd sŵn y ddau filwr yn gwthio'r darnau haearn i'r tân – y darnau'n rhygnu ar gerrig y lle tân. Roedd Odo'n tynnu ar y gadwyn. Gorfodwyd Gruffudd i godi'i ben ond medrodd gadw'i draed yn ei unfan am ennyd arall. Yna llusgwyd o'n araf yn nes at y tân ag Angharad yn dal i gydio ynddo ac yn griddfan.

'Tyrd oddi wrtho, Angharad!' gorchmynnodd Robert. 'Rwyt ti'n gwybod pwy ydi o rŵan.'

Chwarddodd y milwyr a'r dynion wrth y bwrdd, ond rhuthrodd yr hen wraig ar draws y llawr at Angharad gan erfyn arni yn Gymraeg i ollwng ei gafael ar Gruffudd.

Gwaeddodd Robert. 'Paid â bod yn ffôl, Angharad.

Gollwng dy afael ynddo fo ar unwaith – rhag ofn i ti gael dy losgi!'

Sythodd y ferch yn sydyn a heb lacio'i gafael ar Gruffudd, trodd i wynebu'r barwn, ei gwedd yn welw-lwyd a'r dagrau'n powlio o'i llygaid. 'Llosgi? Nid llosgi hwn?' Gwelodd wên fud Robert. 'Sbia arno fo! Mae o wedi diodde mwy – a gwaeth – na digon! Ai fel hyn mae barwn da Rhuddlan yn trin brenin Gwynedd –?'

'Carcharor ydi o.'

'Ie, carcharor!' roedd ei llais yn ysgwyd, 'ond nid carcharor barbariaid!'

Siaradodd Robert yn gyflym trwy ei ddannedd. 'Gwylia rhag i ti ddweud pethau eithafol – fy moneddiges i!'

'Eithafol!' Roedd y llygaid mawr yn fflachio. Gafaelodd yr hen wraig ym mraich Angharad a sibrwd yn Gymraeg, 'Paid â deud mwy – gwell i ti ofyn gawn ni adael y neuadd.' Gwnaeth ymdrech i arwain y ferch oddi wrth y tân, ond tynnodd Angharad ei braich o'i gafael.

'Mae beth wnaethost ti, syr, i'r brenin yma yn eithafol – yn farbaraidd!' meddai Angharad yn ffyrnig ond heb godi ei llais.

Gwaeddodd Robert, 'Angharad! Dw i wedi dy rybuddio di unwaith i beidio â –'

Torrodd hi ar ei draws. 'Nid ti, f'Arglwydd Farwn, oedd yn cyhuddo'r dyn – y brenin hwn – o fod yn anwaraidd?' Chwarddodd yn drist. 'Ti yn ei gyhuddo fo o hynny!'

Trodd Robert ei ben at yr agoriad, a galwodd yn Ffrangeg ar y tri milwr. Rhedodd dau ohonyn nhw ato. Trodd y barwn i'r Lladin. 'Gafaelwch yn y foneddiges Angharad, rhag ofn iddi syrthio pan daflwn ni'r carcharor i'r llawr.'

Cydiodd y ddau ym mreichiau Angharad, a rhoddodd Odo blwc i'r gadwyn. Disgynnodd Gruffudd ar ei eistedd.

'Dewch â'r haearn cochaf yma,' gorchmynnodd Robert. 'Falle y bydd un yn ddigon i dyllu'r ddau lygad.'

Sgrechiodd Angharad, 'Peidiwch! Peidiwch! Ble mae cyfiawnder y Ffrancwyr?' Trodd yn wyllt yng ngafael y ddau filwr i wynebu'r bwrdd, a gwaeddodd yn Gymraeg, 'Nhad, deudwch rywbeth i rwystro hyn! 'Nhad!'

Cododd dyn ar ben tywyllaf y bwrdd. Petrusodd cyn siarad. 'F'Arglwydd Robert, maddau i mi am ymyrryd fel hyn.' Llais cryg Owain ab Edwin – doedd Gruffudd ddim wedi sylweddoli ei fod o yno. 'Fedra i ddim gweld sut y mae Gruffudd ap Cynan – brenin cyfreithlon Gwynedd – yn haeddu'r fath driniaeth. Frwydrodd o ddim yn dy erbyn di ers blynyddoedd, a wnaiff o ddim eto.' Camodd milwr oddi wrth y tân gan gario darn o haearn â'i flaen yn wynlas boeth ac aeth i sefyll wrth ymyl y barwn. Trodd yr hen wraig ei chefn at Gruffudd a dechreuodd fwmian crio. Aeth Owain ab Edwin ymlaen. 'Ac mae o'n arferiad canmoladwy gan ein harglwyddi Ffrengig i ddangos mymryn o drugaredd tuag at eu carcharorion –'

'Eistedd, Owain ab Edwin,' siaradodd y barwn yn gyflym, 'mae'r sefyllfa yma'n eithriadol. Fel y gwyddost ti'n iawn – fedra i ddim mentro dangos unrhyw drugaredd i hwn. Fedri ditha ddim chwaith!'

Daliodd Owain ab Edwin i sefyll am ennyd fel petai am fynnu mynegi'i wrthwynebiad ymhellach, yna gwyrodd yn araf i'w sedd heb ddweud gair arall. Trodd Robert at ei farchog.

'Odo, ti sy'n grefftwr efo haearn poeth.'

Cymerodd y marchog yr haearn oddi wrth y milwr dan wenu. Plygodd dros Gruffudd, yna trodd ei wyneb at y barwn. 'Rŵan?'

Cyn i Robert ateb sgrechiodd Angharad a cheisio taflu'i hun o afael y ddau filwr. Disgynnodd ar ei gliniau gan sgrechian drosodd a throsodd, 'Paid, Robert! Paid!'

Syllodd y barwn yn rhyfedd arni.

Gwaeddodd Odo, 'Ga' i ddechra rŵan, syr?'

'F'Arglwydd Robert!' sgrechiodd y ferch, 'dw i'n erfyn arnat ti ar fy ngliniau –'

Gwaeddodd Gruffudd yn gryg yn Lladin. 'Paid â mynd ar dy liniau o'i flaen o, Angharad! Paid ag erfyn am ddim byd ganddo fo.'

Arhosodd Angharad ar ei gliniau, ond aeth ei llais yn ddistawach. 'Er fy mwyn i, f'Arglwydd . . . paid.'

'Mae cochni'r haearn yn llwydo, syr,' meddai Odo'n uchel.

Daliai'r barwn i syllu – â'i geg fymryn yn agored – ar Angharad ar ei gliniau o'i flaen. Siaradodd yn araf yn Ffrangeg, gollyngodd y ddau filwr eu gafael ar y ferch. Cymerodd yntau gam yn nes ati. 'Be wyt ti'n dymuno i mi'i wneud, Angharad – neu beidio â'i wneud – er dy fwyn di?'

'Dim! Dim!' Roedd gweiddi wedi ailagor y briwiau yng ngheg Gruffudd, a daeth ei lais yn sibrwd croch o'i wddw. 'Gad i mi gadw fy urddas tan y diwedd, Angharad. Paid ag erfyn am ddim drosto i!'

Cadwodd y ferch ei golwg ar wyneb y barwn. 'F'Arglwydd Robert – er fy mwyn i – paid â'i ladd o, a phaid â'i losgi na'i faeddu o eto.' Dechreuodd ei llais dorri. 'Wnes i ddim ei nabod o – mae o wedi diodde gormod!'

'Mi fydd rhaid i mi gael haearn arall, syr,' meddai Odo'n flin.

Anwybyddodd Robert ei farchog. 'Wyt ti isio imi ei osod o'n ei ôl ar orsedd Gwynedd hefyd, Angharad – er dy fwyn di?' Roedd y llais yn wawdlyd.

'Na. Dim mwy na be ofynnais i . . . iddo fo gael byw heb ei faeddu.'

Edrychodd Robert arni heb ddweud dim. A oedd ei ddistawrwydd yn awgrym – gwibiodd y syniad afresymol trwy feddwl Gruffudd – bod crefu Angharad yn effeithio rywfodd ar y barwn? Ond fedrai o ddim credu y câi drugaredd gan Robert. Dim mymryn. Dim mwy nag y byddai o'n ei ddangos i'r barwn petai'r sefyllfa'n hollol wahanol. Ac er cymaint yr ofnai'r heyrn poeth a'r marw, roedd o wedi medru disgyblu'i hun i feddwl y gallai ddal y rhan fwyaf yn ddewr. Ond roedd gweld Angharad yn ymbil er ei fwyn ar ei gliniau o flaen y Ffrancwr, ac yn cael ei gwawdio, yn chwalu urddas ei ddewrder ac yn difetha'i unig fuddugoliaeth. Ceisiodd weiddi arni, a daeth sŵn y geiriau Cymraeg yn grynedig o'i wddw.

'Gwranda arna i, Angharad – er fy mwyn i, paid â chrefu ar hwn am ddim i mi. Wyt ti'n clywed?'

Galwodd Odo ar un o'r milwyr wrth y tân. 'Tyrd â'r haearn arall i mi!'

'Na. Aros,' gorchmynnodd y barwn gan droi at ei farchog. Yna edrychodd ar Angharad. 'A ydw i i atal rhag gwneud hyn i gyd . . . er dy fwyn di?'

'Dw i ar 'y ngliniau yn crefu arnat ti i wneud hynny, f'Arglwydd.' Aeth Angharad i siarad â'i hanadl yn swnio'n fyr. 'Os ydi fy modloni o o ryw bwys i ti . . .' Gadawodd hi'r frawddeg heb ei gorffen, a gwyrodd ei phen.

Syllodd Gruffudd arni fel petai'n gweld rhywun diarth. Roedd hi wedi anwybyddu'i orchymyn yn llwyr. Hon, ar ei gliniau yn ymbil o flaen y barwn Ffrengig, â'i thresi hir fel aur glân yng ngolau'r ffagl a'i dwylo wedi'u plethu o'i blaen. Wrandawodd hi ddim arno. A'r munudau olaf yma – er ei bod hi wedi siarad amdano – chymerodd hi ddim sylw ohono fo, fel petai o'n ddim ond achos i'w achub, a bod ei chyfathrach â'r barwn bellach yn bwysicach. Gwyliodd hwnnw'n camu at ei hymyl ac yn gorffwys ei law ar ei hysgwydd. Y nhw oedd piau'r sylw a'r goleuni rŵan, nid fo nac Odo a'r haearn poeth. Roedd ymateb y ddau i'w gilydd yn bwysicach na dim arall a allasai ddigwydd yn y neuadd – na'i ddioddefiadau a'i farwolaeth o hyd yn oed. Teimlodd fymryn o siom chwithig. Gwasgodd bysedd y barwn am un o'r tresi melyn.

'Foneddiges, mae dy gais wedi'i fynegi'n rhy effeithiol – ac yn rhy hardd – i'w anwybyddu. Ond mae o'n un rhy eithafol i mi fedru ei ganiatáu'n llwyr.'

Cododd hi ei phen i edrych i wyneb y barwn.

Daeth yr ysfa dros Gruffudd i weiddi arni i ddweud nad oedd hi'n llwyddo i wneud dim ond estyn ei ddioddefaint, ond penderfynodd beidio â siarad efo hitha eto chwaith.

'Mae ei fywyd o,' meddai Angharad yn ddistaw, 'a thawelwch fy meddwl i am weddill fy oes, yn dy law di.'

Syllodd Robert i lawr ar wyneb y ferch heb ateb am ennyd hir, a'i fysedd yn dal i chwarae efo'i gwallt. Yna siaradodd yn gyflym. 'Dw i am arbed ei fywyd o, am heno. Ac fe –'

'A'r llosgi?'

'Fe gaiff yr heyrn oeri heno.'

Daeth nadu siomedig o gyfeiriad y bwrdd a llais Meirion Goch yn uchel yn eu plith. Ond cododd Owain ab Edwin ar ei draed a gweiddi yn Lladin, 'Rwyt ti wedi dangos trugaredd y doeth, f'Arglwydd Robert!'

Cododd Angharad ar ei thraed, a daeth yr hen wraig ati a'i chofleidio gan ddechrau crio'n uchel eto.

'Wnes i dy gam-ddeall di, f'Arglwydd?' gofynnodd Odo'n ffyrnig. 'Ydi'r ci drewllyd am gael cerdded oddi yma â'i ddau lygad yn ei ben?'

'Ydi – heno.'

Cododd y darn haearn oedd yn ei afael a'i daro'n drwm ar y llawr wrth ymyl Gruffudd. 'Ar ôl yr holl drafferth!'

'Dwyt ti ddim yn deall, Odo.' Roedd llais y barwn wedi caledu eto. 'Am heno ddywedais i.'

'A fory?'

'Fe gei di dy orchmynion mewn digon o bryd ar gyfer fory.' Ychwanegodd y barwn ychydig o eiriau yn Ffrangeg.

Taflodd y marchog y darn haearn i'r llawr. 'A beth am y ci drewllyd?'

Gwnaeth Robert ymdrech amlwg i reoli'i dymer. Siaradodd yn gyflym yn Ffrangeg, yna trodd i'r Lladin. 'Dos di a dy wŷr â'r carcharor yn syth yn ôl i'r pydew.'

Torrodd Angharad ar ei draws. 'Mae o wedi diodde cymaint yn eich pydew, f'Arglwydd Robert,' taflodd olwg gyflym ar Odo, 'dw i'n gofyn yn daer i ti beidio â'i anfon o yno.'

'Dos â fo i'r pydew, Odo,' meddai'r barwn gan droi ei gefn ar y ferch.

Llusgwyd Gruffudd ar ei draed, ac wrth iddo fynd heibio i

Angharad edrychodd yn syth yn ei flaen. Yn dioddef wrth wneud, ac eto'n mynnu gwneud. O'i hachos hi fe fyddai heddiw o'i flaen eto fory. Teimlai'n sydyn nad oedd ganddo'r nerth i wynebu'r cwbl eto. Roedd rhywbeth heno wedi gwanio'i ewyllys; wedi torri'i urddas. A theimlai'n sicr mai arni hi roedd y bai am hynny hefyd.

14

Yn gynnar y prynhawn canlynol codwyd Gruffudd o'r pydew, a chafodd ei lusgo o gwt y gwylwyr ac ar draws y beili i'r neuadd eto. Y tro hwn aeth Odo a'i dri milwr ag o yn syth i mewn i'r adeilad. Roedd caeadau tyllau'r ffenestri yn y mur ar yr ochr gysgodol wedi'u hagor i oleuo'r neuadd, ac roedd tân mawr yn dal i losgi ar ganol y llawr. Gwaeddodd Odo mewn cymysgedd o Ffrangeg a Saesneg ar y gweision oedd yn twtio'r lle, a diflannodd y ddau ar unwaith drwy'r drws yn y pen pellaf.

Cafodd pen y gadwyn a oedd ynghlwm wrth y cylch o amgylch gwddw Gruffudd ei glymu am un o'r colofnau pren mawr a ddaliai bwysau'r to. Edrychodd y marchog tuag at y lle tân.

'Wyt ti'n gweld bod y darnau haearn yn barod wrth y tân o hyd . . .' Chwarddodd. '. . . yn dy ddisgwyl di?' Newidiodd ei wedd yn gyflym. Gwyrodd ei wyneb yn nes at wyneb Gruffudd a siaradodd yn isel trwy ei ddannedd, 'A phetawn i'n arglwydd yma, fe fydden nhw wedi gadael eu hôl arnat ti ymhell cyn hyn!' Cododd ei law fel petai am daro Gruffudd ar draws ei wyneb, ond yna tynnodd hi i lawr at ei ochr. Trodd oddi wrth Gruffudd gan siarad yn Ffrangeg â'r tri milwr, a cherddodd y pedwar allan o'r neuadd.

Droeon wedyn clywai Gruffudd leisiau'r marchog a'i wŷr

yn aneglur o'r ochr draw i'r llen ledr. Roedd yn amlwg eu bod nhw am aros wrth yr agoriad – yn barod i ddod yn ôl i mewn i'r neuadd pan fyddai galw amdanyn nhw. Gallai Gruffudd ddychmygu pryd y byddai hynny. Eisteddai wrth waelod y golofn bren a'i gefn yn gorffwys arni, yn syllu ar y darnau haearn ar gerrig y lle tân ac yn ceisio meistroli'i ofn ohonyn nhw. Caeodd ei lygaid. Teimlodd wres y fflamau'n cyrraedd ei wyneb dolurus ac yn ei bigo. Roedd ofn y darnau haearn arno yn waeth na dim. Medrodd ddal pob triniaeth arall a gafodd yn nwylo'r Ffrancwyr – roedd o wedi bod yn ddigon cryf iddyn nhw yn y pydew yma ac yng Nghaer. Ymwthiodd rhyw argraff o atgof miniog trwy ei feddwl – rhyw argraff o Gaer oedd wedi aros, ac a oedd mor ofnadwy â disgwyl yr heyrn eirias yn ei lygaid. Cofiodd. Pan ddywedson nhw wrtho fod y lleill i gyd wedi'u difa. Roedd hynny wedi bod yn waeth. Ond, eto, yr heyrn poeth fyddai'r prawf eithaf ar ei ddewrder o, a'r un terfynol. Clywodd sŵn distaw o'r tu cefn iddo. Agorodd ei lygaid, ond throdd o ddim ar ei ben i weld beth oedd yno. Y sŵn yn nesáu – sŵn traed a sŵn gwisg yn symud.

'Gruffudd!' Camodd Angharad i sefyll rhyngddo a'r tân. Edrychodd Gruffudd yn syn arni yno ar ei phen ei hun. Ai darn o gynllwyn oedd hyn i'w gael i ddioddef mwy? Ynte, ai hwn oedd y ffarwel olaf? Cofiodd fel roedd hi wedi anwybyddu ei orchmynion neithiwr a'i hymddygiad hi tuag at y barwn. Cadwodd ei lais yn ddifywyd.

'Ddaethost ti yma hebddo fo, Angharad?'

'Fe ddois i i dy weld di eto.'

'Am y tro ola?'

Atebodd hi ddim. Roedd yn rhaid iddo ymddangos yn

ddewr ac mor styfnig ag erioed, a rhoi'r argraff nad oedd isio dim o'i chydymdeimlad hi arno.

Symudodd Angharad i sefyll yn nes ato. Gwelodd ei llygaid yn symud dros ei wyneb. 'Gruffudd . . . Gruffudd . . .' Tagwyd y geiriau yn ei gwddw. Teimlodd Gruffudd ei theimladau'n effeithio arno, ond medrodd gadw'i lais yn ddifater eto.

'A hwn fydd y tro ola?'

Ffurfiodd deigryn ar ymyl ei llygaid. Llithrodd y dagrau i lawr ei bochau a golau melyn y tân wedi'i ddal ynddyn nhw. 'Beth bynnag wnes i neithiwr, Gruffudd, er dy fwyn di y gwnes i o.'

'Mi ddeudais i wrthot ti am beidio. Mi orchmynnais i ti.' Roedd yn anodd iddo rŵan gadw'i gynnwrf o'i lais. 'Fe wnaeth dy weld di ar dy liniau yn ymbil o flaen Robert o Ruddlan fwy o niwed i mi na holl ergydion ei filwyr o.'

Sythodd ei phen. 'Fyddai'n well gen ti petaen nhw wedi dy losgi efo'r heyrn?'

'Bydda.' Atebodd heb ystyried gonestrwydd ei ateb. Roedd arno isio'i brifo. Ond credai bob gair o'i osodiad nesaf. 'Mi faswn i wedi medru achub fy hun fisoedd yn ôl o bob math o boen petawn i'n fodlon mynd ar fy ngliniau o flaen y rhain – fel ti.'

'Do'n i ddim yn disgwyl diolch, ond ro'n i'n disgwyl i ti ddeall pam –'

'Deall?' Tynnodd yn flin ar y gadwyn oedd yn ei glymu wrth y golofn, a chododd ei dymer trwy ei lais. 'Deall! Glywaist ti be ddigwyddodd yn y Rug? Do, wrth gwrs, roedd dy frodyr di yno!'

Gwyrodd hi'i phen fymryn. Roedd y dagrau wedi sychu. 'Fydda hi ddim yn well i ni ffarwelio'n gyfeillion?'

Anwybyddodd Gruffudd ei chwestiwn, a siaradodd yn uwch. 'Glywaist ti be ddigwyddodd i 'myddin i?'

'Do.' Atebodd hi'n ddistaw heb godi'i phen.

'Fy nynion gora i – roedden nhw mor ddewr ac mor ffyddlon.' Swniai fel un yn siarad efo fo'i hun. 'Fydd 'na byth rai tebyg iddyn nhw eto. Byth. Wyt ti'n cofio Collwyn yn Aberffraw? Roedden ni'n agosach na . . .' wyddai o mo'r gair Cymraeg am efeilliaid '. . . na dau frawd. A Sitriuc – wyt ti'n cofio'r mwya o fy Naniaid anferth oedd yn arwain fy marchogion i? A'i frawd – cawr arall. A Cormac? Wnei di mo'i gofio fo.' Ochneidiodd yn boenus. 'Wedi'u difa i gyd, a heb hyd yn oed yr anrhydedd o gael marw mewn brwydr. Wedi'u difa i gyd gan frad y Ffrancwyr.' Fe fu bron iddo ychwanegu 'a fy ffolineb i', ond fedrai o ddim cyfaddef hynny wrthi hi. Aeth ei feddwl yn ôl i'r Rug, a ffurfiodd ddarluniau o'r diwrnod ofnadwy hwnnw yn ei ddychymyg. Ddywedodd hi ddim tra oedd o'n ddistaw. Yna gofynnodd Gruffudd, a'i lais wedi tawelu, 'Ble cawson nhw eu claddu?'

Cododd Angharad ei phen. 'Dy wŷr di?'

Gwelodd Gruffudd y dryswch ar ei hwyneb. 'Fe gawson nhw eu claddu, gobeithio?'

'Eu claddu? Dwyt ti 'rioed yn dymuno hynny iddyn nhw, Gruffudd?'

Gwyliodd o ei hwyneb. Fedrai o ddim credu ei bod hi'n cellwair efo fo am y fath beth. Ond sut oedd hi'n bosib iddi gamddeall ei gwestiwn? Cododd ei lais eto. 'Ble cawson nhw eu claddu? Fe wyddost ti hynny, siŵr? A dy frodyr di yno!

A dy gyfaill mawr yn trefnu popeth!'

Roedd hi'n edrych yn syn i'w lygaid. Siaradodd yn araf. 'Rwyt ti'n credu bod y Ffrancwyr wedi lladd dy fyddin di i gyd yn y Rug.'

'Ble arall cawson nhw eu lladd?'

'Chawson nhw mo'u lladd yn y Rug, nac yn unman arall – hyd y gwn i.'

Syllodd yn rhyfedd arni fel petai'n gweld ei geiriau. 'Ond mi –'. Petrusodd, wedi'i gyffroi gan y newydd mawr, a'i feddwl yn ceisio cofio beth wnaeth iddo gredu mor llwyr fod ei ddynion i gyd wedi'u lladd yn y Rug. 'Y barwniaid, pan oeddwn i yng nghastell Caer, wnaeth i mi feddwl hynny.' Siaradodd yn uwch, 'Ond pa ots! Maen nhw'n fyw, meddet ti?'

'Dw i'n sicr eu bod nhw.'

'I gyd? I gyd?' Roedd o'n gadael i'w gyffro godi'n wirion.

'Mi glywais i fod hanner dwsin wedi'u lladd am eu bod nhw wedi bygwth difetha cynllwyn Robert. Ond dim mwy na hynny.'

Rhuthrodd ei gwestiwn ati. 'Wyddost ti pwy oedd y chwech?'

Ysgydwodd ei phen.

Byddai'n ofer, wrth gwrs, iddo obeithio bellach nad oedd Collwyn ymysg y chwech, na Sitriuc a Cormac. Ond roedd yna arweinwyr eraill ymhlith y lleill – marchogion fel brawd Sitriuc a – daeth yr enwau yn ôl ato – Randwlph a Tadhg. 'Roedd Robert yn mentro wrth ddod â fi yma – a fy myddin i'n rhydd?' Roedd y gosodiad wedi cael ei droi'n gwestiwn anesmwyth. Gwyliodd y tristwch ar ei hwyneb, a gwyddai y byddai'i hateb yn ei frifo.

'Doedd o ddim yn mentro, Gruffudd. Fe dorrwyd bawd dde pob un o dy filwyr i ffwrdd yn y Rug.'

Teimlodd ei siom yn codi trwy ei gorff i'w wyneb ac yn tynnu'i geg yn agored. Gwelodd ei ddynion yn dychwelyd i Aberffraw a'r bonyn bach gwaedlyd ar law pob un yn anfri bythol. A gwelodd nhw'n brysio ar y llongau cyntaf i hwylio am Iwerddon – yn casáu gorfod gadael Gwynedd mewn gwarth ac yn ofni'r gwawd a fyddai'n eu disgwyl. Ar hyd eu hoes fe fydden nhw'n cario'u harfau yn chwithig. Cofiodd chwerthin y ddau farwn yn neuadd castell Caer, a Robert yn dweud wrtho na fyddai ei filwyr yn ymladd iddo fo nac i neb arall byth eto. Dyna'r geiriau oedd wedi gwneud iddo feddwl bod ei fyddin wedi'i difa. Siaradodd ei feddyliau, a'r geiriau'n aros yn aneglur yn ei wddw. 'Fasa'u lladd nhw wedi bod yn llai o warth arnyn nhw.'

Ddeallodd hi ddim beth ddywedodd o. 'Ond, rwyt ti'n falch o glywed eu bod nhw'n fyw, Gruffudd.'

'Tasen nhw'n fyw, a heb eu clwyfo, mi fasan nhw wedi llosgi'r domen yma i'r llawr!' Syllodd arni gan ei herio i anghytuno. 'A chastell Caer!' Pam oedd o'n gorfod dal i ymffrostio mor amlwg o'i blaen o hyd? Ddywedodd hi ddim. Ond roedd ei lygaid yn sgleinio, ac yn araf disgynnodd y dagrau dros ei boch. Edrychodd Gruffudd ar y tân i osgoi gwylio'i thosturi. Yna, heb droi i edrych arni, gofynnodd, 'Angharad, fyddi di'n crio hefyd pan fyddan nhw'n llosgi fy llygaid i?' Roedd rhyw ymyl i'w feddwl yn benderfynol o'i brifo.

'Fydd dim rhaid i mi, Gruffudd.' Swniai'i llais yn bendant. Wyddai o ddim beth oedd ystyr ei hateb, ond doedd o ddim am ei holi. 'Fydd yn rhaid i ti felly pan fydda i'n cael fy lladd?'

Am ysbaid atebodd hi ddim. Clywodd Gruffudd hi'n ochneidio'n gyflym wrth anadlu, ac, yn amlwg, yn gwneud ymdrech fawr i beidio â thorri i grio. 'Gruffudd,. does dim diben imi geisio dweud faint dw i'n ei ddiodde efo ti. Dwyt ti ddim isio gwybod hynny. Does dim byd yn bwysig i ti bellach ond cadw dy urddas, a rhyw hiraethu am Collwyn a dy fyddin.' Ochenaid arall yn torri'n sydyn ar draws ei hanadl. 'Does yr un ohonyn nhw'n bwysig i mi. Ond rwyt ti'n bwysig i mi. Mi fûm i'n ddigon ffôl – gwallgof – i syrthio mewn cariad efo ti. Wnest ti 'rioed mo hynny efo neb – nid fel dw i'n dy garu di.' Trodd Gruffudd ei olwg oddi wrth y tân, ac edrychodd ar wyneb Angharad. Aeth hi ymlaen. 'Fedri di ddim deall fy math i o garu, Gruffudd. Fedri di ddim gweld nad ydi dy holl aflwyddiant di'n gwneud dim mymryn o wahaniaeth iddo fo.' Gosododd ei dwylo'n dyner ar ei ysgwyddau. 'A tasa pob darn o dy groen wedi'i losgi, a dy gnawd di i gyd yn drewi – a titha wedi colli dy fawd de – wnâi o ddim mymryn o wahaniaeth i fel dw i'n dy garu di. Oes gen ti ryw syniad o gwbl am gariad felly?' Disgwyliodd am ei ateb a'i llygaid mawr yn sgleinio arno. Wnaeth yntau ddim ond syllu arni. 'Na, fedri di ddim amgyffred be ydi caru rhywun nes mae o'n boen i ti. Nes mae o'n dy orfodi di i wneud petha rwyt ti'n casáu eu gwneud. Yn dy ffieiddio dy hun am eu gwneud nhw, ac eto'n dal ati. Cofia hynny, Gruffudd, pan fyddi di rywbryd wedi dy siomi yno' i.' Daeth sŵn traed o gyfeiriad y drws yn y pen pellaf.

'Ydi'r ffarwel ola wedi'i ddweud?' gofynnodd llais Robert o'r pellter.

Edrychodd Gruffudd ar yr wyneb o'i flaen, yn sydyn yn ymwybodol iawn o'i harddwch hi. 'Wela i mohonot ti eto?'

'Cusana fi!' Angharad yn dal i sibrwd.

Sŵn y traed yn nesáu.

Siaradodd Gruffudd yn ddistaw. 'Mae fy ngheg i'n fudur – y doluriau a'r gwaed; ac mae croen –'

Gwasgodd hi ei cheg ar ei wefusau a dal ei hun felly yn bwysau tyner ar ei frest, a'i dwylo'n parhau i gydio yn ei ysgwyddau.

Daeth llais Robert dan chwerthin o fan agos. 'Petawn i wedi dychmygu dy fod di am fynegi dy ffarwelio fel hyn, Angharad, mi fyddwn i wedi gorchymyn i rywun olchi'i wyneb o!'

Roedd corff y ferch yn crynu, a thybiodd Gruffudd ei bod hi'n dweud rhyw air drosodd a throsodd trwy ei chusan. Ond fedrai o mo'i ddeall. Teimlodd ei dagrau'n disgyn ar ei drwyn. Llais y barwn yn gorchymyn, 'Mae peryg i ti gael rhyw haint oddi wrtho fo. Gad lonydd iddo fo. Mae hi'n hen bryd iddo fo fynd!' Plygodd dros y ddau a chydio ym mreichiau Angharad.

Plwc cyflym yn gwneud iddi ollwng ei gafael yn Gruffudd, a'r barwn yn ei thynnu oddi wrtho. Hithau'n edrych ar Gruffudd â'i cheg yn hanner agored am ennyd arall, yna'n troi ei chefn ato ac yn brysio yng ngafael y barwn ar draws llawr y neuadd at y drws yn y pen pellaf. Diflannodd hi drwy'r drws heb droi ei phen wedyn i edrych arno.

15

Roedd o yn ei ôl yn y pydew o dan gwt y gwylwyr. Roedd wedi cael ei lusgo yno o'r neuadd ddoe yn fuan ar ôl i Angharad a'r barwn ei adael. Ers yr amser hwnnw bu'n disgwyl i Odo a'i filwyr ddod i'w godi oddi yno am y tro olaf. Ond ddaethon nhw ddim neithiwr na'r bore yma. Ddaeth neb i lawr ato i'w faeddu chwaith; nac i'w wawdio – neb o'r rhai oedd wrth y bwrdd hir yn y neuadd hyd yn oed.

Taflodd y gwylwyr ambell asgwrn neu grystyn iddo, ond doedd arno ddim isio bwyd na gorffwys. Teimlai'n anniddig drwyddo. Oherwydd y doluriau ar ei goesau roedd cerdded neu orwedd yn rhy boenus. Eisteddai weithiau ar y twmpath cerrig, neu sefyll â'i gefn yn erbyn ochr y pydew. Roedd ei feddyliau yn ei gynhyrfu, ac yn ei wneud yn rhy aflonydd i fedru eistedd na sefyll yn hir yn unman. Roedd Angharad ar ei feddwl, yn cyffroi ei deimladau ac yn eu drysu. Cofiodd fel y disgrifiodd hi ei chariad ato, a'r dagrau a'i chusan, a'i hymddygiad echnos ar ei gliniau o flaen y barwn. Effeithiodd popeth a wnaeth ac a ddywedodd hi arno gan wneud ei benderfyniad yn fwy brau. Bellach fedrai o ddim meddwl am ddiodde'r heyrn poeth na wynebu'i farwolaeth â'r un ffydd yn ei gryfder. Dychwelodd ei feddwl eto ac eto at yr un gobaith – y byddai'n cael marw'n gyflym. Digon cyflym iddo fedru dal yn ddewr a chadw ei urddas.

O'r ochr draw i'r twmpath cerrig, lle'r oedd rhai o'r crystiau wedi disgyn, daeth sŵn llygod mawr yn symud. Safai Gruffudd â'i gefn yn erbyn ochr y pydew yn gwylio'r cerrig. Credai'r syniad atgas y byddai'r llygod – petai o'n digwydd aros yn llonydd yn ddigon hir – yn llyfu'r dŵr o'r swigod ar ei goesau. Gwelodd siâp aneglur un ohonyn nhw'n rhuthro dros y cerrig ac yna'n diflannu yn eu plith. Rhedodd un arall wargam ar ei hôl. Roedd awr a hanner ers pan daflwyd yr esgyrn olaf i lawr i'r pydew. Roedd rhywfaint o olau dydd i'w weld o hyd yn y cwt uwchben, a thybiai Gruffudd ei bod hi tua chanol y prynhawn. Tueddai i feddwl weithiau fod y Ffrancwyr yn llai tebyg o'i ladd yn y prynhawn neu yn ystod yr hwyrnos. Eto roedd posibilrwydd y gallai gael ei ddwyn i'r neuadd i'w ddiddori ar ôl y wledd hwyrol. Os oedd y rheini a oedd yn eistedd wrth y bwrdd hir echnos yn y neuadd yn dal i fod yn y castell, on'd oedd hi'n rhyfedd nad oedden nhw wedi dod i chwerthin am ei ben yn y pydew? Fe fyddai gweld tri milwr Odo yn ei losgi neu'n hanner ei foddi yn hwyl fawr, neu'n rhybudd – beth bynnag oedd bwriad Robert – i rai fel Owain ab Edwin a Meirion Goch. Roedd hi'n rhyfedd hefyd fod Odo a'i filwyr wedi cadw oddi wrtho ers deuddydd. Falle'u bod nhw wedi gadael y castell, ac y bydden nhw yn eu holau'n fuan ac yn ei drin fel o'r blaen. Sylweddolodd ei fod yn eu hofni nhw'n fwy nag erioed. Yn ofni eu gweld yn dod i lawr ato eto. Fyddai o ddim yn medru dal cymaint y tro nesaf heb weiddi.

Symudodd ei gefn oddi wrth yr ochr a sythodd, yn teimlo'n flin wrth ei wendid ofnus. Cerddodd yn araf at y cerrig, ac eisteddodd ar ymyl y twmpath. Roedd yn rhaid iddo anghofio Angharad. Anghofio popeth ddywedodd hi ac a wnaeth hi. Bellach, ei unig ddyletswydd oedd ceisio bod yn ddewr a chadw ei styfnigrwydd. Roedd yn rhaid iddo gredu o hyd y byddai'n llewygu pan fyddai ei boenau'n annioddefol. Gallai wneud yn fwy sicr o hynny trwy fwyta dim ond y mymryn lleiaf a chadw ei hun mewn gwendid mawr. Penderfynodd beidio â bwyta nac yfed dim y diwrnod hwnnw. Teimlodd gywilydd. Roedd o'n ceisio osgoi her i'w ddewrder – yn torri hen arferiad. A'r her hon fyddai'r un bwysicaf. Cododd ar ei draed ac aeth at yr ochr arall i'r pentwr cerrig i chwilio am grystyn. Cafodd hyd i un, ac wrth iddo ddechrau ei gnoi clywodd sŵn lleisiau yn nesáu at ymyl y pydew a llais Odo yn codi o'u plith. Taflodd Gruffudd y crystyn ar y llawr.

Gollyngwyd rhaff i'r pydew a daeth dau filwr i lawr at Gruffudd. Clymwyd y rhaff amdano a chafodd ei godi i fyny i'r cwt. Ar unwaith cafodd ei lusgo allan i'r beili gan yr un tri milwr ac Odo yn eu harwain. Ddywedodd neb ddim wrtho, ac wrth iddo gyrraedd y neuadd, synnodd Gruffudd o weld Odo yn dal i fynd yn ei flaen i gyfeiriad y prif borth. Oedden nhw, meddyliodd Gruffudd, yn mynd ag o allan o'r castell i'w ladd yn y dref, lle gallai Cymry'r ardal weld ei ddiwedd? Fyddai *hi* yno hefyd? Oedden nhw am losgi ei lygaid yn gyntaf er mwyn dangos ei wendid i'r dorf? Fe fyddai'n rhaid iddyn nhw gael tân go fawr. Edrychodd i gyfeiriad y dref i weld a oedd mwg mawr yn codi oddi yno. Gwelodd golofn drwchus o fwg gwyn yn codi i'r awyr.

Roedd llawer o bobl wedi casglu y tu mewn i'r porth – milwyr a gweithwyr. Dechreuodd rhai weiddi wrth i Gruffudd nesáu. Chwarddodd y milwyr a phoerodd rhai o'r gweithwyr arno gan weiddi yn Saesneg. Ond galwodd dau neu dri o rai eraill ei enw fel petai'n gyfarchiad, a'u hacen yn Gymreig. Eu hofn, meddyliodd Gruffudd, oedd yn eu rhwystro rhag dweud mwy. Sythodd ei ysgwyddau a daliodd ei ben yn uchel wrth gerdded heibio iddyn nhw. Ond roedd ei ben yn troi. Roedd y cerdded cyflym wedi bod yn ormod iddo. Gwelodd y porth mawr o'i flaen yn siglo. Gwyrodd ei ben a'i ysgwyddau a theimlodd y bendro'n gwella. Fe wnâi ymdrech i ddal ei hun yn syth eto o flaen y dyrfa yn y dref.

Yna roedd o'n mynd drwy'r porth ac yn croesi'r bont godi. Daeth y mynyddoedd i'r golwg, a'r afon a'r felin ar ei glan, a'r coed a'r dref. Gwelodd hefyd griw bach o farchogion a cheffylau yn sefyll ar fymryn o dir gwastad o flaen y porth. Doedd Robert ddim i'w weld yn eu plith. Na hithau na'i thad, na Meirion Goch. Oedden nhw yn y dref? Roedd y barwn yn sicr o fod yno.

Aed â Gruffudd at un o'r ceffylau heb farchog. Codwyd o ar gefn y ceffyl gan ddau o'r tri milwr a oedd yn ei hebrwng, a sylweddolodd ei fod yn eistedd ar yr un ferlen goch a oedd wedi'i gario yno o Gaer. Fflachiodd y disgwyliad ynfyd trwy ei feddwl ei fod am gael ei anfon yn ôl i Gaer. Clywodd lais Odo yn gweiddi yn Ffrangeg. Ar unwaith tynnwyd Gruffudd i lawr oddi ar gefn y ferlen, a chafodd ei wthio i flaen y fintai lle'r oedd Odo wedi dringo ar gefn ei geffyl gwyn. Rhoddwyd pen y gadwyn a oedd yn hongian oddi wrth y cylch haearn am wddw Gruffudd yn llaw'r marchog, a gollyngodd y tri milwr eu gafael yn y carcharor. Gwaeddodd Odo orchymyn yn Ffrangeg, a gyrrodd ei farch yn araf i lawr yr allt am y dref gan dynnu Gruffudd gydag o a'r fintai yn eu dilyn mewn rhes.

Roedd pen Gruffudd yn troi eto, a'i draed yn fwy ansicr gyda phob cam i lawr y llethr caregog. Gwnaeth ei orau i gerdded heb syrthio. Gwyddai, petai'n methu, y câi ei lusgo ar hyd y llawr i'r dref. Ac roedd o isio'i chyrraedd ar ei draed. Roedd hynny'n bwysig iddo – pan nad oedd bron ddim arall bellach yn bwysig.

Gwasgodd ei ên ar y gadwyn er mwyn medru plygu'i ben fymryn i weld ble'r oedd yn camu. Dioddefodd y gadwyn yn rhwygo'r croen llosgedig ar ei ên nes iddyn nhw gyrraedd y tai cyntaf. Safai pobl yn eu drysau yn gweiddi yn Ffrangeg, a chwifiodd Odo ei gleddyf hir arnyn nhw. Symud ar hyd stryd gul a mwy o bobl yn gweiddi ac yn codi eu dyrnau arno. Plant yn taflu baw ato neu'n dod i gerdded wrth ei ymyl dan weiddi arno yn Ffrangeg. Unwaith gwaeddodd llais bachgen bach 'Bwgan! Bwgan!' yn Gymraeg. Aroglau bara'n crasu. Plentyn bach ar ymyl y stryd yn torri allan i floeddio crio. Aroglau cig yn rhostio, a Gruffudd yn teimlo ias ofn yn oeri'i berfedd.

Roedd yn rhaid iddo weddïo. Symudodd ei ddwylo yn y gefynnau oedd yn eu cadw y tu ôl i'w gefn, a medrodd blethu'r bysedd am ei gilydd. Gan syllu ar y ffordd a charnau ceffyl Odo gofynnodd am fwy o ddewrder. Adroddodd y weddi eto yn ddigon uchel iddo allu clywed y geiriau a theimlo'u nerth. Llais dyn yn gweiddi ar Odo yn Ffrangeg o ddrws un o'r tai. Y marchog yn troi i edrych ar Gruffudd ac yn bloeddio yn Ffrangeg ac yna yn Lladin. 'Be? Y creadur yma yn fy melltithio i?' Chwarddodd. 'Dw i'n amau a gaiff o hanner cystal hwyl arni ag a . . .' rhoddodd blwc i'r gadwyn, '. . . ag a gafodd rhywun ar ei felltithio fo!'

Chwarddodd y bobl a'r marchogion, a chododd lleisiau

rhai o'r bobl agosaf wrth iddyn nhw weld fod plycio'r gadwyn wedi agor y cnawd brau o dan ên Gruffudd ac achosi i waed lifo dros ei frest. Ond roedd o wedi medru dal ar ei draed.

Daethon nhw at dro yn y stryd lle'r oedd stryd arall yn ei chyfarfod. Roedd mwy o lawer o bobl yma. Ai hwn oedd canol y dref? Edrychodd Gruffudd o'i gwmpas yn frysiog. Roedd yn methu gweld y tân, ond daliai'r mwg i godi o rywle y tu draw i'r tai. Chwiliodd amdani hi a Robert. Gwelodd ddillad coch a gwyrdd a glas y marsiandwyr, arfau aflonydd milwyr yn disgleirio yma ac acw, dillad llwyd a chochddu'r Cymry a oedd yn sefyll gyda'i gilydd yn dri neu'n bedwar. Ond doedd dim golwg ohoni hi na'r barwn.

Dechreuodd rhai o'r dorf chwerthin yn uchel gyda'i gilydd. Gwaeddwyd geiriau Ffrangeg rhwng Odo a nifer o'r marsiandwyr, a chamodd un mewn mantell las at ben ceffyl y marchog. Gan gyfeirio'i law at Gruffudd, ac yn amlwg wedi'i gynhyrfu, gwaeddodd ar Odo. Ysgydwodd y marchog tal ei ben, ac ar ôl atal ei geffyl, trodd i edrych ar ei garcharor.

'Mae'r gŵr da hwn yn dweud y dylwn i orffen dy losgi di y prynhawn yma, a bod yna goelcerth fawr yn ddigon agos.'

Roedd y tân, sylweddolodd Gruffudd, y tu allan i'r dref. Dyna lle'r oedd y mwg yn codi. Disgwyliodd i Odo ddweud ychwaneg am y llosgi gan fod un llygad melyn y marchog yn dal i syllu'n ffyrnig arno. Ond trodd y dyn i wynebu'r dorf a chodi ei gleddyf yn uchel a gweiddi yn Ffrangeg. Yna chwifiodd flaen ei gleddyf i gyfeiriad pen Gruffudd a siarad yn araf yn Lladin.

'Dyma Gruffudd ap Cynan . . . cyn-frenin . . . Gwynedd!' Torrodd i chwerthin ac ymunodd y dorf a'r marchogion efo fo.

Cododd Gruffudd ei ên yn uwch. Fe ddangosai iddyn nhw
– i'r Cymry yno, beth bynnag – nad oedd dim a wnaeth y
Ffrancwyr iddo wedi difa'i ysbryd. Safodd yn hollol syth a'i
wegil yn pwyso ar y gefyn. Cynyddodd peth o'r chwerthin.
Gwelodd yr awyr yn dechrau symud. Roedd yn rhaid iddo
orfodi ei hun i beidio â disgyn. Cafodd yr argraff fod rhywbeth
tywyll yn nesáu ato. Heb wyro'i ben, edrychodd ar y dorf ar ei
ochr chwith. Roedd rhes fach o Gymry wedi camu i'r ffordd o
flaen y marsiandwyr. Cyflymodd calon Gruffudd. Doedden
nhw erioed – y chwech ohonyn nhw – am feiddio mentro'i
achub! Cymerodd y Cymry gam arall yn nes at Gruffudd.
Gwaeddodd Odo yn Lladin. 'Sefwch yn ôl, greaduriaid!'
Chwifiodd y cleddyf hir. 'Mae 'na haint a melltith ar y ci
drewllyd yma!'

Chwarddodd y marsiandwyr a'r marchogion. Ond ni
roddodd y rhes o Gymry arwydd eu bod wedi'i ddeall, a
sylwodd Gruffudd fod eu traed yn symud yn araf yn nes.
Edrychodd yn gyflym ar eu hwynebau. Roedd y chwech yn
syllu'n wyllt arno ac roedd yn gwybod i sicrwydd fod y ffyliaid
dewr yn bwriadu ceisio'i gipio oddi wrth y Ffrancwyr. Doedd
ganddyn nhw ddim gobaith llwyddo! Cyffyrddodd eu dewrder
dall â dyfnder rhyw deimlad ynddo. Trodd i'w hwynebu, a
gwaeddodd yn Gymraeg. "Rhoswch yn ôl! Does 'na'm digon
ohonoch chi! Fedrwn ni byth –' Taflodd dau o'r Cymry eu
hunain arno a'i fwrw i'r llawr. Gwaeddodd Gruffudd wrth
syrthio, 'Does 'na ddim gobaith. Mi laddan nhw chi –' Yna
disgynnodd y pedwar arall ar ei ben gan ei gicio a'i ddyrnu.
Gwasgodd dwylo am ei wddw a dechrau ei dagu, a gwaeddodd
llais yn ei wyneb,

'Ti a dy Northmyn ddinistriodd bentrefi Powys! Y cythreuliaid barbaraidd! Mi ladda i di i'r Ffrancwyr –' Trawodd ochr wastad y cleddyf hir ar draws ben y Cymro oedd yn gweiddi wrth dagu Gruffudd, a disgynnodd y dyn yn ddiymadferth i'r llawr. Rhedodd nifer o'r marchogion at y pum Cymro arall a'u llusgo oddi wrth Gruffudd. Welodd o ddim beth ddigwyddodd iddyn nhw wedyn gan ei fod yn gorwedd ar ei gefn a'r gwaed yn rhedeg i'w lygaid eto, a'r doluriau ar ei gorff yn berwi a'i ben yn ysgafn.

'Cod ar dy draed, gi!' gwaeddodd Odo. Tynnodd ar y gadwyn, ond fedrai Gruffudd ddim hel digon o nerth i'w goesau. Cydiodd dau o'r marchogion yn ei freichiau a'i godi ar ei draed. Gwaeddodd Odo arnyn nhw yn Ffrangeg a gollyngodd y dynion eu gafael yn Gruffudd. Yna gyrrodd Odo ei geffyl ymlaen drwy'r dorf a'r twrw.

Llusgodd Gruffudd ei draed am ychydig o gamau a'i boenau a'i wendid yn drysu'i feddwl; heb wrando ar ddim o wawdio'r dorf, yn symud ei goesau ac yn dal ei ben i fyny'n reddfol. Neidiodd ei olwg o'r awyr i'r llawr, a syrthiodd ar ei wyneb mewn llewyg.

Yn araf drwy'r düwch daeth yn ymwybodol o aroglau mwg yn llenwi'i ben ac yn ei gynhyrfu fel hen hunllef. Cododd ysfa arno i weiddi ar y mwg, ac wrth iddo agor ei lygaid clywodd ei lais yn gweiddi yn iaith y Daniad, 'Nid fy llygaid i!' Teimlodd ei hun yn symud – roedd o'n cael ei gario i'r tân! Edrychodd yn wyllt o'i gwmpas. A sylweddolodd ei fod yn gorwedd ar gefn ceffyl, a'i wyneb ar fwng coch yr anifail, a bod y ceffyl yn cerdded i lawr gallt. Gwelodd ddôl gorslyd a choedwig. Gwnaeth ymdrech i godi'n araf i eistedd yn sythach, ond roedd ei ddwylo wedi'u gosod o'i flaen, a'r gadwyn fer rhwng y gefynnau amdanyn nhw wedi'i chlymu o dan wddw'r ceffyl. Roedd Ffrancwr tal ar geffyl gwyn ar yr ochr dde iddo – Odo. Ac o'r chwith roedd mwg mawr yn chwythu i'w wyneb. Trodd ei ben ffwdanus i edrych i gyfeiriad y mwg. Ar ymyl y llwybr roedd clwstwr o gytiau taeogion ar dân a bron â llosgi i'r llawr. Daeth llais Odo,

'Mae'r ci wedi deffro i fwynhau bywyd eto!'

Clywodd Gruffudd chwerthin o'r tu cefn iddo, a chofiodd am y marchogion.

'Mi agoraist ti dy lygaid mewn pryd,' meddai Odo. 'Cymry oedd yn byw yn y cytiau 'na, ond roedden nhw'n araf yn talu eu trethi i ni. Maen nhw wedi mynd i guddio i'r goedwig acw. Fe gawn ni hwyl yn eu hela nhw cyn y Sul.' Arafodd Odo y ceffyl gwyn a'i ddal yn llonydd, a gafaelodd yn ffrwyn yr un a oedd yn cario Gruffudd. Yna gwaeddodd yn Ffrangeg a daeth marchog i dynnu'r gadwyn oddi wrth wddw'r anifail, i osod dwylo Gruffudd y tu ôl i'w gefn eto, ac i dynhau'r gadwyn – rhwng y gefynnau am ei fferau – a osodwyd o dan fol y ceffyl.

Sythodd Gruffudd i eistedd yn iawn. Sylweddolodd ar unwaith ei fod ar gefn y ferlen goch eto. Trodd ei ben i edrych i fyny'r allt. Safai castell Rhuddlan ryw hanner milltir i ffwrdd, a'r dref oddi tano yn ei gysgod. Doedden nhw ddim wedi'i losgi na'i ladd yno. Pam? Fedrai o ddim dychmygu'r ateb, na beth fyddai'n digwydd iddo nesaf.

'Glywaist ti'r dyn da 'na yn y dref yn dweud fod 'na goelcerth gyfleus i dy losgi di? Wel, dyma hi. A . . .' Agorodd barf frith Odo i ddangos ambell ddant mewn gwên hyll – fel pawen yn dangos ei hewinedd. 'A . . . a . . . phetawn i'n arglwydd Rhuddlan mi fyddet *ti*'n rhan o'r goelcerth!' Symudodd llygaid y Ffrancwr dros wyneb a choesau noeth Gruffudd. 'Ond dw i wedi gadael fy ôl arnat ti – tra byddi di'n dal i fedru byw.' Roedd y llygad melyn yn syllu i lygaid Gruffudd. 'Wyddon nhw yng Nghaer ddim sut i drin cŵn drewllyd. Rydyn ni yn eu canol nhw. Ond, ar ôl be gest ti gynnon ni, fe ddylai un gaea yno fod yn ddigon i dy orffen di!'

Dechreuodd y farf frith ysgwyd. Ond chlywodd Gruffudd mo'r chwerthin. Roedd un syniad aruthrol wedi cydio yn ei feddwl – roedd o am gael mynd yn ei ôl i Gaer wedi'r cwbl! Roedd o am gael byw! Ffrydiodd gobaith drwyddo fel gwaed newydd, yn chwyddo ar hyd ei wythiennau ac yn gyrru ei galon ar garlam. Yn sydyn roedd o isio byw yn fwy na dim. Am y tro cyntaf ers misoedd teimlodd rywbeth tebyg i lawenydd yn ei gynhyrfu. Roedd rhyw wyrth wedi digwydd, a doedd o ddim yn gwybod pam na sut. Yn ateb i'w weddïau falle? Pa ots? Daeth y wyrth yn bosibl am iddo fedru dal mor gryf. Yn rhy gryf iddyn nhw! Roedden nhw wedi methu ei orchfygu'n llwyr. A fyddai dim gaeaf yn ei orchfygu chwaith!

'Pam rwyt ti'n gwenu, y ci hyll?' Trawodd llaw agored Odo yn ei maneg ledr ar draws ceg Gruffudd. Yna gyrrodd y marchog ei geffyl ymlaen. Dilynodd y ferlen goch y ceffyl gwyn â Gruffudd yn eistedd yn sythach nag o'r blaen arni, ac ar ei wyneb am ennyd yr oedd gwên fach waedlyd.

16

Cafodd ei hen le yn ôl yn y cwt yng nghastell Caer, ac roedd ei sefyllfa a'i fywyd yn ddigon tebyg i fel roedden nhw yno cyn iddo adael. Ei fferau a'i arddyrnau mewn gefynnau, a'r gadwyn rhwng y rhai am ei fferau wedi'i chysylltu â'r postyn ar ganol y llawr gan gadwyn hir. Y marchog Philip yn gyfrifol amdano, un o wŷr y marchog yn gwylio y tu allan i'r cwt yn aml; ac un arall, Edric, yn dod â'r un pryd o fwyd iddo bob dydd.

Ychydig o ddyddiau ar ôl iddo gyrraedd Caer, roedd Gruffudd wedi cael ei gyflwyno o flaen Hugh yn y neuadd ar y beili uchaf. Roedd yr iarll tew wedi edrych yn fanwl ar ei gyflwr truenus, a dweud bron o dan ei wynt, 'Triniaeth flêr iawn.' Yna ychwanegodd yn uwch, 'Wel, fe gest ti ddod o Ruddlan yn fyw. Tipyn o gamp, Gruffudd ap Cynan, mae'n rhaid i mi gyfaddef. Ond, wrth gwrs, fe gyflawnodd rhywun wyrth.' Gwasgodd ei geg fach yn wên gam fel petai'n mwynhau rhyw ddirgelwch digri. Ond am ei weddïau y meddyliodd Gruffudd.

Aeth y barwn ymlaen i ddweud y byddai Gruffudd yn garcharor yn y castell am weddill ei oes, a rhybuddiodd o y byddai'n cael ei daflu'n ôl i'r pydew petai'n ceisio dianc unwaith. Ofynnodd o ddim cwestiynau i Gruffudd, fel petai arno isio osgoi rhoi'r cyfle i'w garcharor ddangos ei gryfder styfnig eto trwy wrthod ateb. Ac, wrth gwrs, ddywedodd Gruffudd ddim wrtho.

Y diwrnod canlynol roedd Edric wedi dod â llond pwced o ddŵr a darn o liain sych er mwyn i Gruffudd fedru ymolchi. Mynegodd Gruffudd air swta o werthfawrogiad ond ni siaradodd air â neb arall. A phan ddaeth y barrug cyntaf cariodd Edric ychydig o ddarnau o bren i'r cwt a gwnaeth dân bach ar y llawr. Bob dydd bron ar ôl hynny drwy'r gaeaf deuai'r milwr â rhywbeth i wneud tân i Gruffudd. Yn raddol tyfodd math o berthynas rhwng y ddau, ac ar adegau bydden nhw'n sgwrsio.

Roedd Gruffudd wedi profi'i nerth yn erbyn holl rym gormes y barwniaid. Methodd Hugh a Robert ei orfodi i ddweud gair wrthyn nhw. Fe gafodd o ei fuddugoliaeth, a bellach gallai fforddio ildio ychydig a chaniatáu iddo'i hun siarad efo'r gelyn. Nid efo pawb – dim ond y rhai roedd o'n eu dewis, a phan deimlai awydd gwneud.

Roedd dechrau ymddwyn yn llai styfnig yn haws iddo gyda milwr cyffredin, ac un a ddangosodd rywfaint o garedigrwydd tuag ato. Sylweddolodd hefyd fanteision cymdeithasu â'r milwr a oedd yn gofalu amdano. Roedd yn cael ei un pryd o fwyd yn gyson a digon o dân yn yr oerni i'w gadw rhag fferru. Bellach roedd cadw'n fyw yn bwysicach na dim iddo. A mwy na hynny, dymunai'n daer am gael cryfhau ddigon i fedru dianc pan fyddai'r cyfle iawn yn dod.

Weithiau holai Gruffudd y milwr. Ar y dechrau am bethau diniwed – y tywydd, beth oedd yn y cawl neu o ble daeth y pren i'w losgi. Yna cyn hir cafodd Gruffudd ddarnau o hanes bywyd y milwr. Sais oedd Edric o waelod Dyffryn Hafren, a'i dad wedi bwriadu iddo fod yn fynach. Ond pan oedd yn bymtheg oed dihangodd o'r abaty Benedictaidd mawr yn y fro, lle treuliodd ei fachgendod a lle y dysgodd Ladin. Crwydrodd Ddyffryn Hafren am gyfnod, cyn cael swydd gwas yn y castell oedd gan Rosier, iarll Amwythig, yn Nhrefaldwyn. Bu'n gweini ar rai o'r marchogion ym myddin y barwn ar un o'i ymgyrchoedd yn erbyn Trahaearn. Ychwanegodd Edric ychydig o wybodaeth o'r iaith Ffrangeg at ei Ladin a'i Saesneg, yna ddwy flynedd yn ôl trosglwyddwyd o a rhyw hanner cant o filwyr Rosier i Gaer. Ac oherwydd ei fod yn gallu siarad y tair iaith, cafodd swydd yn un o wylwyr carcharorion y castell yng ngwasanaeth y marchog Philip.

Bob tro, Gruffudd fyddai'n gofyn y cwestiynau, ac roedd y diddordeb a ddangosai yn yr atebion yn bodloni'r milwr. Ond yn ystod y misoedd cyntaf hynny holodd o ddim ar Gruffudd, fel petai arno ofn meiddio gofyn am atebion gan garcharor a fu'n frenin.

O dipyn i beth, mynegodd Edric fwy o'i galon i Gruffudd. Pwysleisiodd yn aml mai Sais oedd o gyda rhywfaint o waed y Cymro ynddo gan fod tad ei dad wedi dod o Went. Roedd ei dad yn dal tir oddi wrth Iarll Henffordd, ac roedd y milwr yn dyheu am gael mynd adref at ei deulu gan obeithio y byddai'i dad wedi maddau iddo erbyn hyn am ddianc o'r abaty. Gwnaeth yn eglur hefyd sawl gwaith ei bod yn well ganddo Rosier na Hugh, ond bod ganddo barch mawr i Philip a oedd, yn nhyb Edric, yn ddyn dewr a doeth ac yn fwy teg na'r rhan fwyaf o farchogion y Ffrancwyr. Sylweddolodd Gruffudd, wrth wrando arno, pwy oedd wedi caniatáu i'r tân fod yn y cwt.

Gan fod Edric wedi ymddiried digon ynddo i fynegi ei farn ar ei arglwyddi, mentrodd Gruffudd holi – gan swnio'n ddifater – am rai pethau a oedd o ddiddordeb arbennig iddo. Oedd yna garcharorion eraill yn y castell? Saith. Cymry? Nag oedd, Saeson oedden nhw i gyd ar hyn o bryd. Oedd llawer o Gymry'n gweithio yn y castell? Deg, falle – crefftwyr a gweision, dim un milwr.

Daliai Gruffudd i ofyn cwestiynau fel hyn a roddai rhyw fath o ddarlun iddo o'i sefyllfa yn y castell. Ond ysai am gael gwybodaeth fwy angenrheidiol. Cyn holi am hynny roedd yn rhaid iddo deimlo'n sicrach ei fod o wedi ennill ymddiriedaeth a chydymdeimlad y milwr.

Cafodd un arwydd bendant o hyn ar noson o eira ychydig ddyddiau cyn y Nadolig. Ryw ddwy awr ar ôl y machlud, daeth Edric i mewn i'r cwt yn cario llond ei freichiau o redyn sych.

'Gwely cynnes i ti dros yr ŵyl.'

'Mi fydd yn gymorth i mi gadw'n fyw.'

Taflodd Edric y rhedyn ar y llawr rhwng y postyn a'r mur gyferbyn â'r drws. 'Fe gawson ni lwythi ohono i'r castell ddoe o goedwig yr iarll yn Nhegeingl – yn ffodus, cyn i'r eira ddod.'

'Oeddet ti'n mentro wrth gario peth yma i mi?'

Oedodd y milwr cyn ateb. 'Ddywedodd Philip ddim. Mae o'n credu mewn cadw ei garcharorion yn fyw. A dydi'r iarll ddim yn malio llawer am fawr ddim sy'n digwydd yma – ond i neb ddianc.'

'Be am y lleill – y milwyr eraill?'

'Fasan nhw'n gneud hwyl ar 'y mhen i petaen nhw'n gwybod. Mi faswn i'n llai poblogaidd byth efo nhw.'

'Felly pam wnest ti fentro?'

Gydag ochr ei droed, gwnaeth y milwr y pentwr rhedyn yn wastad ar ffurf gwely cyn ateb. 'Fedra i ddim peidio â chydymdeimlo â dyn dewr iawn sydd wedi . . .' symudodd ei droed ar hyd ymyl y pentwr i geisio gwneud ochr y gwely'n syth, '. . . diodde cymaint ac wedi haeddu gwell.'

Astudiodd Gruffudd wyneb y dyn. 'Faint ydi dy oed ti, Edric?'

'Dwy ar hugain.'

'Dw i'n wyth ar hugain.' Eisteddodd Gruffudd ar y rhedyn. 'Wnest ti'r peth iawn, tybed, pan wrthodaist ti fynd yn fynach? Mae 'na fath o gyfiawnder crefyddol yn perthyn i ti.'

Gwenodd y milwr. 'Roedd gen i ofn. Ofn y bywyd oedd o 'mlaen i – am byth.'

'Mae gan bawb ryw ofn rhyfedd sy'n ei nerthu a'i ormesu yr un pryd.' Edrychodd ar lygaid Edric. 'Mae Robert o Ruddlan yn ddewr iawn, meddan nhw.'

Cerddodd Edric at yr agoriad. 'Mae'r croen yma ar draws yr agoriad wedi gwneud gwahaniaeth.' Trodd ei wyneb at Gruffudd. 'Dyna ddyn dw i'n ei gasáu.' Camodd drwy'r agoriad.

Ond gwaeddodd Gruffudd ar ei ôl. 'A be am ei farchog dewraf, Odo de Lacey?'

Ailymddangosodd pen y milwr heibio i ymyl y croen. 'Gwas y diafol!' Yna diflannodd.

17

Disgwyliai Gruffudd y byddai gwledda yn y castell dros y Nadolig, yn enwedig ar y diwrnod ei hun, ac y byddai'n cael rhywbeth yn ychwaneg i'w fwyta i ddathlu'r ŵyl. Ond ar ddydd Nadolig roedd y castell yn fwy distaw nag arfer. Clywodd sŵn traed yn mynd heibio i'r cwt weithiau, yn ddigon eglur i ddweud wrtho fod yr eira ar y llawr wedi dadmer. Ryw awr neu ddwy ar ôl iddi wawrio, aeth nifer da o farchogion heibio, ond heb sŵn arfau, a thybiodd Gruffudd eu bod ar eu ffordd i wasanaeth Nadolig yn eglwys y dref. Rhwng hynny a phan glywodd nhw'n dychwelyd, yr unig arwydd a gafodd fod rhywun yn gweithio yn y castell oedd yr oglau cig yn rhostio.

Yn ystod y prynhawn daeth Philip i mewn i'r cwt gydag Edric. Syllodd y marchog ar y gwely rhedyn, a rhybuddiodd Gruffudd i beidio â'i symud yn nes at y tân. Yna eglurodd fod ei arglwydd, yr iarll – a oedd yn ddyn crefyddol – yn credu y dylid dathlu'r Nadolig mewn difrifwch, a'i fod wedi gwahardd meddwi ac unrhyw wledda mawr yn y castell. 'Fydd 'na ddim bwyd o gwbl i'r carcharorion heddiw. Mae'r iarll yn teimlo y bydd eu cythlwng yn gyfle iddyn nhw fyfyrio'n ddifrifol, a cheisio ar y dydd arbennig hwn – trwy edifeirwch – dderbyn maddeuant am eu ffoliemeb, a'u gwendidau.' Roedd yna ddigrifwch ffiaidd yn y syniad o'r barwn a'i fol mawr llawn yn penderfynu bod y sgerbydau roedd o'n eu carcharu i wneud heb eu hunig bryd bwyd fel penyd ar ddydd Nadolig. Gwrandawodd Gruffudd ar lais y marchog eto. 'Canolbwyntia dy feddyliau, Gruffudd ap Cynan, ar un gwendid ffôl iawn.' Gwenodd Philip. 'Balchder!'

Roedd Gruffudd isio bloeddio chwerthin yn wyneb y dyn, ond wnaeth o ddim. Roedd yn rhaid iddo ailadrodd wrtho'i hun ei fod o wedi cael ei fuddugoliaeth, a bod dangos ei hyfdra yn llai pwysig erbyn hyn nag ymddwyn yn ddoeth – neu, o leiaf, na bod yn gyfrwys.

Ar ôl i'r ddau ei adael, feddyliodd o ddim am ei wendidau na'i edifeirwch, ond tynnodd y gwely rhedyn yn nes at y tân bach, gorweddodd arno a meddyliodd am rai o'r hen ddyddiau Nadolig yn Iwerddon. Cofiodd fel y byddai'n cael dod o ysgol Sord-Choluim-Cille dros ddeuddeng niwrnod yr ŵyl, a'r rhan fwyaf o'r bechgyn eraill yn gorfod aros yno i ganu yn y gwasanaethau. Gorfod codi'n fore iawn ar ddydd Nadolig i fynd gyda Cerib, ei dad maeth, i'r gwasanaeth mewn hen fynachdy mawr. Yntau'n chwarae gwneud cymylau bach gwyn efo'i anadl ym marrug y capel yn ystod canu maith y côr. Cofiodd ei hun yn llanc yn y llys yn Nulyn a'i fam bob bore Nadolig yn ei berswadio i fynd i Eglwys y Drindod, yr eglwys y byddai ei dwy gloch fain i'w clywed yn canu bob hyn a hyn drwy'r dydd – yn swnio'n fwy taer na rhai'r eglwysi eraill, ac i'w clywed uwchben miri'r gwledda a'r meddwi. A Collwyn ac yntau'n dangos eu cryfder ifanc trwy godi'r marchogion meddw a ddisgynnodd ar draws y byrddau a'u cario i ochr y neuadd. Ei fam bob nos Nadolig cyn gorffwys yn gofyn am ei weld yn ei hystafell pryd y byddai hi'n sicr o ailadrodd rhyw atgof am ei dad, Cynan. A'r unig Nadolig pan aeth i'r llys ym Mhorthlarg, a Collwyn efo fo. Y ddau â merch yr un ar eu ceffylau yn carlamu trwy'r goedwig am y cyntaf i gyrraedd y plas. Máire oedd ar ei geffyl o – yn eistedd o'i flaen, ei fraich am ei chanol yn dal pwysau ei bronnau ac yntau'n cusanu ei gwddw. Dim rhyfedd fod Collwyn wedi ennill y ras ymhell o'i flaen.

Yn sydyn, cofiodd am frodyr Máire, a chwarddodd dros y cwt. Wrth gwrs, roedden nhw hefyd wedi colli'u bodiau yn y Rug! Rholiodd ar y rhedyn, a'i gorff i gyd yn ysgwyd gan ei chwerthin. Gwthiodd gwyliwr ei ben heibio i ymyl y croen a syllu i mewn i'r cwt. Gofynnodd rywbeth yn Ffrangeg, a diflannodd.

Tawelodd Gruffudd am ysbaid. Yna dychmygodd frodyr Máire yn ceisio egluro i'r llys ym Mhorthlarg sut roedden nhw wedi colli eu bodiau. Rhuthrodd y chwerthin ohono eto'n afreolus, yn codi o'i grombil fel peth byw yn torri'n rhydd ar ôl caethiwed poenus. Yn dal i'w ysgwyd pan oedd arno isio peidio a'r wên wedi diflannu oddi ar ei wyneb. Ac yn ei adael yn brifo drwyddo a'r dagrau'n llonydd yn ei lygaid. Ond roedd o wedi cael gollyngdod enbyd, fel petai – wrth chwerthin gymaint – wedi chwydu llawer o surni anobaith o'i gyfansoddiad.

Droeon wedyn, pan orweddai ar y rhedyn yn gwylio'r cwt yn tywyllu'n raddol, daeth pyliau sydyn o chwerthin drosto. A hyd yn oed pan gofiodd o'r diwedd am ei addewid i Angharad ar draeth Aberffraw y byddai'n ei phriodi cyn y Nadolig hwn, wnaeth yr iselder a godwyd gan yr atgof ddim parhau'n hir.

Cyn iddo fynd i gysgu daeth Edric ato, gan weiddi wrth

gamu drwy'r agoriad, 'Wyt ti'n iawn?'

'Ydw, pam?'

'Y gwyliwr ddeudodd dy fod di wedi bod yn gweiddi fel creadur gwallgof.'

'Chwerthin oeddwn i.'

'Chwerthin! Wir?'

Dywedodd Gruffudd am ymweliad brodyr Máire ag Aberffraw, ac fel y gwnaeth o iddyn nhw ddod efo fo i'r Rug. Torrodd i chwerthin. 'Erbyn hyn maen nhw'n siŵr o fod yn eu holau yn Iwerddon – hebddo i!' Pwl arall o chwerthin. 'Heb ddyddiad y briodas . . . a . . . a heb eu bodiau de!'

Chwarddodd y ddau, a Gruffudd yn chwerthin yn fwy o lawer na'r milwr. Ar ôl i Gruffudd dawelu eto, siaradodd y milwr yn ddwys.

'Mi faswn inna'n hoffi priodi. Ond mi fydda'n rhaid i mi gyrraedd Llundain yn gynta.'

'Llundain?'

'Dw i wedi clywed digon ers pan ydw i yma fod yna ddewis o swyddi da gyda masnachwyr Llundain i un sy'n medru Lladin. Hefyd, maen nhw allan o afael y barwniaid yno. Neb ond y brenin i'w poeni – a dydi hwnnw ddim mor ddrwg meddan nhw.'

Ddywedodd Gruffudd ddim. Syllodd Edric yn ddifrifol ar y tân bach, yna trodd i wynebu Gruffudd eto, ac wrth wneud tynnodd botel ledr i'r golwg o rywle o dan ei glog. Siaradodd yn ddistaw gan gymryd cipolwg i gyfeiriad yr agoriad. 'Cegiad o win i ti, Gruffudd ap Cynan.' Tynnodd y tamaid pyg a wthiwyd i geg y botel. 'Mi wnaiff dy gynhesu di ar noson Nadolig.'

Yfodd Gruffudd beth o'r ddiod, a theimlodd y gwin yn troi'n wres yn ei stumog. Yfodd fwy a chododd y gwres i'w ben. 'Gorffen di o,' meddai wrth roi'r botel yn ôl i'r milwr. 'Rôl hanner blwyddyn hebddo ac yn hanner newynu, mae ychydig bach yn troi 'mhen i.' Gwyliodd y milwr yn yfed. 'Fyddwch chi'r milwyr ddim yn cael profi gwin yn aml?'

'Ddim yn aml.'

'Chest ti ddim caniatâd i ddod â pheth i mi gan Philip na neb arall?'

Daliodd y milwr i yfed. Gorweddodd Gruffudd ar ei gefn ar y rhedyn, a gwyliodd Edric yn gwagio'r botel ac wedyn yn ei chuddio o dan y glog.

'Roeddet ti'n ffŵl yn mentro dod â fo i mi. Be fasa dy gosb di?'

Oedodd Edric am ychydig cyn ateb. 'Fy chwipio i'n hanner noeth ar ganol y beili isa o flaen y lleill. Be 'di'r ots?'

'Dim, mae'n debyg. Mae gan bawb hawl i fentro os medar o ddal y gosb.' Astudiodd Gruffudd wyneb y dyn. A oedd y mesur rhy helaeth o dalcen rhwng y ddau lygad crwn yn arwydd o ddiniweidrwydd – o ddiffyg craffter? 'A dydi siomi Philip ddim o bwys i ti chwaith?'

Roedd y milwr yn symud ei draed yn anesmwyth, ac edrychodd i lygaid Gruffudd. 'Oes 'na ryw debygrwydd rhyngon ni'n dau?'

Dim! Meddyliodd Gruffudd. Doedd hwn yn neb – ddim ond gwas i farchogion. Ond roedd hwn yn ei edmygu ddigon i ddioddef drosto. Digon i geisio esmwytho'i fywyd beunyddiol fel petai'n was ystafell iddo. A digon i ddweud y newyddion i gyd wrtho. Roedd yna bosibiliadau cyffrous i'r berthynas.

Sylweddolodd fod y milwr yn dal i syllu arno'n awyddus am ei ateb. Gwenodd Gruffudd. 'Ni'n dau debyg? Synnwn i ddim 'rôl gweld be wnest ti heno.'

Disgwyliodd i'r milwr wenu, ond daliodd i edrych yn ddifrifol a symudodd ei draed eto. 'Pwy . . . pwy yn y castell yma sy mor ddewr â Gruffudd ap Cynan?'

Oedd yfed cymaint o win mor gyflym wedi effeithio ar dafod y dyn? Meddyliodd Gruffudd cyn ateb. 'Wn i ddim.'

'Wel, wn *i* ddim!'

'Philip?' cynigiodd Gruffudd.

'Ie, Philip. Ond pwy . . . pwy arall?'

'Ti?' gofynnodd Gruffudd yn gellweirus.

Derbyniodd Edric y syniad yn ddifrifol. 'Mi hoffwn i fod.' Trodd at y tân a chicio darn o bren i'w ganol. Cododd y fflamau ar unwaith a'u golau'n pefrio yn ei lygaid tywyll. Siaradodd yn ddistawach gan ddal i wylio'r tân. 'Dw i'n teimlo ei bod hi'n bryd i mi feddwl am fynd i Lundain. Mae'n bosib . . .,' trodd ei wyneb at Gruffudd, '. . . dianc o afael y barwniaid melltigedig yma . . . os ydi dyn yn barod i fentro mynd yn ddigon pell yn ddigon cyflym?' Gadawodd gwestiwn yn y gosodiad.

'Ie,' meddai Gruffudd yn ddistaw, 'os ydi o'n ddigon mentrus. Pa mor bell mae tiroedd Hugh yn ymestyn?'

'Ar draws Mersia i'r de i gyfeiriad Llundain.'

'Cymaint â hynny. Mi fyddai'n rhaid i ddyn sy'n dianc i Lundain fod yn fentrus iawn, yn graff ac yn ffodus hefyd.'

'Ond mae o i gyd yn bosib?' gofynnodd y milwr yn eiddgar.

'O, ydi.' Medrodd Gruffudd osgoi'r demtasiwn amlwg i awgrymu'i hun fel cydymaith i Edric. Ond roedd y posibiliadau a ddaeth i'w feddwl ychydig funudau'n ôl yn ffurfio'n obaith mwy pendant. Doedd fiw iddo fentro dangos ei fwriad i Edric yn rhy fuan – cyn bod yn sicr ei fod yn gallu ymddiried yn hollol ynddo. Yn y cyfamser roedd yn rhaid iddo gymryd trafferth i gynnal a chynyddu'r gyfathrach rhyngddo a'r Sais bach yma. Fyddai hynny ddim yn anodd os daliai'r dyn i feddwl cymaint ohono. Roedd yn rhaid iddo sicrhau bod hynny'n parhau, a'i fod yn meithrin ysfa Edric i ddianc. Mwy na hynny, byddai'n rhaid iddo sicrhau ei fod yn rhan o'r cynlluniau, ac yn bwysig iawn iddo ofalu – cyn belled ag y medrai – na fyddai'r milwr yn mentro ymddwyn mewn unrhyw fodd a fyddai'n achosi i'r lleill ei amau a'i symud i swydd arall. Cododd ar ei eistedd.

'Paid byth â dod â gwin na medd i mi eto.'

Daeth golwg syn ar wyneb y milwr. 'Be? Ond pam, Gruffudd ap Cynan?'

'Paid. Gwrando arna i.' Gwnaeth Gruffudd ymdrech i wneud i'w lais swnio'n fwy caredig. 'Does arna i ddim isio dy golli di.'

18

Peidiodd y barrug â chrafu ei esgyrn. Clywodd sŵn adar, a brefu defaid ac ŵyn o'r pellter weithiau yn y nos. Roedd o wedi dal y gaeaf. O'i flaen roedd yr haf, ac wrth feddwl amdano codai'r gobaith y byddai'i sefyllfa'n sicr o wella.

Daliai Edric i ddod ag ychydig o danwydd i'r cwt, a deuai'n amlach yno i gael sgwrs. Ar adegau ar ôl iddi dywyllu, medrai ddod â rhywbeth i'w fwyta i Gruffudd yn ychwanegol at yr un pryd y dydd. Darn o asgwrn cigog yn amlach na dim, ac weithiau crystyn o fara rhyg tywyll neu ddarn o gaws. Ond ddaeth o byth wedyn â diod o win neu fedd efo fo i'r cwt, a châi Gruffudd foddhad wrth feddwl fod y milwr yn ufuddhau i'w orchymyn mor llwyr. Gobeithiai fedru ddefnyddio'r ufudd-dod hwn mewn ffordd bwysicach cyn hir – cyn diwedd yr haf.

Tyfodd y gyfathrach rhwng y ddau yn union fel y dymunai Gruffudd iddi wneud. Llwyddodd yn raddol i ddatblygu edmygedd Edric ohono yn fath o gyfeillgarwch rhyngddyn nhw, a'r rhan bwysicaf o hyn oedd parodrwydd y milwr i roi gwasanaeth digon ffyddlon i'w garcharor.

Weithiau deuai Edric â phytiau o hanes y castell iddo. Yn aml hanes beth roedd Philip yn ei wneud; ble'r oedd yr iarll; pwy oedd yn mynd a dod. Disgwyliai Gruffudd glywed fod Robert wedi cyrraedd. Meddyliodd lawer gwaith am Robert.

Beth oedd pris arglwydd castell Rhuddlan am y trugaredd prin a ddangosodd o tuag ato? Pan ddeuai Robert i Gaer, ofnai Gruffudd glywed fod Angharad efo fo. Ac eto, roedd y syniad o'i gweld hi unwaith yn rhagor am eiliad – hyd yn oed petai o'n cael gwybodaeth sicr ei fod wedi'i cholli hi am byth – yn ei gyffroi. Ond chlywodd o ddim gan Edric amdani hi nac am Robert. A thybiodd Gruffudd yn ddigalon fod y ddau'n ddigon pell yn Aberffraw.

Mymryn o gysur iddo oedd meddwl – petai hi'n dod i gastell Caer rywbryd ac yntau'n digwydd cael ei chyfarfod – bod golwg dipyn gwell arno na phan welodd hi o ddiwethaf y prynhawn hwnnw yn neuadd castell Rhuddlan. Roedd ei ddoluriau wedi cau, a'r creithiau wedi gwynnu. Roedd ganddo ychydig o dolc yn ei drwyn o hyd, ond doedd dim mwy na chochni'r croen newydd ar ei goesau a'i wyneb gwelw i ddangos ôl y llosgi. Roedd y poenau yn ei stumog yn llawer llai, roedd yn cael dŵr i ymolchi weithiau ac roedd Edric wedi torri'i wallt a'i farf.

Ond daliai i deimlo peth o'r gwendid yn aros yn ei goesau, ac yn effeithio ar ei ben ambell dro pan symudai'n rhy sydyn o gwmpas y cwt. A phan symudai'n ddiofal, roedd y gefynnau'n rhwbio yn erbyn ei gnawd ac yn codi doluriau o amgylch ei arddyrnau a'i fferau.

Y newid mwyaf ynddo oedd yn ei obaith. Roedd o'n benderfynol o gael byw, a chryfhau, a bod yn ddigon iach ac effro i gymryd y cyfle cyntaf i ddianc. Bellach roedd o'i hun yn bwysicach na dim arall. Yn bwysicach nag Angharad na Collwyn a'r lleill, ac yn bwysicach na Gwynedd ac Iwerddon. Dysgodd fedru disgyblu ei feddwl i'w gosod nhw i gyd y tu cefn i'w deimladau, ac i wrthod gwastraffu ei egni ar hiraeth. Rŵan ei bresennol a'r gobeithion newydd oedd yn bwysig iddo. A'i bresennol oedd y cwt yn erbyn mur y beili isaf, gafael y gefynnau a phwysau'r gadwyn yn ei glymu wrth y postyn; y gwely o rug a thân bach yn y nos; y disgwyl hir bob dydd am y cawl yn y bowlen bren; a'r disgwyl pellach y deuai Edric yn ei ôl fel y gigfran at Elias yn cario darn o fwyd iddo. A Philip yn galw yn y cwt bob rhyw dridiau i'w weld. Yntau, o'r diwedd, yn caniatáu i'r marchog gael atebion unsill oddi wrtho, er mwyn bodloni'r Ffrancwr gan ddisgwyl mai canlyniad hynny fyddai cael llonydd i aros yn y cwt gydag Edric yn gofalu amdano. Oherwydd, bellach, roedd cadw cysylltiad agos ag Edric yn hanfodol bwysig i'w obeithion. Gyda chymorth Edric yr oedd yn gobeithio dianc.

Soniodd Gruffudd ddim wrth Edric am hyn eto. Daliai i ddisgwyl am fwy o sicrwydd y gallai ymddiried yn ddigon llwyr yn y milwr. Ei fwriad wedyn oedd awgrymu mymryn o'r syniad i Edric heb gynnig dim yn bendant, a gwylio adwaith y dyn.

Yna, un noswaith tua diwedd mis Ebrill, cafodd Gruffudd ei sicrwydd pellach a'i gyfle i roi'r awgrym cyntaf i Edric. Daeth y milwr i mewn i'r cwt gan gario asgwrn o gig wedi'i guddio o dan ei glog. Daliodd yr asgwrn yn agos at olau'r tân er mwyn i Gruffudd fedru'i weld yn well.

'Cig oen, Gruffudd ap Cynan. Y cynta eleni.'

Cydiodd Gruffudd yn eiddgar yn yr asgwrn a brathu'r cig oedd arno.

'Ond dydi'i esgyrn o'n fach?' meddai'r milwr.

Dechreuodd Gruffudd gnoi darn hir o gig.

'Ond mae'i gig o'n felys?' meddai'r milwr.

Daliodd Gruffudd i gnoi.

'Dw i'n meddwl eu bod nhw'n dechrau fy amau i yn y gegin.'

Tynnodd Gruffudd yr asgwrn oddi wrth ei geg. 'Pwy sy'n amau?'

'Y stiward ei hun.'

'Be ddeudodd o?'

'Galw arna i pan oeddwn i'n mynd heibio i gwt y gegin a dweud fod ganddo fo asgwrn da i mi.'

'Ac mi est ti i'w nôl o. Oedd hynny'n beth doeth i'w wneud?' Sugnodd Gruffudd ddarn o gig a oedd yn glynu wrth yr asgwrn.

Meddyliodd y milwr cyn ateb. 'Falle'i fod o'n meddwl 'mod i'n cadw ci hela'n ddistaw yn rhywle.'

'Neu ddynes yn y dre.'

'Feddyliais i ddim am hynny. Wel, gadael iddo feddwl hynny, ynte?'

Sugnodd Gruffudd y cig yn rhydd oddi wrth yr asgwrn. 'Wn i ddim. Maen nhw wedi sylwi dy fod di'n cario esgyrn i rywle. Y peryg rŵan ydi y byddan nhw'n ceisio dod o hyd i ble.' Cnôdd y cig melys yn araf. 'A fedrwn ni ddim mentro i hynny ddigwydd, ac i ti gael dy gosbi a dy symud i swydd arall.' Roedd yn rhaid dod i benderfyniad a fyddai'n debyg o olygu colled fawr iddo. 'Paid â chario dim o'r gegin i mi eto.'

'Mi ddo' i â thipyn o 'mwyd fy hun i ti yn ei le fo.'

Ystyriodd Gruffudd hyn. 'O'r gore. Ond cymer ofal mawr. Does arna i ddim isio dy golli di. Mae hynny'n bwysicach na chael mwy o fwyd hyd yn oed.'

Daeth gwên i wyneb y milwr. 'Pam? Pam mae hynny mor bwysig?'

Roedd penderfyniad y dyn i ddod â pheth o'i fwyd ei hun iddo wedi cryfhau ffydd Gruffudd ynddo. Teimlai mai dyma oedd yr amser iawn i fentro rhoi'r awgrym cyntaf o'i gynllun. Siaradodd yn araf.

'Wyddost ti mai dy . . .' gwrthododd Gruffudd y gair cyfeillgarwch; '. . . wasanaeth di a dy gwmni di sy'n gwneud y carchar yma'n haws ei ddioddef.'

Daliai Edric i wenu. 'Na, Gruffudd ap Cynan, rwyt ti'n ddigon cryf i ddal hyn – a llawer gwaeth – heb un fel fi.'

Wrth gwrs, roedd y dyn yn iawn. 'Mae'n debyg fy mod i,' meddai Gruffudd yn bendant. Roedd yn rhaid iddo osgoi rhoi'r argraff ei fod yn gwenieithio. 'Ond, mi fyddai'n ddigon digalon arna i yma'n unig, fy mhen i'n llawn o atgofion a hiraeth, a dim gobaith o ddyfodol arall i mi.' Gwelodd lygaid y dyn yn troi'n sydyn yng ngolau'r tân.

'Pa ddyfodol,' gofynnodd Edric, 'sy gen ti fel mae hi arnat ti rŵan?'

Roedd Gruffudd wedi gwrando'n ofalus ar y llais am arwydd o deimladau'r milwr, ond chafodd o'r un arwydd sicr. Mentrodd yn gyfrwys. 'Y ca' i fy rhyddid ryw ddydd.'

Y llygaid yn troi eto. 'Be? Dianc?'

Teimlodd Gruffudd anesmwythder y dyn. 'O, na,' meddai ar unwaith. 'Bod yn garcharor da – rwyt ti'n gwneud hynny'n dasg haws i mi. Ac yna, falle, ennill ychydig o ryddid cyn diwedd fy oes.'

'Dydi hynny'n fawr o ddyfodol i obeithio amdano.' Swniai llais y milwr braidd yn ddwys.

Tybiodd Gruffudd fod anesmwythder y milwr wedi'i dawelu. Gallai fentro eto i wthio'i neges yn dyner. 'A be ydi dy ddyfodol di, Edric?'

'Mae gen i ddewis.'

'Ond does gen ti ddim dewis ar hyn o bryd.'

Ysgydwodd Edric flaen un o'i draed. Yr arwydd arferol, dysgodd Gruffudd, fod y milwr wedi'i gynhyrfu. Ond ddywedodd o ddim. Aeth Gruffudd ymlaen. 'Mae Llundain a dy ryddid di mor bell ag roedden nhw bum mis yn ôl.'

'Dw i . . . Dw i ddim wedi gwneud fy newis eto.'

Daliai'r droed i symud. Doedd o'n rhyfedd, meddyliodd Gruffudd, fel y mynnai'r milwr sefyll ar hyd yr amser bob tro y deuai i'r cwt. Ond roedd yr arferiad yn ei fodloni – tybiai ei fod yn arwydd o barch priodol y dyn tuag ato. Gofynnodd yn ddistaw, 'Wyt ti'n cofio be ddeudaist ti wrtha i noson Nadolig am ddianc o afael y barwniaid?'

Wnaeth Edric ddim ateb.

'Dewrder y gwin oedd hynny?' gofynnodd Gruffudd.

'O, na,' meddai Edric yn frysiog, 'dw i wedi meddwl amdano'n aml.'

'Ond yn methu penderfynu?'

Roedd blaenau dau droed y milwr yn symud. 'Mae o'n gam dychrynllyd i'w gymryd. Fydd 'na ddim troi'n ôl.'

'Ac mae o'n waeth i un yn mentro ar ei ben ei hun.'

'O, ydi.'

'Oes 'na rywun arall fasa'n awyddus i fynd efo ti?'

'Fedra i ddim meddwl am un.'

'Be am y milwr arall hwnnw fyddai'n dy helpu di pan oeddwn i yma cyn mynd i Ruddlan?'

'Richard? Na, mae o'n rhy ffyddlon i Philip – ac yn cael mynd efo fo i bobman. Fedrwn i ddim mentro sôn wrtho fo.'

Meddyliodd Gruffudd am ennyd. 'Y Cymro gwyllt 'na – wyt ti'n ei gofio fo'n ymosod arna i yn y cwt yma? Welais i mohono fo wedyn.'

'Mi adawodd o'r castell ar ôl i ti fynd i Ruddlan.' Ysgydwodd Edric ei ben. 'Does 'na neb yma y medrwn i ddibynnu arno i ddianc efo fi.'

Chwarddodd Gruffudd yn uchel. 'Mi wn i am un fyddai wrth ei fodd yn dod efo ti!'

Syllodd y llygaid tywyll ar Gruffudd gan ymddangos yn grwn iawn. Yna trodd y milwr ei ben ac edrych ar y tân. Dechreuodd blaen un o'i draed ysgwyd yn gyflym eto.

Penderfynodd Gruffudd ei bod yn bryd dal ar ffrwyn y syniad. 'Paid â phoeni gormod, Edric, falle y cei di dy symud i un o gestyll Hugh sy'n llawer nes i Lundain ymhen ychydig flynyddoedd, falle. Gyda llaw, dw i wedi meddwl gofyn i ti droeon – pwy oedd y Cymro gwyllt 'na?'

'Ro'n i'n ei nabod o yn Nhrefaldwyn. Mae o wedi mynd yn ei ôl yno ar alwad Rosier.' Swniai llais y milwr yn ddifywyd. 'Roedd ganddo fo enw anodd i mi 'i gofio . . . rhywbeth . . . ap Rhiw . . .'

'Ap Rhiwallon? O Faelor?'

'Ie, dyna fo. Mi ddeudodd o ei fod o'n berthynas i Trahaearn.'

Chwarddodd Gruffudd. 'Mi fedra i ddeall ffyrnigrwydd y dyn tuag ata i rŵan. Mi ges i driniaeth ddigon tebyg gan rai o'r Cymry yn nhre Rhuddlan.'

Trodd Edric wrth i Gruffudd siarad a cherddodd at yr

agoriad. 'Mae gen ti ddigon o danwydd am heno. Ac mae hi wedi cynhesu.'

'Ond mae'r tân yn gwmni,' meddai Gruffudd. Ychwanegodd yn gyflym wrth i'r milwr dynnu'r croen i'r ochr, 'Cofia – dim i mi o'r gegin heb ganiatâd.'

Pan oedd Gruffudd ar ei ben ei hun eto daeth rhyw ddigalondid drosto. A lwyddodd o i gyflwyno'r syniad i'r milwr y dylai fynd â fo gydag o? Ai ffolineb oedd mentro awgrymu'r fath beth i un o ddynion y Ffrancwyr? A beth gododd yr amheuaeth newydd yma? Ymateb y dyn? Roedd o'n llai sicr o hwnnw nag y disgwyliai fod. Ond fe ddylai gael arwyddion mwy pendant ohono'n fuan.

19

Ryw hanner awr cyn y machlud ar hwyrnos braf ar ddechrau mis Awst cerddai Gruffudd o amgylch y cwt gan lusgo'r gadwyn hir ar ei ôl. Crynai cyffro drwyddo, yn tynnu'i ewynnau llac ac yn cyflymu'i anadlu. Heddiw aeth Hugh, yr iarll, a nifer dda o'i filwyr i ymweld ag un o'i is-arglwyddi ym Malpas ym Mersia, gan adael ei gastell yn wacach o lawer ac yng ngofal Philip.

Am ddiwrnod fel hwn y bu Gruffudd yn disgwyl ers deufis. Ers y noson pan ddaeth Edric i'r cwt ar frys gan gario'r pryd dyddiol, a dweud wrth ei roi i Gruffudd mai tipyn o'r cig o'i fwyd o oedd yn y cawl. Yna ar ôl i Gruffudd orffen y cawl, wrthi'n yfed y dŵr, sibrydodd y milwr,

'Dw i am fynd, Gruffudd ap Cynan. Mae'n rhaid i mi. Mae o wedi bod yn corddi fy meddyliau i ddydd a nos. Fel petai'r ysfa i fynd wedi troi'n her ofnadwy. Felly'n union y teimlais i yn yr abaty hefyd cyn dianc.'

Heb betruso chwaneg roedd Gruffudd wedi gofyn ei gwestiwn mawr. 'Gad i mi ddod efo ti?'

Ond fe dorrodd y milwr ar ei draws. 'Paid â gofyn i mi. Fedra i ddim! Mi fydd yn haws i mi fynd fy hun.'

Lawer gwaith roedd Gruffudd wedi paratoi sut y byddai'n ymateb pe digwyddai i'r milwr ei wrthod. Pwysleisiodd ei eiriau'n ofalus. 'Roeddwn i . . . Rydw i'n frenin. Mi wobrwya i ti'n hael – tir, a gwartheg a gweision.'

'Does gen ti ddim, Gruffudd ap Cynan. Mae Robert, arglwydd Rhuddlan, wedi cymryd pob erw o dy deyrnas di.'

Un cynnig arall oedd gan Gruffudd. 'Oes raid i ti fynd i Lundain?'

'Wn i ddim. Wnes i ddim ystyried unlle arall.'

'Gwrando. Mi wn i i sicrwydd ble medrwn i gael llong i fynd â ni i Iwerddon. Mi fydd 'na groeso mawr i ni yn y llys yn Nulyn a swydd dda i ti – un well o lawer nag y byddet ti'n ei chael yn Llundain. Dw i'n addo hynny.'

'Dulyn! Cartre'r Daniaid! O, na, mi fydd yn lle rhy farbaraidd i mi.'

'Rhy farbaraidd! Dulyn! Sy'n cael ei galw'n ddinas yr eglwysi? Weli di byth ddinas fwy gwaraidd na hi.'

Roedd y milwr wedi petruso'n hir, a blaen ei droed wedi ysgwyd yn barhaus. Pan siaradodd roedd ei lais yn swnio'n llai pendant. 'Fedra i ddim dygymod â'r syniad o beidio â mynd i Lundain. Ym mhle rwyt i'n disgwyl cael llong?'

'Un o draethau Gwynedd. Mi fydd yn llawer llai o dasg na theithio i Lundain bell.'

'Ond fedri di ddim bod yn hollol sicr y cei di long?'

'Medraf. Wnes i erioed fethu pan oedd arna i isio un o'r blaen.' Ychwanegodd gyda phendantrwydd ffyrnig. 'Dw i'n fwy sicr o lawer y ca' i long nag yr wyt ti y medri di gyrraedd Llundain.'

Roedd y milwr wedi petruso eto. Yna gofynnodd, 'Ac rwyt ti'n mynd â fi i Iwerddon?'

'Dw i wedi addo hynny. Paid ag amau 'ngair i, ddyn!'

'Ac mi ga i swydd dda yn Nulyn?'

'Dyna oedd fy addewid i. Yn Nulyn, ymhell o afael y Ffrancwyr a'u barwniaid.'

Camodd Edric yn nes at Gruffudd a chododd ei freichiau fel petai'n mynd i'w gofleidio, ond estynnodd Gruffudd ei ddwylo o'i flaen a chydiodd y milwr ynddyn nhw. 'Fe awn ni efo'n gilydd – i Iwerddon!'

Ac roedd y ddau wedi chwerthin.

Bob dydd yn ystod yr wythnosau canlynol trafododd y ddau y cynllun. Eu penderfyniad oedd y byddai'n rhaid chwilio am gyfle cyn diwedd yr haf. Credai'r ddau mai'r amser gorau i ffoi oddi yno fyddai'r adeg pan oedd yr iarll i ffwrdd o'r castell mewn ardal arall ar ymweliad neu ymgyrch filwrol, a phan fyddai'r castell yn wacach ac yng ngofal mintai weddol fach a fyddai – oherwydd absenoldeb eu harglwydd – yn llai gwyliadwrus nag arfer.

Roedd y milwr wedi cytuno i ddysgu rhywfaint o Saesneg i Gruffudd bob dydd. Digon i fod yn gymorth iddo fedru mynd allan o'r castell fel Sais – petai angen – ac allan o'r dref a thros yr afon. Roedd yntau, yn ystod yr oriau gwag a gyda'i ddawn i feistroli ieithoedd, wedi dechrau dysgu'r iaith yn ddigon da i synnu'r milwr. Yn raddol ffurfiodd y ddau eu cynllun. Gruffudd yn cyfrannu'r rhan fwyaf o'r syniadau a'r milwr yn cytuno i'w gweithredu. Yna roedd deufis o ddisgwyl anniddig.

Cerddodd Gruffudd at y postyn ar ganol y llawr a gorffwysodd ei gefn arno. Aeth ei feddwl dros bob cam o'r cynllun unwaith eto. Ychydig cyn y machlud roedd Edric am ddod â phryd Gruffudd i'r cwt, a chlog hir iddo a'r allwedd i ddatod y gefynnau. Yna yng ngolau'r machlud, pan fyddai'r rhan fwyaf o'r crefftwyr a'r taeogion o'r tu allan yn cael gadael y castell i fynd i'w cartrefi, roedd y ddau am fynd efo nhw drwy'r porth mawr. Bryd hynny, cyn iddi nosi'n iawn, ac yn enwedig heno pan oedd cymaint o filwyr wedi mynd efo'r iarll, fyddai yna ddim mwy nag un milwr yn sefyll yn y porth. Yn ôl y wybodaeth a gafodd Gruffudd gan Edric yn ystod y prynhawn doedd y gwyliwr ar y porth heno, fel llawer o'r milwyr eraill yn y castell, erioed wedi gweld Gruffudd. Mantais arall iddyn nhw oedd bod y gwyliwr a oedd yn arfer bod y tu allan i'r cwt ar adegau wedi cael ei symud gan Philip i wylio ar y tyrau yn lle un o'r rhai a aeth i Malpas gyda Hugh.

Ar ôl i'r ddau fynd allan o'r castell, eu bwriad oedd brysio i lawr yr allt tua'r dwyrain i gyfeiriad y porth agosaf ym muriau'r dref. Yna, ar ôl mynd trwy hwnnw, dal ymlaen tua'r dwyrain nes cyrraedd y llwyn coed rhwng muriau'r dref a'r afon lle'r oedd Edric wedi trefnu y byddai ceffyl wedi'i glymu yno yn eu disgwyl. Dim ond un ceffyl, a bu'n rhaid i Edric ddwyn cleddyf o'r castell i dalu am yr anifail i Sais o'r dref. Ond fe wnâi un yn iawn i'w gario heb ormod o frys dan gysgod y tywyllwch, gan ddilyn yr afon i ddiogelwch bryniau Edeirnion. Roedd dychmygu'r siwrne yn creu cyffro dychrynllyd yn ei feddwl. Anodd oedd credu'n llwyr, – ar ôl y miloedd o oriau ofer poenus, y byddai'r awr nesaf mor aruthrol bwysig. Ond dyna beth fyddai hi – llwyddiant bythgofiadwy neu siom ddinistriol. Fedrai hi ddim bod yn ddim byd arall. Roedd yn dyheu am weld Edric yn cyrraedd efo'r bwyd, a'r allwedd i'r gefynnau a'r glog a'r newydd nad oedd dim wedi codi i rwystro mentro gweithredu'r cynllun. Cerddodd eto o gwmpas y cwt, mewn cylch mor bell o amgylch y postyn ag yr oedd y gadwyn yn caniatáu iddo.

Roedd o wedi cerdded fel hyn nifer o weithiau bob dydd i geisio cryfhau ei goesau yn ystod y ddeufis olaf yma. Ond roedd yn dal i gymryd camau bach a rhy araf fel hen wraig. Beiai'r gadwyn yn llusgo ar ei ôl. Hebddi, roedd yn gobeithio y byddai'n gallu rhedeg petai'n rhaid iddo.

Aeth at fur gorllewinol y cwt. Gwasgodd ei lygad yn erbyn hollt fain yn y pren a syllodd at yr awyr. Gwelodd wrid melyngoch rhwng cymylau tywyll. Clywodd sŵn traed yn croesi'r beili i gyfeiriad y cwt. Camodd Gruffudd at y postyn gan obeithio mai Edric oedd yn dod. Daeth sŵn y traed yn nes, a gwyddai nad rhai Edric oedden nhw. Aeth sŵn y traed ymlaen heibio i'r cwt i gyfeiriad y porth mawr. Yna bron ar unwaith daeth sŵn traed eraill yn eu dilyn. Ac eraill eto. Roedd y gweithwyr yn dechrau mynd adref. Os na ddeuai'r milwr yn fuan byddai'r cyfle i ddianc y diwrnod hwnnw wedi'i golli. Daeth Gruffudd yn ymwybodol o sŵn diferion trwm o law yn taro'r to pren. Clywodd rai'n rhedeg heibio i'r cwt. Teimlodd oerfel siom yn gafael ynddo. Yna'i dymer yn codi. Cydiodd yn y gadwyn oedd yn ei gaethiwo wrth y postyn, a'i thynnu'n ffyrnig gan weiddi yn iaith y Daniaid, 'Be sy wedi cadw'r ffŵl yna rhag dod! Efo fo neu hebddo fo, mi a' i o yma rywsut!'

'Gruffudd ap Cynan?'

Trodd Gruffudd i wynebu'r agoriad a gwelodd Edric yn sefyll yno. Roedd yn gwisgo'i glog ac yn cario un hir arall ar ei fraich chwith. Wrth iddo gamu i'r cwt, roedd sŵn allweddau'n tincian i'w clywed.

'Gest ti bopeth?' gofynnodd Gruffudd ar unwaith.

Penliniodd y milwr wrth draed Gruffudd. 'Popeth ond dy fwyd di. Doedd fiw i mi ddisgwyl dim chwaneg amdano.'

Teimlodd Gruffudd un o'r cefynnau am ei fferau'n llacio. Gwasgodd ei ddwylo ar ysgwyddau'r milwr. 'Rwyt ti cystal ag angel! 'Dan ni'n mynd i lwyddo. Tyrd, brysia!'

Llaciodd yr ail efyn, a chamodd Gruffudd ohonyn nhw. Sythodd y milwr i ddatod y gefynnau am yr arddyrnau. Ennyd arall ac roedd dwylo Gruffudd yn rhydd.

'Dyma'r glog,' meddai'r milwr. 'Mae'r glaw yn esgus i ti godi'r cwfl dros dy ben.'

Daeth sŵn lleisiau a thraed rhai eto'n mynd heibio.

Aeth Edric at yr agoriad a gwthio'i ben heibio i ymyl y croen. Dechreuodd Gruffudd gerdded ar ei ôl, ond wrth iddo geisio camu'n naturiol torrodd gwayw miniog trwy gyhyrau ei gluniau. Byrhaodd ei gamau a symudodd yn arafach o lawer. Trodd y milwr ei ben at Gruffudd.

'Mae hi'n ddiogel i ni adael y cwt. Mae 'na . . .' Gwelodd mor araf roedd Gruffudd yn symud. 'Be sy'n bod?' Swniai'i lais yn boenus.

'Dim! Dim!' Ceisiodd Gruffudd guddio'i bryder. 'Tyrd, awn ni.'

Dilynodd Gruffudd y milwr drwy'r agoriad. Roedd hi'n glawio'n drwm ac yn nosi'n gyflym. Ychydig o gamau oddi wrthyn nhw cerddai nifer o weithwyr am y porth, eu pennau wedi'u plygu yn y glaw.

'Tyn y cwfl dros dy wyneb,' meddai Edric. 'Mae'n rhaid inni frysio er mwyn inni fedru mynd allan drwy'r porth ymysg y dynion acw.' Dechreuodd symud i ffwrdd.

'Aros!' sibrydodd Gruffudd. 'Fedra i ddim rhedeg ar unwaith. Gad i mi bwyso ar dy fraich di am ychydig. Mi fydda i'n iawn 'rôl arfer tipyn.'

Arhosodd y milwr ac edrych yn bryderus ar Gruffudd. 'Wyt ti'n siŵr?'

'Ydw, ydw. Dos yn dy flaen.'

Cychwynnodd y ddau ar draws y beili isaf am y prif borth. Yn fuan cyflymodd Edric ei gam, a Gruffudd yn gwasgu'i glun ag un llaw i geisio dal ar y gwayw yn ei goes, ac yn cydio'n dynn ym mraich y milwr â'r llall. Wrth iddyn nhw nesáu at y gweithwyr sibrydodd Edric, 'Cuddia hynny fedri di o dy wyneb. A chofia mai saer yn gweithio ar gytiau'r carcharorion wyt ti.'

Yna roedd y ddau'n cerdded ymhlith y gweithwyr, a'r porth yn syth o'u blaenau ac yn agos iawn. Gollyngodd Gruffudd ei afael ar ei glun, a chydio yn y glog laes fel ei bod yn cuddio'i ddillad carpiog. Chymerodd llawer o'r gweithwyr ddim sylw o Gruffudd a'r milwr gan gadw eu hwynebau wedi'u gwyro oddi wrth y glaw. Ond wrth i'r ddau fynd heibio i dri dyn â barfau brith a oedd yn loetran yng nghysgod ceg y porth, trodd y dynion i syllu ar Gruffudd yn cydio yn y milwr. Tynnodd Edric ei fraich yn rhydd ond gafaelodd ei law ar arddwrn Gruffudd. Teimlai Gruffudd wres gwlyb y llaw yn llosgi hen ddolur mawr a adawodd y gefyn ar ei ôl. O'u blaenau rŵan cerddai hen wraig, yn llusgo'i thraed a gyda llanc penfelyn wrth ei hysgwydd yn cario cwdyn lledr mawr. Ac o'u blaenau hwythau roedd pedwar o'r gweithwyr wedi cyrraedd y porth ac yn siarad yn Saesneg mewn lleisiau uchel efo'r gwyliwr. Cysgodai hwnnw o dan fwa'r porth gan ddal picell hir wrth ei ochr.

Lleisiau'r gweithwyr yn sefyll yn y porth yn torri i chwerthin. Edric yn cerdded yn arafach, a Gruffudd bellach yn dechrau arfer â'r poenau yn ei goesau. Y pedwar gweithiwr yn brysio yn eu blaenau drwy'r porth, a'r hen wraig a'r llanc yn mynd at y gwyliwr. Gruffudd yn sylwi fod y gwyliwr yn gorffwys ei gefn yn erbyn ochr y porth a golwg ddifater arno. Roedd hyn yn arwydd da. Blaen picell y gwyliwr yn taro'r cwdyn lledr yn ysgafn.

'Be sy yn hwn, llanc?' Saesneg y gwyliwr yn araf ac eglur fel petai hi'n ail iaith iddo.

'Dwy wisg, syr.'

'Wedi eu dwyn?'

'Wrth gwrs!' meddai'r hen wraig. 'Welaist ti 'rioed mohona i o'r blaen! Tyrd, cod y bicell yna – mae gen i waith trwsio i'w wneud cyn hanner dydd fory!'

Y gwyliwr yn chwerthin wrth roi gwên fach chwareus i'r hen wraig, hithau a'r llanc yn brysio allan drwy'r porth a thros y bont godi dan chwerthin. Gruffudd yn ymwybodol o wres y llaw yn gwasgu'i arddwrn wrth i Edric ac yntau gamu at y gwyliwr.

'Dwyt ti ddim yn meddwl mynd allan yr adeg yma, Edric? Ac yn y glaw?' Y gwyliwr yn gwenu.

'Ydw . . . dw i . . .' Y geiriau'n baglu. '. . . Dim ond . . . i lawr yr allt.'

'I lawr yr allt? Merch o'r diwedd?'

'O, na. Na dim ond . . . mynd â hwn.' Y geiriau'n dilyn ei gilydd yn rhy gyflym. Y gwyliwr yn symud ei olwg ar Gruffudd. Edric yn dal i egluro. 'Saer ydi o. Mae o wedi bod yn gweithio ar gytiau'r carcharorion i mi . . . i Philip Basset.'

'Saer? Mae hwn yn un diarth i mi.'

Gruffudd yn clywed Edric yn symud ei draed. 'Heddiw

ddechreuodd o. Ac . . . ac mae o'n sâl. Yn weithiwr da. A Philip oedd yn ofni iddo fynd yn waeth yma – neu farw. Wyddon ni ddim pa haint sy arno.'

'A dyna pam rwyt ti'n gafael mor dynn ynddo?'

Y traed yn symud eto. 'O, na. I wneud yn siŵr ei fod o'n dal ar ei draed nes cyrhaeddith o waelod yr allt.'

'Mae o'n edrych fel drychiolaeth.' Y gwyliwr yn syllu ar Gruffudd eto, 'Wyt ti'n siŵr ei fod o'n fyw?'

'O, yd –'

Y gwyliwr yn chwerthin ar ei draws. 'Dos â fo cyn iddo fo farw yn y porth yma! A brysia – dw i'n cau'r porth yn syth ar ôl i'r rhain fynd allan.'

Edric yn gwthio Gruffudd yn ei flaen drwy'r porth. Y gwayw'n brathu'n waeth ar hyd ei gluniau wrth iddo frysio dros y bont godi. Yna glaswellt ac ymylon creigiau o dan ei draed a'r gwynt yn chwipio'r glaw ar draws ei wyneb. Gweld goleuadau'r dref oddi tano, a llinell fawr ddu ei muriau, a thu draw iddyn nhw yr afon olau fel llwybr gwyn. Camau Edric yn cyflymu ac yn ffyrnigo'r poenau yng nghoesau Gruffudd. Yn sydyn, llais y gwyliwr yn gweiddi,

'Hei, Edric! Edric!'

Gruffudd a'r milwr yn troi eu pennau'n reddfol. Safai'r tri gweithiwr gyda'r barfau brith wrth ymyl y gwyliwr yn syllu tuag atyn nhw. Y gwyliwr yn cymryd dau gam ar y bont godi. 'Un o'r taeogion yma sy'n codi amheuon.' Gruffudd yn ansicr o ystyr y gair olaf. Llais y gwyliwr yn llai difater nag o'r blaen.

'Mae o'n siŵr, medda fo, nad un o'r gweithwyr ydi'r hanner corff yna sy efo ti.'

Edric yn aros heb symud, yna'n gweiddi a'i lais yn rhy

uchel. 'Ond heddiw . . . heddiw dechreuodd o weithio.'

Y gwyliwr yn torri ar ei draws. 'Mae un o'r rhain wedi gweld ôl gefynnau ar ei arddwrn o – medda fo. A dy fod di – medda fo – wedi cuddio'r arddwrn.'

'Lol! Lol, siŵr! Fe ddo' i'n ôl atat ti ymhen dim.' Edric yn dechrau symud yn ei flaen eto gan ddal i edrych ar y gwyliwr ac i afael yn dynn ym mraich Gruffudd. Gruffudd yn gweld un o'r barfau brith yn gadael y porth ac yn rhedeg i mewn i'r castell.

Y gwyliwr yn gweiddi. 'Edric! Gwranda! Tyrd â fo yma am ennyd i mi gael profi i'r creaduriaid yma eu bod nhw'n g'nawon c'lwyddog!'

Gruffudd yn gorfod dychmygu ystyr rhai o'r geiriau. Edric yn eu hanwybyddu, ac yn symud yn ei flaen. Gruffudd yn sibrwd, 'Mae o wedi anfon am ragor o filwyr.'

Y gwyliwr yn dechrau camu tuag atyn nhw. Edric yn rhoi plwc sydyn i fraich Gruffudd. 'Rhed! Mae'n rhaid i ni redeg! I lawr i'r stryd agosa acw! Tyrd!'

Y ddau'n dechrau rhedeg i lawr yr allt o'r castell. Ychydig o gamau breision cyflym fel petai ei goesau wedi troelli am ei gilydd yn glymau tyn a'r boen sydyn ynddyn nhw'n ei barlysu. Yntau'n disgyn o afael y milwr ar ei wyneb i'r ddaear. Edric yn gweiddi yn ei glust a'i lais yn torri. 'Cod! Cod! Mae'n rhaid i ti! Brysia, cod!'

Gruffudd yn llusgo'i hun ar ei draed, ac wrth wneud yn clywed llais y gwyliwr yn dod o ben yr allt. 'Ti'n wallgo Edric! Tyrd â fo yma. Gwranda arna i!'

Ailgychwyn rhedeg â braich y milwr o amgylch ysgwyddau Gruffudd. Mynd heibio i'r hen wraig a'r llanc, hithau'n gweiddi, 'Be wyt ti'n wneud i'r hen ŵr, ddyn?' Rhedeg yn eu blaenau heb ateb. Yna'r gewynnau'n clymu eto ac yn tynnu Gruffudd ar ei liniau. Edric yn ei godi ar ei draed ar unwaith, ac yn hanner ei gario wrth symud ymlaen i lawr yr allt. Ond coesau Gruffudd yn mynnu plethu am ei gilydd a'i faglu nes ei fod yn disgyn ar draws y milwr. Hwnnw'n ei godi eto ac yn gweiddi fel petai ar fin crio. 'Rwyt ti'n syrthio o hyd! Rwyt ti'n rhy wan i redeg! Dringa ar 'y nghefn i. Tyrd!' Sŵn mwy o leisiau o gyfeiriad y porth. A llais y gwyliwr yn nesáu.

'Llusga fo yma, Edric!'

Y milwr yn ceisio codi Gruffudd ar ei gefn. A Gruffudd yn gwrthod. 'Na, y ffŵl hurt! Rho dy fraich o dan fy nghesail i, a rhed am y tai tywyll 'na. Ond yn arafach!'

Ailgychwyn ysgwydd wrth ysgwydd, rhan o'r allt yn fwy serth, Gruffudd yn hercian, gwayw dirybudd yn troi un goes iddo ac yn ei daflu ar ei ochr gan faglu'r milwr hefyd, a'r ddau'n syrthio. Llais y gwyliwr o rywle ar yr allt. 'Gwranda arna i, Edric – cyn i Philip Basset gyrraedd!'

Edric yn griddfan rhywbeth yn aneglur am Philip, yn neidio ar ei draed ac yn rhuthro fel dyn lloerig i waelod yr allt ac am y tai agosaf. Gruffudd yn codi ar ei draed, ac yn dechrau symud ar ôl y milwr. Ei gamau'n fyr a'i ddwylo'n gwasgu ei gluniau. Yn teimlo cyffyrddiadau cyntaf yr hen anobaith ofnadwy, a'r glaw cynnes fel dagrau ar ei wyneb. Sŵn traed a lleisiau'n brysio ar ei ôl i lawr yr allt, a llais y gwyliwr yn agos iawn.

'Edric! Ble wyt ti'n mynd, y gwallgo?' Y llais yn newid. 'Daliwch y creadur yma.' Gruffudd yn gweld Edric yn diflannu y tu ôl i'r tai.

Dau o'r gweithwyr yn cyrraedd Gruffudd ac yn cydio yn ei freichiau. Blaen picell yn torri trwy wlân y glog ac yn pigo cnawd ei wegil, a llais y gwyliwr wrth ei glust. 'Aros, hen ŵr. Dim ond isio cael gweld dy arddyrnau di sy arna i. Dangos nhw.'

Y ddau weithiwr yn codi llewys Gruffudd.

'Dyna fo. Sbia ar hwn,' meddai'r gweithiwr a oedd yn gafael yn y fraich dde.

Gwyrodd y gwyliwr ei ben i astudio ôl y gefyn.

'Ac ar hwn!' meddai'r farf frith arall.

'Hen garcharor wyt ti!' Chwarddodd y gwyliwr. 'Yn ceisio dianc yn y glaw! A be oedd Edric yn 'i wneud, dywed?'

Ddywedodd Gruffudd ddim. Tynnwyd y cwfl oddi ar ei ben.

'Pwy ydi o?' gofynnodd un o'r gweithwyr. 'Welais i 'rioed mohono fo.'

Roedd y gwyliwr yn gwenu. Daeth yr hen wraig a'r llanc atyn nhw, a syllodd hi i wyneb Gruffudd. 'Dw i wedi gweld hwn o'r blaen – y llynedd – yn y castell, yn croesi'r beili isa 'na. Yr haf oedd hi. Roeddan nhw'n mynd â fo i Ruddlan. Dw i'n cofio'n iawn. Ond fedra i ddim cofio'i enw o – ond ei fod o'n frenin gwyllt ar y Cymry 'na . . . neu rywbeth.' Edrychodd ar y gwyliwr. 'A pham wyt ti'n gwenu? – mae gen i gof da?'

'Gruffudd ap Cynan ydi hwn, siŵr iawn!' Chwarddodd y gwyliwr. 'Meddwl dw i be ddywedith Philip Basset pan glywith o am Edric y Sais a hwn.'

Rhedodd pedwar o filwyr o'r castell atyn nhw. Siaradodd y gwyliwr yn Ffrangeg gan godi'r bicell a chyfeirio'i blaen i lawr at y tai agosaf. Rhedodd y milwyr yn eu blaenau. A theimlodd Gruffudd flaen y bicell yn ei ôl ond yn llosgi'n waeth ar gnawd ei wegil.

20

Nesaodd dau lais yn siarad Ffrangeg at y cwt. Clywodd
Gruffudd, â'i lygaid wedi'u cau, sŵn y llen ledr ar draws yr
agoriad yn cael ei chodi a sylweddolodd fod un o'r lleisiau'n
perthyn i Philip. Daliodd y marchog i siarad â rhywun, a
deallodd Gruffudd ddigon o'r Ffrangeg i wybod bod Philip yn
dweud wrth y llall am ddod i mewn i'r cwt. Yna trodd y
marchog i'r Lladin.

'Wyt ti'n gweld y swp carpiog acw?'

'Ble? Mae hi braidd yn dywyll yma.' Roedd yr ail lais yn
ddwfn a diarth, ond cadwodd Gruffudd ei lygaid yng nghau.

'Yn gorwedd ar y twmpath gwair 'na.'

'Wrth y postyn? Dw i'n ei weld o'n iawn rŵan.'

'Hwn ydi'n carcharor pwysicaf ni.' Newidiodd llais Philip i
fod yn awdurdodol garedig. 'Faint o flynyddoedd sydd er pan
ddaethon ni â ti yma gynta, Gruffudd – chwe blynedd . . . saith
. . . wyth?'

'Wn i ddim,' meddai Gruffudd heb agor ei lygaid. Roedd
yn gwybod i'r mis faint o amser y bu'n garcharor i'r
Ffrancwyr. Ond difyrrai ei hun yn ddiweddar trwy eu twyllo.
Byddai'n esgus fod ei gof yn ddrwg a'i fod yn camddeall
gorchmynion syml, er mwyn eu cael i weini arno fel petai'n
hanner gwallgof. Gobeithiai y byddai mantais arall hefyd – y
byddai'r Ffrancwyr, wrth ei ystyried yn un o'i gof a digon

diniwed, yn tueddu i beidio â bod mor wyliadwrus ohono. A thrwy hynny, gobeithiai'n gyson y byddai'n cael cyfle ryw ddydd i ddianc eto. Roedd dal i goleddu'r gobaith hwn mor bwysig iddo ag anadlu. Ac roedd ymarfer medrusrwydd ei feddwl trwy dwyllo'r Ffrancwyr yn bwysig. Ystyriai bob tro y llwyddai yn fuddugoliaeth fach arall, ac roedd pob buddugoliaeth yn cyfrif i gadw ei feddwl rhag pydru'n llwyr.

Dysgodd ers rhai blynyddoedd bellach fod cyfathrachu â'i garcharwyr yn gwneud ei fywyd yn llawer llai annioddefol. A phan fyddai'n esgus peidio â bod yn fo'i hun, gallai dderbyn y berthynas â'r Ffrancwyr heb deimlo ei fod yn colli mymryn o'i hunan-barch. Dim ond weithiau yr oedd yn cael yr argraff fod Philip yn tueddu i amau ei fod o'n ffugio rywfaint. Ac roedd yna adegau digalon pan fyddai o ei hun yn ansicr pa mor agos oedd ei feddwl at ddechrau drysu. Dim ond ei styfnigrwydd gwydn, yn mynnu dangos y gallai ddal pob triniaeth y byddai'n ei chael gan ei garcharwyr, a gadwodd ei feddwl mor glir, a adferai'i ysbryd o hyd a'i gadw'n obeithiol. Ar un cyfnod yn unig y teimlodd fod ei styfnigrwydd ar fin gwywo'n llwyr – tua diwedd y flwyddyn ddychrynllyd honno a dreuliodd o yn nüwch y pydew fel cosb am geisio dianc efo Edric. A'r rhan waethaf o'r gosb oedd pan ddechreuodd gredu ei fod am gael ei gadw yn y pydew am byth.

Daeth llais Philip eto. 'Rwyt ti'n cofio'n iawn, Gruffudd?' Distawrwydd am ennyd, a dychmygodd Gruffudd fod y ddau'n syllu arno. 'Roedd o'n frenin saith mlynedd yn ôl ar Wynedd am fis neu ddau. Ond doedd o ddim yn frenin digon cyfrwys.' Cododd llais y marchog. 'Wyt ti'n cofio'r Rug, Gruffudd?'

Clywodd Gruffudd sŵn traed y ddau'n camu'n nes ato.

'Edrych ar ei wyneb o,' meddai Philip, 'mae o'n cofio'n iawn!'

Gofynnodd y llais dwfn, 'Be ddigwyddodd iddo fo yn . . .?'

'Yn y Rug? O . . .' Trodd Philip i'r Ffrangeg, yna chwarddodd y ddau.

Roedd Gruffudd wedi cofio'r Rug yn aml. Yn ystod y blynyddoedd yng nghastell Caer, dysgodd feddwl am y lle a'r diwrnod hwnnw heb gosbi ei hun. Yn rhyfedd, bellach, y manylion roedd o'n eu cofio'n fwyaf eglur. Cofiai'n dda yr eithin ar y llethrau uwchben y man cyfarfod ac aroglau'r gwres cynnar yn sychu'r gwlith ar y blodau . . . Bysedd gwynion tew Hugh yn nŵr y ddysgl bren . . . Rhes hir o geffylau'r Ffrancwyr yn yfed ar lan yr afon a chynffon pob un yn chwifio'r pryfed . . . Bloedd y dorf yn torri trwy'r ddôl fel taran pan godod brawd Sitriuc y Ffrancwr mawr ar draws ei ysgwyddau . . . Cormac yn cerdded yn igam-ogam . . . Geiriau Collwyn, 'Wyt *ti* am fyw, Gruffudd?' Doedd o ddim yn cofio sut roedd Collwyn yn gorwedd na'r olwg ar ei wyneb.

Ac roedd yna gwestiynau hefyd y byddai'n eu gofyn iddo fo'i hun – yr un rhai bob tro y meddyliai am y Rug. A fyddai wedi medru osgoi'r dinistr petai wedi cytuno i ofynion cyntaf y barwniaid? A fyddai wedi medru dianc efo rhai o'i filwyr petai wedi dewis ymladd y Ffrancwyr ar y ddôl? A chwestiynau llai pwysig fel pam oedd brodyr Angharad yno? Ac a oedd Cynwrig Hir, wedi'r cwbl, mor ddidwyll ag roedd o wedi ymddangos? A'r hen gwestiwn, a oedd cysylltiad rhwng ymweliad Angharad a'i thad ag Aberffraw a'r brad yn y Rug? Ond roedd o wedi dygymod mor hir â'r atgofion a'r cwestiynau fel nad oedden nhw'n boenus iddo nac yn codi cywilydd arno mwyach.

Y llais dwfn, 'Mae'n anodd credu wrth edrych arno fo rŵan bod angen byddinoedd dau o ieirll mwya'r deyrnas i'w ddal o.'

'O! Mae hwn wedi bod yn un gwyllt yn ei ddydd!' meddai Philip yn frwdfrydig. 'Be oedden nhw'n dy alw di, Gruffudd?'

'Wn i ddim.' Parhaodd Gruffudd i orwedd yn llonydd, a chadwodd ei lygaid wedi'u cau.

'Rwyt ti'n cofio'n iawn – Gwres o'r Gorllewin, yntê,' meddai Philip yn uchel.

'Mae o'n edrych fel petai'r gwres bron ag oeri'n llwyr!' Y llais dwfn yn troi i chwerthin.

'Dw i ddim mor siŵr,' meddai Philip ar unwaith. 'Mae gan hwn ryw nerth rhyfedd.'

'Ond mae ei ysbryd o wedi'i dorri.'

'O, ydi. Fe gymerodd chwe blynedd imi ei ddofi o'n iawn.' Trawodd troed gefn Gruffudd. 'Dwyt ti ddim yn llawer o drafferth i ni rŵan, nag wyt, Gruffudd?'

'Nac ydw,' meddai Gruffudd.

'Mi geisiodd o ddianc ryw bum mlynedd yn ôl efo un o'r gwylwyr. Mi gafodd y gwyliwr ei foddi wrth geisio nofio'r afon – mi gollais i hogyn da. Wn i ddim be ddaeth drosto fo. Ond ar hwn roedd y bai, yn ddigon siŵr. Yntê, Gruffudd?'

'Wrth gwrs.'

'A be oedd hanes hwn?' gofynnodd y llais dieithr.

'O . . . roedd hwn wedi blino gormod 'rôl rhedeg i waelod yr allt!' Chwarddodd y ddau.

Rhedeg i waelod yr allt! Bellach roedd cerdded ar draws y

cwt yn flinder poenus iddo, a'r gefynnau wedi gwasgu am ei fferau a'i arddyrnau mor hir nes eu bod wedi bwyta i mewn i'w gnawd. Roedd croen doluriau wedi cau dros y gefynnau mewn mannau gan orchuddio darnau ohonyn nhw. Y tro nesaf y byddai'n dianc fe fyddai'n rhaid iddo gael ei gario hyd yn oed ar ôl cael gwared â'r gefynnau. Roedd Edric wedi methu â threfnu hynny. Doedd neb wedyn mor gyfeillgar a hawdd ei drin ag Edric wedi bod yn gofalu amdano. Ac fe sicrhaodd Philip fod dau filwr yn dod i mewn i'r cwt bron bob tro, ac nad oedd yr un dau yn cymryd gofal ohono am fwy na phythefnos neu dair wythnos ar y tro. Dim digon o amser iddo fedru ffurfio perthynas ddefnyddiol ag unrhyw bâr ohonyn nhw. Ond yn ddiweddar sylwodd fod y drefn yn dechrau llacio. Yn ystod y misoedd diwethaf, roedd Philip wedi cyfyngu ei ddewis o'r rhai a ddeuai i'r cwt i dri phâr. Ac yn aml byddai'r un pâr yn aros yn y swydd am fis neu bum wythnos ar y tro. Er hynny, dim ond un pâr a ddangosodd unrhyw arwydd o gydymdeimlad arbennig tuag ato – dau filwr canol oed, Gamaches a Martin. Gamaches oedd y milwr a gynrychiolodd ddynion Hugh yn erbyn Riagan yn yr ornest ymladd â phastynau yn y Rug. Medrai siarad Saesneg yn weddol dda a byddai'n tynnu coes Gruffudd am gael ei dwyllo gan y Ffrancwyr y diwrnod poeth hwnnw yn Edeirnion. Ond roedd Gamaches a Martin heb fod yn agos ato ers deufis.

'Be oedd ei gosb o am yr ymdrech dila 'na i ddianc?' gofynnodd y llais dwfn.

'Tila neu beidio, mi gafodd o flwyddyn yn y pydew gan yr iarll.'

'A fuodd yna ddim llawer o wres o'r gorllewin wedyn?'

gofynnodd y llais dwfn dan chwerthin.

'O, naddo!' Troed Philip yn taro cefn Gruffudd eto. 'Doeddet ti ddim yr un un pan ddoist ti o'r pydew, nag oeddet, Gruffudd?'

'Nac oeddwn.'

Wydden nhw ddim fod y flwyddyn honno bron wedi'i ladd. Nid am eu bod nhw wedi'i gam-drin o fel y gwnaeth y rhai yn Rhuddlan – mi fyddai hynny wedi bod yn her fwy pendant iddo. Ond roedden nhw wedi'i anwybyddu'n gyfan gwbl, heblaw am ollwng un pryd o fwyd i lawr iddo bob dydd. Gadael iddo bydru yn yr unigrwydd tywyll a'r lleithder a'i fudreddi'i hun. A gwaeth na'r rhain ar y dechrau oedd yr iselder a ddilynodd fethiant ei ymgais i ddianc, a'r anobaith a'i trawodd o eto fel clefyd marwol. Treiddiodd lleithder ac oerni'r pydew yn ystod yr hydref hwnnw trwy ei gyhyrau hyd at ei esgyrn, ac aros yn boen parhaol ynddyn nhw. Ac am y tro cyntaf erioed roedd o wedi magu peswch mawr. Sylweddolodd y byddai'n marw'n fuan os na fyddai'n gwneud mwy o ymdrech i wrthsefyll y sefyllfa. A phan feddyliai'n rhesymol, teimlai fod y syniad y byddai Hugh a Philip yn ei gadw yno am byth yn anhygoel. Ar ôl iddo deimlo felly, gwelodd yr her bendant roedd arno'i heisiau gymaint, a phenderfynodd y byddai'n fyw ac ar ei draed pan ddôi cyfnod ei gosb yno i ben. Gyda rhyw ffyrnigrwydd ewyllys, disgyblodd ei hun i gysgu'n sefyll â'i gefn yn erbyn ochr sychaf y pydew, i osgoi gorwedd ar bridd y llawr oedd wedi'i wlychu'n barhaus pan ddiweddodd sychder yr haf. Bwytodd y cwbl o'r bwyd a gafodd, cerddodd ychydig o gamau bob hyn a hyn bob dydd, gweddïodd nifer o weithiau bob dydd, a phob bore a hwyr dywedodd drosodd a throsodd y paderau a ddysgodd yn Sord-Choluim-Cille. Gwnaeth un llw ar ôl y llall, yn aml a blin fel rhegfeydd, yn addo y byddai'n dianc oddi yno, ac yn dod yn ei ôl i ddifa'r castell a chastell Rhuddlan, ac yn gyrru pob Ffrancwr o Wynedd, ac y byddai'n priodi Angharad. Ond roedd hynny cyn iddo glywed y newydd amdani hi a Robert.

'Ond ma'r Iarll Hugh wedi caniatáu iddo fo gael byw drwy'r cwbl?' Roedd cwestiwn amlwg yng ngosodiad y llais dwfn.

'Fel y gweli di,' meddai Philip.

'Yn arbennig am iddo fo fod yn frenin unwaith?'

'Roedd hynny'n fwy o reswm dros ddymuniad Robert, Arglwydd Rhuddlan, i'w ladd o. Ond er i hwn fod am ddau fis yn garcharor yng nghastell Rhuddlan, a Robert wedi dangos i bawb ei fwriad i'w ladd o, yn ei ôl yma y daeth o. Wedi'i arteithio, yn friwiau o'i ben i'w draed, ond yn fyw.'

'Gwyrth? Ydi o'n dduwiol iawn?'

Chwarddodd Philip. 'Duwiol! Wyt ti, Gruffudd?'

'Ydw.'

Chwarddodd Philip eto. 'Synnwn i ddim – ac angel gen ti yn gwylio drosot ti! Ydw i'n iawn?'

Agorodd Gruffudd ei lygaid. Roedd y llen ledr dros yr agoriad wedi'i thynnu i un ochr a deuai mwy o oleuni nag arfer i mewn i'r cwt gan frifo'i olwg. Ond gallodd weld yn fuan fod dyn mewn gwisg filwrol marchog Ffrengig yn sefyll y tu ôl i ysgwydd Philip.

'Ro'n i'n meddwl,' meddai Philip, 'y byddai siarad am dy angel di'n gwneud i ti edrych arnon ni.' Cymerodd gam i'r ochr er mwyn i Gruffudd fedru gweld y marchog diarth yn iawn. 'Dyma Henri de Courcy. Mi fydd o'n dal fy swydd i am rai misoedd. Ac mi fyddi di yn ei ofal o, wrth gwrs, Gruffudd ap Cynan.'

Syllodd Gruffudd ar y marchog newydd. Roedd o'n fyr a main, a'i wyneb heb farf na dim mymryn o flew yn tyfu uwch ei wefus uchaf. Gwelai Gruffudd falchder ffiaidd arferol y Ffrancwyr yn amlwg yn y wên gam a'r llygaid bach caled.

'Saf ar dy draed, Gruffudd ap Cynan.' Gwthiodd Philip fwy o awdurdod i'w lais.

Cododd Gruffudd yn araf ar ei draed.

Trodd Philip at y marchog arall. 'Wyt ti'n gweld mor ufudd ydi'r carcharor yma?'

'Pwy ydi ei angel o?' gofynnodd Henri de Courcy.

Gwenodd Philip ar Gruffudd. 'Dywed wrtho fo.'

Oedodd Gruffudd cyn ateb. Yna meddai, 'Angharad, merch Owain ab Edwin, un o arglwyddi Tegeingl.'

'Ie, dyna pwy oedd hi. Pwy ydi hi rŵan?'

Daliodd Gruffudd i gogio osgoi rhoi'r ateb llawn. 'Angharad merch Ow–'

'Gruffudd ap Cynan! Ateb yn iawn!'

Yr oedi ar bwrpas eto, yna'r ateb araf. 'Angharad, gwraig Robert, Arglwydd Rhuddlan.'

Dyna beth roedd Philip wedi'i ddweud wrtho'n wawdlyd ond yn bendant iawn lawer gwaith, ac yn raddol daeth i'w gredu ei hun. Bellach, ar ôl iddo gario'r syniad am flynyddoedd, daeth i ddygymod ag o'n ddigon i fedru meddwl amdano heb deimlo unrhyw gyffro. Ond roedd y tro cyntaf y poerodd Philip y newydd arno'n wahanol iawn. Roedd hynny ychydig o ddyddiau wedi iddo ddychwelyd i'r cwt ar ôl y flwyddyn yn y pydew, a phan oedd Philip heb ail-fagu mymryn o gydymdeimlad tuag ato. Cofiai'r malais yng ngeiriau'r marchog, 'Mi fuodd ei haddewid hi i fod yn wraig i Robert yn ddigon i dy gael di allan o gastell Rhuddlan. Ond roedd yn rhaid iddi ei briodi o'n iawn i dy gael di o'n pydew ni!' Roedd o wedi hanner amau hynny, wrth gwrs, cyn iddo adael Rhuddlan ond heb ei gredu am fod yn well ganddo feddwl mai ei styfnigrwydd a chryfder ei urddas oedd wedi dylanwadu fwyaf ar Robert. A phan gafodd y newydd gyntaf, fedrai o ddim credu Philip yn llwyr chwaith. Roedd o wedi disgwyl o hyd y byddai'n cael ei lusgo at Hugh er mwyn i hwnnw gael mwynhau dweud wrtho am briodas Angharad a Robert. Ond ddaeth dim galwad i fynd ag o o flaen yr iarll.

Yna, ryw fis neu ddau wedyn, roedd o wedi clywed gan Philip fod Angharad a Robert yn y castell. Cofiai fel roedd o wedi bwriadu ymddwyn o'u blaenau – gwenu'n urddasol arnyn nhw a dweud dim. Ond chafodd o mo'u gweld nhw. Yn eu lle daeth hen forwyn Angharad at agoriad y cwt i syllu arno. Gofynnodd iddi a oedd yr hanes am briodas ei harglwyddes yn wir. Ond wnaeth yr hen wraig ddim ond syllu'n fud arno am ychydig a mynd oddi yno. Daeth hi felly wedyn nifer o weithiau – ddwywaith neu dair bob blwyddyn – heb ddweud dim byth, dim ond syllu arno fel petai arni isio'r sicrwydd ei fod o'n fyw ac yn gyfan. A oedd cael y sicrwydd hwnnw – roedd o wedi meddwl yn aml – yn rhan o ryw gytundeb rhwng Angharad a Robert? Yn rhan o gytundeb y briodas? Fe fu adegau pan oedd y syniad yn aflonyddu ar ei feddwl, ond yn raddol trodd yr aflonyddwch yn ddifaterwch. Medrai ystyried yn dawel fod ei dewis hi – beth bynnag oedd hwnnw – wedi profi'n fantais iddo fo. On'd oedd o'n rhyfedd fel yr osgôdd o holi Philip amdani hi a Robert – hyd yn oed ar ôl i'r marchog ac yntau ystwytho tuag at ei gilydd? Heblaw am yr hen forwyn, soniodd o ddim am ei henw hi wrth neb yn ystod y pum mlynedd cyn heddiw. Cofiodd fod yr hen wraig heb ddod i edrych arno ers blwyddyn bron. Oedd cadw at y cytundeb yn llai pwysig bellach? Gofynnodd yn sydyn, 'Dydi'r hen wraig ddim yn dod i 'ngweld i rŵan?'

Syllodd y ddau farchog arno.

'Pwy?' gofynnodd Henri de Courcy.

Dewisodd Philip ateb cwestiwn Gruffudd yn gyntaf. 'Mae hi wedi marw fisoedd yn ôl. Mi fyddan nhw'n anfon rhywun arall yn fuan, synnwn i ddim, i gael golwg arnat ti.' Trodd at y marchog dieithr. 'Mae angel hwn yn hoffi gwybod sut mae o bob hyn a hyn.'

Roedd Henri de Courcy'n edrych yn graff ar Gruffudd. 'Mae'n ymddangos y bydd hwn yma, felly, am flynyddoedd eto.'

'O, bydd – tra mae ei angel o'n medru dylanwadu ar Robert, a thra mae'r Iarll Hugh yn arglwydd y castell.'

'Yng Nghaer-wynt rydyn ni'n defnyddio carcharorion pwysig.'

'Mae hwn yn rhy wan i weithio,' meddai Philip ar unwaith fel petai'n amharod i dderbyn awgrym y marchog newydd.

'Do'n i ddim yn meddwl am hynny. Roedden ni'n eu defnyddio nhw fel rhybudd i eraill – eu gosod nhw y tu allan i'r castell, neu yn y dref wrth borth yr eglwys newydd. Roedden nhw'n fodd digon effeithiol i sobri rhai o'r brodorion gwrthryfelgar.'

Ystyriodd Philip hyn. 'Does dim angen i'r Iarll Hugh,'

meddai'n bendant, 'rybuddio dinasyddion Caer. Maen nhw'n deyrngar iawn iddo fo.'

'Ac yn ddelfrydol iawn. Ond fe all pethau newid yn gyflym pan . . .' Fflachiodd y marchog newydd ei olwg ar Gruffudd fel un yn sicrhau'i hun nad oedd dim perygl mewn dweud cymaint o flaen y carcharor. Ymddangosodd y wên gam. 'Fe all pethau newid yn gyflym pan fydd y brenin yn marw. Ac – fel y clywson ni yng Nghaer wynt – mae'r adroddiadau o Rouen yn dweud ei fod o ar ei wely angau.'

'Mae sôn ei fod o ar ei wely angau ers misoedd lawer.' Roedd Philip yn ceisio rhoi'r argraff fod castell Caer mewn cysylltiad â'r brenin hefyd.

'Gwir. Ond glywsoch chi fel mae o wedi bod yn rhoi anrhegion hael iawn i fynachdai yn ddiweddar?'

Ddywedodd Philip ddim.

'Dyna'r arwydd arferol fod dyn mawr yn gweld ei ddiwedd yn agos. Na, os gwelith o ddiwedd yr haf hwn, welith o ddim Nadolig arall. A dw i'n gweld y deyrnas wedi'i rhwygo'n ddwy y gaea nesa 'ma.' Roedd wyneb y marchog wedi'i droi at Gruffudd eto, a'r ddau lygad bach tywyll – fel llygaid llygoden – i'w gweld yn eglur yng nghanol cnawd llwyd yr wyneb. 'Meddylia am y cyfle a fyddai hynny i ti, hen frenin – taset ti'n rhydd, ac yn iach a chryf, ac yn arwain byddin gref, ac yn ddigon call.' Chwarddodd yn ddwfn. 'A tasa saith gwyrth yn digwydd i ti!'

Siaradodd Philip yn Ffrangeg, a gwrandawodd Gruffudd yn astud. Deallodd ddigon i dybio fod y marchog yn dweud rhywbeth am feibion brenin y Ffrancwyr ac am Robert yr hynaf yn dilyn ei dad.

'A! Yn amlwg dydi pob hanes pwysig ddim yn cyrraedd castell Caer!' Daliodd y marchog newydd i siarad Lladin am un frawddeg eto – digon i roi arwydd arall i'r carcharor pwysicaf ei fod yn fwy gwybodus na'r llall, ac i roi awgrym eglur na fyddai'n dilyn arweiniad Philip ond fel y dymunai o. Yna trodd yntau i'r Ffrangeg. Siaradai'n gyflymach na Philip, ond medrai Gruffudd ddeall ei fod yn siarad am feibion eu brenin, Robert a William, yn dweud yn bendant mai William fyddai'n dod yn frenin ar ôl ei dad, ac yn ailadrodd rhywbeth am ryfel.

Camodd y ddau farchog at yr agoriad. Roedd Philip yn ddistaw ac yn syllu o'i flaen. Edrychodd Henri de Courcy yn ei ôl dros ei ysgwydd ar Gruffudd, yna dywedodd yn Lladin, 'Fe ddown ni i adnabod ein gilydd, hen frenin!' Trodd at Philip, a gofyn yn Ffrangeg wrth fynd drwy'r agoriad, beth oedd oed Gruffudd. Wnaeth Philip ddim ateb, ac aeth y ddau o'r golwg.

Doedd o ddim fel Philip i'w adael mor swta, meddyliodd Gruffudd. Ond roedd yn amlwg fod newydd y llall am eu brenin wedi effeithio ar Philip. Fedrai Gruffudd ei hun ddim peidio â theimlo rhyw gyffro gobeithiol wrth ddychmygu'r posibilrwydd y byddai teyrnas y Ffrancwyr yn cael ei dryllio ar ôl marwolaeth y brenin. Ac roedd yn hawdd iddo gasglu y byddai'r ddau dywysog yn brwydro â'i gilydd am y goron, ac yn tynnu'r barwniaid i ochri gyda'r naill neu'r llall. Fe fyddai Hugh a Robert o Ruddlan yn sicr o fod ar yr un ochr, ond beth am Rosier, iarll Amwythig? Roedd Edric wedi dweud wrtho unwaith fod Rosier yn gryfach na Hugh, ond fedrai o ddim credu hynny. Gwenodd. Petai'r barwniaid yn brwydro'n erbyn ei gilydd fe fyddai'n gyfle ardderchog i ddynion Gwynedd ymosod ar y Ffrancwyr a'u gyrru allan o'i deyrnas. A oedd gobaith y bydden nhw'n mentro ymosod ar Gaer hefyd? Roedd o'n rhyfedd rywsut fod Philip wedi caniatáu rhoi cymaint o wybodaeth werthfawr iddo. Flwyddyn neu ddwy yn ôl, fyddai Philip erioed wedi meiddio bod mor ddiofal – hyd yn oed mewn dirmyg neu er mwyn dangos ei hun. Ond roedd yn arwydd amlwg fod y marchog bellach yn ystyried ei garcharor yn hollol ddiniwed a'i ddyfodol yn hollol anobeithiol. Ac, wrth gwrs, dangos ei hun *roedd* y marchog newydd. Gwenodd Gruffudd eto. Roedd yn rhaid iddo ailddechrau ymarfer fymryn mwy ar ei goesau bob dydd o hyn ymlaen. Llusgodd ei draed yn araf at y postyn. Arhosodd yn cydio ynddo am ennyd, yna llusgodd ei gamau ymlaen at y mur gyferbyn. Ond roedd pedwar neu bum cam fach arall o ddioddef y dur am ei fferau yn agor ei gnawd yn ddigon iddo. Llithrodd yn araf dan riddfan i'r llawr.

21

Tywynnai haul yr hydref yn eithriadol o boeth ar ei wyneb, gan gynhesu ei esgyrn trwy wlân tenau ei ddillad. Roedd y blynyddoedd yng ngwyll y cwt, a diffyg bwyd maethlon, wedi effeithio'n ddrwg ar ei olwg. Ac er mai dyma'r degfed tro iddo fod allan yn nhref Caer, roedd yn dal i fethu eistedd yn yr haul heb gau ei lygaid. Bellach, sylweddolai ei fod bron yn hollol ddall yng ngolau llachar y dydd. Roedd hyn yn ei ddigalonni'n waeth na'r gefynnau oedd wedi suddo i mewn i rannau o gnawd ei arddyrnau a'i fferau, ac yn ei gloffi'n ddychrynllyd.

Ond fe gafodd o adael y castell. Ac er bod symud o'r cwt wedi profi'n frwnt na allai gerdded na gweld ond ychydig, roedd cael bod allan ymysg holl firi canol y dref wedi cynhyrfu rhai o'r hen obeithion eto. Yn enwedig ar y dechrau – y diwrnodau cyntaf pan gafodd ei gario gan bedwar milwr i lawr y bryn o'r castell, ac ar draws y dref i'r maes o flaen yr eglwys. Roedd ei ysbryd wedi codi bron wythnos cyn ei ymweliad cyntaf â'r dref – yr hwyrnos honno pan ddaeth Philip ato i'r cwt a dweud newydd, pendant o'r diwedd, am farwolaeth brenin y Ffrancwyr. Welodd o mo Philip wedyn, ond clywodd gan un o'r milwyr fod y marchog wedi mynd gyda'r iarll a'i fyddin ar draws Mersia i gyfeiriad Llundain. Gwyddai Gruffudd pam roedd o heb holi. Yna, y diwrnod canlynol, daeth y milwr Gamaches â bwyd Gruffudd i'r cwt.

Roedd y milwr wedi dod ar ei ben ei hun ac wedi bod yn siaradus. Sgwrsiodd y ddau yn Saesneg, a chwestiwn Gruffudd oedd, 'A ble mae Martin, dy gyfaill?'

'Mi aeth o efo'r iarll.'

'Ond est ti ddim?'

'Dw i'n llawer hŷn na Martin.'

'Wnes i ddim meddwl dy fod di.'

'Pymtheg mlynedd yn hŷn. A pheth arall, mae angen ambell i filwr profiadol i warchod yma yng Nghaer.'

Llyncodd Gruffudd y cawl llugoer. Roedd o wedi anghofio enwau meibion hen frenin y Ffrancwyr, ond penderfynodd y byddai'n well peidio â holi'n uniongyrchol amdanyn nhw, a pharhau i swnio'n ddiniwed ac anwybodus gyda'i gwestiynau. 'Ydi'r iarll mawr wedi mynd i ennill mwy o diroedd iddo fo'i hun?'

Syllodd y milwr yn ddirmygus arno. 'Dwyt ti'n gwybod dim, nac wyt?'

'Yn mynd yn debycach i'r postyn yma bob dydd?'

Gwenodd Gamaches. 'Chlywaist ti ddim fod gan yr hen frenin ddau fab.'

'Mae ganddo fo fwy nag sy gen i.' Gwnaeth Gruffudd ei lais mor drist ag y medrai.

'A mwy na fydd gen ti byth!' Chwarddodd y milwr.

'A! Wyddost ti ddim. Falle y ca' i bardwn gan y brenin newydd.'

Syllodd Gamaches ar Gruffudd, yna dechreuodd floeddio chwerthin. Yn raddol medrodd ffurfio'i eiriau'n eglur. 'William y brenin newydd yn dy ryddhau di! Ac Iarll Caer wedi mynd â byddin fawr i'w amddiffyn o?'

'Ond mae 'na obaith felly y byddai'r brawd arall yn fy rhyddhau i?'

Ysgydwodd y milwr ei ben dan wenu. 'Dwyt ti'n gwybod dim, nag wyt. Mae cyfaill arall i ti – Rosier, iarll Amwythig – wedi mynd â byddin fawr i gefnogi Robert, y mab hyna!'

Yfodd Gruffudd beth o'r dŵr. 'A! Be 'di'r ots! Pwy sy isio meibion!' Doedd ei feddwl ddim yn ei eiriau.

'Ie,' chwarddodd y milwr, 'fasa gen ti ddim i'w adael iddyn nhw ond dau bâr o efynnau!'

'Ti'n iawn.' Edrychodd i lawr ar y bowlen a fu'n dal y cawl. Cododd hi a gwthio'i wyneb iddi i'w llyfu, a'r un pryd i guddio'r arwyddion – y tybiai eu bod yn amlwg ar ei wyneb – o'r llawenydd mawr roedd o'n dechrau'i deimlo. Barwniaid mwya'r gororau a'u byddinoedd ymhell i ffwrdd o Wynedd a Phowys wedi troi'n elynion i'w gilydd! Roedd y cyfle'n un perffaith i'r Cymry. Ond ble oedd Robert o Ruddlan? Gan geisio swnio'n ddifater, gofynnodd Gruffudd, 'Ac mi fydd Robert, Arglwydd Rhuddlan, yn gofalu am y castell yma?'

Edrychodd y milwr arno am ysbaid, y sirioldeb ar ei wyneb yn diflannu. 'Wn i ddim,' meddai'n swta.

Ddaeth Robert ddim i ofalu am y castell. Rhoddwyd y cyfrifoldeb hwnnw i Henri de Courcy, y marchog o Gaerwynt. Ar y dechrau fedrai Gruffudd ddim deall paham y dewisodd Hugh y marchog newydd yn hytrach na Philip a oedd yn filwr hŷn a mwy profiadol, ac a oedd wedi rhoi blynyddoedd o wasanaeth teyrngar i'r iarll.

Ond nid oedd Gruffudd yn gofidio am y dewis gan mai Henri a orchmynnodd ei fod yn cael ei gario o'r cwt i ganol y dref bob dydd. A'i gadw yno drwy'r bore a'r prynhawn hyd at yr awr cyn y machlud yng ngolwg pawb fel rhybudd o beth fyddai diwedd y rhai gwrthryfelgar uchelgeisiol. Roedd Henri wedi egluro hyn i Gruffudd y bore cyntaf cyn iddo gychwyn am y dref. Ac wrth wrando arno, teimlai Gruffudd gymaint o lawenydd fel y gwenodd ac yr amneidiodd â'i ben ar ddiwedd pob brawddeg. Yn y diwedd trawodd Henry o ar draws ei wyneb a dweud yn araf yn Lladin, 'Paid ag edrych mor hapus. Paid â gwenu gymaint. Dwyt ti ddim yn wallgo. A phaid ag esgus efo fi dy fod di!'

Yr ennyd hwnnw roedd Gruffudd wedi deall paham y cafodd Henri ei ddewis i warchod y castell yn lle Philip. Roedd Henri i'r iarll fel y bu Cormac iddo fo gynt.

Yna roedd Henri wedi gorchymyn i Gamaches – gyda chymorth tri milwr arall – gario Gruffudd i'r dref ar wely o grwyn wedi'u clymu rhwng dau ddarn o bren hirgul. Aethpwyd ag o'n syth i'r maes o flaen yr eglwys, ac arhosodd yr un pedwar milwr wrth ei ymyl drwy'r dydd. Gamaches oedd yr arweinydd, a fo, yn Saesneg a Ffrangeg, a fyddai'n egluro'n fwyaf aml wrth bobl pwy oedd y carcharor.

Roedd golau'r haul a sŵn a miri'r maes, a'r bobl yn gweiddi arno – cannoedd ohonyn nhw, tybiodd – wedi codi cur mawr yn ei ben. Roedd rhai wedi taflu darnau o sbwriel ato, ac weithiau byddai ambell un yn dod o'r tu cefn i'r milwyr – o gyfeiriad yr eglwys – a'i bwnio'n sydyn â ffon, neu'n ei wthio ac yn ei fwrw yn ei wyneb. Byddai Gamaches yn eu rhegi nhw a'u rhybuddio i gadw draw, ond wnaeth o ddim i rwystro degau ohonyn nhw rhag poeri ar Gruffudd a'i felltithio yn Ffrangeg a Saesneg a Lladin. Petai rhywun wedi dweud rhywbeth yn Gymraeg neu iaith y Daniaid neu

Wyddeleg, fe fyddai wedi agor ei lygaid i geisio'i weld. Ond ni wnaeth neb, ac arhosodd Gruffudd â'i lygaid ynghau, ac yn dal ei ben poenus mor syth ag y medrai.

Y noson honno pan syrthiodd i gysgu yn y cwt, cafodd un hunllef ar ôl y llall a phob un yn diweddu â fo'i hun yn swp dall a musgrell ar faes y dref. Y dyrfa'n gweiddi am ei fywyd, yn ymosod arno â'u ffyn a phob ffon yn ei daro ar ei ben. Deffrodd â chwys oer ar ei groen, y poenau heb adael ei ben, ac yn dal y gobaith y byddai rhywun a oedd wedi'i weld ddoe ar faes y dref yn cario'r newydd i Wynedd neu i Iwerddon, neu i long Daniaid a oedd wedi'i hangori'n agos.

Dychwelodd i'r un safle o flaen yr eglwys yr ail fore yn llawn gobaith. Daeth mwy o bobl i'w weld a'i boeni nag a ddaeth y diwrnod cynt hyd yn oed, fel petai'r newydd amdano wedi ymledu drwy'r dref. Roedd hyn yn arwydd da a dioddefodd eu hergydion a'u gwatwar gan wrando'n eiddgar drwy'r dydd am leisiau Cymry, neu Ddaniaid, neu Wyddelod. Ond chlywodd o'r un. A'r unig lais a ddywedodd rywbeth wrtho nad oedd yn elyniaethus oedd un cras o'r tu cefn iddo a waeddai drosodd a throsodd yn Saesneg. 'Mae'n waeth arnon ni, hen Gymro – 'dan ni'n llwgu!' Dywedodd Gamaches wrtho mai hen gaethwas oedd yn gweiddi, un o'r rhai a gafodd eu rhyddhau oherwydd eu henaint ac a oedd yn cardota wrth borth yr eglwys.

Y trydydd diwrnod daeth y llais cras a rhai eraill o'r caethweision rhydd i eistedd yn nes at gefn Gruffudd. Gyrrodd un o'r milwyr nhw i ffwrdd, a chlywodd Gruffudd ochr wastad blaen picell yn taro'u cyrff. Ond yn fuan roedden nhw yn eu holau, yn codi rhai o'r darnau sbwriel a daflwyd ac yn eu bwyta. Bygythiodd yr un milwr ddefnyddio blaen ei bicell arnyn nhw, ond cafodd orchymyn gan Gamaches i adael llonydd iddyn nhw. Ychwanegodd Gamaches rywbeth a wnaeth i'r milwr chwerthin, a deallodd Gruffudd ddigon o'r Ffrangeg i wybod fod y milwr tal wedi cyfeirio at y sbwriel ym moliau'r caethweision. Trodd Gamaches i'r Saesneg er mwyn i rai o'r dorf ddeall ei neges ffraeth hefyd.

'Waeth i'r sbwriel yma ddrewi yn eu boliau nhw nag o'n cwmpas ni. Wedi'r cwbl, mi fydd y misoedd oer wedi'u difa nhw i gyd yn ddigon buan.'

Daeth nifer fawr o bobl eto y trydydd diwrnod i edrych ar Gruffudd a'i wawdio, ond roedd ei ben yn dygymod â'r miri a'r cynnwrf.

Yn ystod y pedwar neu'r pum diwrnod canlynol roedd llai bob dydd wedi dod i gymryd sylw ohono. Ac ar ôl i Gruffudd fod allan ar ymyl y maes am wythnos, prin y byddai neb yn taflu unrhyw beth ato, a dychwelodd yr hen gaethweision i gardota wrth borth yr eglwys.

Unwaith fe fu hi'n glawio drwy'r dydd ac aeth dau o'r milwyr i 'fochel yn un o'r tafarndai ar yr ochr draw i'r maes, a'r ddau arall yn grwgnach, un bob ochr i Gruffudd. Ar ôl i'r ddau bâr gael cyfnod yn y dafarn, penderfynodd Gamaches y byddai hi'n well i'r pedwar fynd efo'r carcharor i gysgod porth mawr yr eglwys. Cafodd rhai o'r hen gaethweision eu symud er mwyn cael y lle sychaf. Roedd Gruffudd wedi hoffi teimlo'r glaw ar ei wyneb – yn disgyn ar ei groen yn dyner, ac yn treiddio trwy flew ei lygaid fel eli mwyn a gwneud iddo'u hagor. Ond roedd golau dydd yn dal i fod yn ormod iddo fedru gweld dim yn eglur ond y pethau oedd yn agos iawn ato.

Tra oedden nhw'n 'mochel ym mhorth yr eglwys, daeth mynach at Gruffudd a phlygu drosto. Siaradodd yn Saesneg.

'Ydi'n edifar gen ti, greadur dall, am dy bechodau mawr?'

Agorodd Gruffudd ei lygaid a syllodd ar wisg ddu y mynach a'r cwfl wedi'i godi dros ei ben. Cofiodd amdano'i hun yn tynnu cwfl dros ei ben yn y glaw, ac Edric ac yntau'n ceisio rhedeg i lawr yr allt o'r castell ac yntau'n syrthio o hyd fel babi.

'Dydi o ddim yn ddall, fynach,' meddai Gamaches.

Gwyrodd yr wyneb o dan y cwfl du yn nes at Gruffudd. 'Wyt ti'n dymuno i mi weddïo wrth gysegr bedd y Santes Werburgh i ofyn am faddeuant i ti a thosturi i dy enaid?'

'Does neb i weddïo dros y carcharor, fynach,' meddai Gamaches.

Daliai Gruffudd i syllu i wyneb y mynach. 'Ydw. Dw i'n erfyn am ei thrugaredd hi, ac am nerth.'

'I farw'n ddewr?'

'I fyw!' meddai Gruffudd yn uchel. 'I fyw . . .'

Torrodd Gamaches ar ei draws. 'Gweddïa di dros hwn, fynach, ac mi fyddi di'n digio'r Iarll Hugh – a fydd hynny ddim yn lles i dy abaty di!'

Camodd y mynach i ffwrdd at ddrws yr eglwys. Yna daeth ei lais eto, yn siarad yn araf. 'Ac os na wna i, filwr, mi fydda i'n mentro digio Duw.'

Siaradodd y mynach ddim efo Gruffudd ar ôl y diwrnod hwnnw, na neb arall yn y dref chwaith, heblaw ambell un o'r hen gaethweision.

Heddiw roedd yr haul yn rhy gryf iddo ddioddef agor ei lygaid. Teimlai'n flin efo'i barodrwydd i ddal at yr arferiad o gadw'i lygaid ynghau. A theimlai'n siomedig – ar ôl deg diwrnod o wrando cyson – na chlywodd o neb yn siarad un o'r tair iaith roedd yn dyheu am eu clywed. Dim gair. Dim gair nac arwydd gobeithiol ac yntau wedi bod allan yng nghanol tref Caer yng ngolwg pawb bob dydd. Oedd neb yn malio amdano bellach? – fel petai wedi'i gladdu ers chwe blynedd.

Medrai Gruffudd glywed oglau chwys ar gyrff y ddau filwr hanner dydd. Clywodd sŵn aflonydd eu picellau'n taro'n erbyn y darnau dur yn eu gwisgoedd. Symudodd yntau ei goesau fymryn i esmwytho'i bwys ar ei gluniau main.

'Chei di ddim llonydd i eistedd ar dy unfan yn rhy hir fory.' Swniai llais Gamaches yn flinedig. 'Mi fyddan nhw ar y maes yma'n lluoedd eto fory. Mi ddaw 'na gannoedd i dy weld di, a digon o rai meddw i dy boeni di.'

Teimlodd Gruffudd ias gobaith newydd. Roedd yn rhaid iddo holi am un ateb. 'Pam?'

Poerodd Gamaches ar y llawr. 'Pam! Fory ydi diwrnod cyntaf ffair fawr Gŵyl Fihangel yn y dre.'

22

Cafodd Gruffudd ei gario i ymyl y maes o flaen yr eglwys yn gynnar iawn fore trannoeth. Roedd yno'n eistedd, a'r pedwar milwr arferol yn ei warchod, mewn pryd i glywed tyrfa fawr yn mynd i'r eglwys i wasanaeth bendithio'r ŵyl.

Cyn iddo fynd o'r castell, daeth Henri i'r cwt efo Gamaches. Cafodd y milwr mawr orchymyn i ddyrnu Gruffudd deirgwaith. Gwnaeth hynny, nid yn ffyrnig iawn ond yn ddigon i dynnu gwaed o'r wyneb. Ac wrth i Gamaches daro Gruffudd siaradodd y marchog efo fo yn Lladin.

'Dw i newydd glywed dy fod di wedi siarad efo rhyw fynach – cymer hyn fel rhybudd bach! Ac os byddi di'n siarad heddiw – neu unrhyw ddiwrnod arall yr ei di i'r dre – efo rhywun heblaw fy milwyr i, mi dafla' i di'n ôl i'r pydew.'

Gadawodd yr ergydion boenau a ddaliai i guro yn ei ben, ac roedd y gwaed wedi aros ar ei wyneb yn glytiau o groen caled. Doedd o ddim yn gallu sychu'r gwaed gan fod y milwyr wedi clymu'i ddwylo am y tro cyntaf y tu ôl i'w gefn yn y gefynnau. Roedd yn amlwg fod Henri'n bwriadu iddo ymddangos yn fwy truenus nag arfer i'r tyrfaoedd a fyddai'n dod i mewn i'r dref i'r ffair ac yn edrych arno. Doedd dim ots ganddo fo sut olwg oedd arno – ond bod rhywun o Iwerddon neu o Wynedd yn sylweddoli pwy oedd o, ac yn cario'r neges i rai a fedrai fentro ceisio'i achub. Yn rhyfedd, teimlai fwy o

ffydd yn ddiweddar yn y gobaith y byddai'r Daniaid yn
Iwerddon yn ei achub. Weithiau dychmygodd fod rhes o'u
llongau yn hwylio i borthladd Caer, a rhyw gawr di-ofn fel
Sitriuc yn eu harwain, a hwythau'n llosgi pob stryd ar eu
ffordd i'r maes o flaen yr eglwys. Yna'n rhuthro ar y maes dan
floeddio a chwifio'u bwyeill daufiniog, yn lladd y milwyr ac yn
ei gipio fo efo nhw yn ôl i'r llongau, tra oedd mintai arall
ohonyn nhw'n ymosod ar y castell. A phan fyddai o'n hwylio
ar y llong flaenaf i lawr yr afon am y môr – ac un o'r Daniaid
cyhyrog wedi malu'r gefynnau i gyd â phedair ergyd o'i fwyell
– medrai weld castell Caer yn goelcerth ar y bryn. Ac fe fyddai'n
troi ei gefn ar yr uffern honno ac yn dilyn yr awel am Ddulyn.

Credai fod hyn i gyd yn bosibl petai'r Daniaid yn cael
gwybod yn iawn amdano a'r cyfle da oedd yna rŵan i'w achub.
Ond roedd o'n fwy anodd iddo gredu y gallai dynion
Gwynedd ddod i losgi tref Caer a'i achub. Roedden nhw'n
gwybod ble'r oedd o ers chwech neu saith mlynedd, ond cyn
belled ag y gwyddai o wnaeth neb ohonyn nhw'r ymdrech
leiaf i'w ryddhau. Dim un saeth yn taro muriau'r castell er ei
fwyn. Dim. Dim arwydd mewn cymaint o flynyddoedd fod
neb o'r Cymry'n malio amdano ond y creadur hwnnw a
fentrodd daflu afal iddo. Ac, wrth gwrs, beth wnaeth hi er ei
fwyn. Doedd o'n rhyfedd mor anaml y byddai'n meddwl
amdani hi bellach – ambell dro pan glywai sŵn gwylanod yn
clwydo ar dyrau'r castell, ac weithiau yn y nos pan fyddai'n
methu cysgu. A dwywaith neu dair er pan fu ar y maes, a
chlywed siarad rhyw ferch yn y pellter yn swnio fel adlais o'i
llais hi. Bob tro roedd o wedi gwrando'n astud nes clywed mai
acen Saesneg ddiarth oedd gan y ferch.

A bu adegau hefyd ar y maes, yn enwedig yn ystod y dyddiau cyntaf hynny, pan ddeuai merched ifainc i sefyll o'i flaen a chwerthin a syllu arno. Agorodd o mo'i lygaid i geisio'u gweld, ond medrai arogli'u cyrff cynnes yn agos ato. Y troeon hynny roedd Máire wedi llenwi'i feddwl ar unwaith.

Uwchben murmur y gwerthwyr wrth eu byrddau ar y maes a brefu anifeiliaid, clywodd Gruffudd sŵn cynnwrf y gynulleidfa fawr yn dod allan o'r eglwys, yn distewi am ennyd cyn gweiddi canu carol Saesneg bywiog yn canmol yr ŵyl. Yna sŵn lleisiau'n siarad ar draws ei gilydd a'u traed yn rhuthro am y maes, ac ymhen dim roedd o wedi'i foddi gan holl firi swnllyd y ffair. Wnaeth o ddim ymdrech i agor ei lygaid, ond daliodd ei ben yn syth a gwrandawodd.

Am oriau gwrandawodd. Lleisiau yn Saesneg a rhai yn Ffrangeg, a rhai – fel arfer yn ddistawach – yn Lladin. Lleisiau dynion yn canmol anifeiliaid a nwyddau'n uchel, yn melltithio a bygythio a ffraeo. Twrw traed merched yn eu hanner-clocsiau pren; eu lleisiau'n bargeinio am fwyd a brethyn, am fara ceirch, colomennod, a chaws o laeth defaid, am wlân, lliain a lledr. A lleisiau plant yn chwerthin.

O dro i dro gwaeddai Gamaches yn Saesneg – ac ambell waith yn Ffrangeg – 'Dyma i chi Gruffudd ap Cynan – edrychwch arno fo! Hen frenin Gwynedd a feiddiodd herio awdurdod yr Iarll Hugh! Edrychwch arno fo rŵan!'

Daeth pobl yn barhaus i'w weld a chwerthin am ei ben, i'w wawdio ac i boeri arno. Taflwyd darnau o dail anifeiliaid ato, neu fŵd wedi sychu'n galed. Weithiau byddai dail bresych, cynffonnau pysgod, a gweddillion afalau a chnau yn ei daro. Symudodd dau neu dri o'r hen gaethweision i eistedd yn agos at gefn Gruffudd, a chlywodd nhw'n ffraeo wrth godi'r darnau sbwriel gwerth eu bwyta a daflwyd ato. Bob hyn a hyn, pan nad oedd yno ddim i'w godi, byddai'r un â'r llais cras yn ailadrodd bron yng nghlust Gruffudd, 'Mae'n waeth arnon ni, hen Gymro – 'dan ni'n llwgu!'

Yn hwyrach yn y bore dechreuodd un o'r lleill ailadrodd ei hun rhwng pyliau o beswch a gan hanner chwerthin, 'Mae hwn yn frenin bach!' Yna dilynid hwnnw weithiau gan lais main pryderus hen gaethwas arall, 'Dywed wrthon ni dy fod di wedi bod yn dduwiol iawn i ni gael gobeithio am drugaredd efo ti.'

Ddywedodd Gruffudd ddim wrthyn nhw, a gwrandawodd ar yr un rhai yn ailadrodd fel dynion gwallgo yr un brawddegau o hyd rhwng casglu'r sbwriel a'i fwyta a ffraeo. Ond roedden nhw wedi rhwystro rhai o'r dorf rhag dod o'r tu cefn i'r milwyr a'i daro.

Unwaith, tua chanol y bore, a haul mawrfrydig yr hydref hwnnw'n dechrau poethi'r maes eto, llamodd calon Gruffudd am ysbaid gan glywodd leisiau – y tybiai eu bod yn perthyn i longwyr – yn sôn yn Saesneg am longau ac am hwylio i Iwerddon. Agorodd Gruffudd ei lygaid ond roedd yr haul yn ei ddallu'n llwyr, a dechreuodd weiddi, 'Hei, longwyr! Deudwch wrth long o Iwerddon fod Gruffudd . . .' Trawodd blaen esgid Gamaches ar draws ei geg gan hollti'i wefusau a'i fwrw ar ei gefn. Drwy'r llygaid truenus gwelodd gysgod aneglur yn plygu drosto, a llais Gamaches yn dod o'r cysgod.

'Cau dy geg, y gwirion!' Poerodd. 'Neu mi fyddi di'n gorwedd ar waelod y pydew yna cyn y machlud!'

Arhosodd Gruffudd ar ei gefn. Clywodd y llongwyr yn chwerthin ac yn canmol ergyd Gamaches, yna'u lleisiau'n cael eu colli yn sŵn miri'r dorf. Diferai'r gwaed o'i wefusau dros ei dafod i'w wddw. Ond gan fod y gefynnau'n clymu'i draed a'i ddwylo fedrai o ddim codi'i ben. Felly trodd ei wyneb fel bod ei foch ar y ddaear er mwyn i'r gwaed redeg o'i geg. Roedd y digalondid deifiol yn gafael ynddo eto.

Yn gynnar yn y prynhawn aeth Gamaches ac un o'r milwyr i'r tafarndai. Ar ôl iddyn nhw ddychwelyd, aeth y ddau arall. Cynyddodd gwres yr haul, a daeth Gruffudd yn ymwybodol o newid yn sŵn y ffair. Bellach roedd llai o frefu anifeiliaid a mwy o chwerthin a lleisiau'n bloeddio. Roedd cynnydd mawr yn y twrw o gyfeiriad y tafarndai. Mwy o sŵn canu. Mwy o rai'n chwerthin am ei ben ac yn taflu pethau ato. Tywalltwyd dŵr budr drosto a thrawyd ei glun a'i frest gan gerrig. Weithiau byddai meddwyn yn dod i gynnig cael hwyl efo Gruffudd – ei daflu i'r afon, ei glymu ar gefn mochyn neu'i rowlio mewn casgen. Ond gwrthododd Gamaches bob tro.

Daeth milwyr eraill o'r castell atyn nhw lawer gwaith yn ystod y prynhawn i sgwrsio'n uchel a chellwair. Fwy nag unwaith aeth un neu ddau o'r gwylwyr gyda nhw i'r tafarndai agosaf gan ddychwelyd yn fuan â medd i'r rhai oedd wedi aros efo'r carcharor. Ar un adeg fer cafodd Gamaches ei adael ei hun yn gwylio. Gafaelodd yn Gruffudd a'i godi ar ei eistedd, a thywallt ychydig o fedd mewn costrel ledr i'w geg yn frysiog. Ddywedodd yr un o'r ddau ddim wrth y llall. Yna roedd y lleill yn eu holau, ac yn fuan wedyn daeth nifer o ddynion o'r tafarndai atyn nhw dan ganu.

Gwrandawodd Gruffudd yn ddifater ar eiriau'r gân Saesneg am filwr a merch yn cyfarfod mewn coedwig heb i'w thad wybod. Roedd rhywun wedi taflu cnau ato, dyrnaid ohonyn nhw'n disgyn ar ei ben, a dechreuodd dau o'r caethweision ddadlau. Cydiodd rhywun o'r tu ôl iddo yn ei wallt, gan ei dynnu ar wastad ei gefn eto. Clywodd pwy bynnag a wnaeth yn rhedeg i ffwrdd. Y canu'n dal ymlaen – y tad yn cael hyd i'r ddau yn y goedwig, ac yn ymladd â'r milwr. Roedd pry yn troi ar blisgyn y gwaed yn un o'i ffroenau.

'Mae'n waeth arnon ni.' Roedd y llais cras yn agos iawn fel petai'r caethwas yn plygu dros Gruffudd. 'Mae'n waeth arnon ni, hen Gymro, 'dan ni'n mynd i lwgu.'

'Na wnawn, os cawn ni ddigon o ffeiriau fel hyn.'

'Mae 'mol i'n llawn yn barod, ac mae gen i ddigon o gnau da eto.'

'Na, welwch chi mo'r Nadolig ddim mwy na finna.'

'Mi fyddan nhw i gyd wedi meddwi erbyn diwedd y pnawn – ar ôl i'r orymdaith fynd at yr eglwys.'

'Ac mi fyddan nhw'n taflu petha da at hwn.'

'Bara a phetha . . .'

'. . . F'Arglwydd! . . . bydd barod!'

'Roedden ni'n cael mwy pan oedd hwn yn eistedd.'

Yn sydyn, trwy niwl ei feddyliau a dadwrdd parhaus y lleisiau o'i gwmpas, daeth yn ymwybodol o'r argraff fod rhywun wrth ei ymyl wedi dweud rhywbeth trawiadol. Fedrai o ddim cofio'r geiriau, na'r iaith hyd yn oed, ond roedd y syniad amhendant wedi aros fod y geiriau yn rhai cyffrous ac o bwys iddo. Daliodd ei wynt rhag i sŵn ei anadlu cryg amharu ar ei glyw, a chlustfeiniodd ar bob llais agos. Roedd yna Saesnes yn ei ddangos i'w chrwt, a'i llais yn flin.

'Wyt ti'n gweld be sy'n digwydd i ddynion drwg. Sbia ar ei wyneb o!'

'Na wna.' Y llais bach yn troi i grio.

'Trawa fo efo darn o'r bara ceirch 'na, washi!' Llais un o'r caethweision.

'Cod ar dy eistedd, hen frenin – mi fydd hi'n well i ni wedyn!'

'Mae hi'n waeth arnon ni, hen frenin.'

Yna sibrydodd rhywun yn agos iawn ato. 'F'Arglwydd, bydd yn barod!'

Pob gair yn Gymraeg! Aeth iasau cyffro trwy berfedd Gruffudd, a chododd rhyw deimlad angerddol ynddo a fynnai ysgwyd ei holl gorff. Dechreuodd ei wefusau grynu a chyn iddo fedru rheoli'i hun roedd dagrau'n codi i'w lygaid. Gweddïodd yn frysiog yn ei feddwl fod y llais yn wir, a bod y neges yn wir. Ond roedd o *wedi* clywed y geiriau Cymraeg, a'r neges yn eglur. Dylai godi ar ei eistedd, a cheisio sefyll i fod yn barod petai rhywbeth yn digwydd. Agorodd ei lygaid i weld dim ond cysgodion tywyll yn codi o'i gwmpas, a thu draw iddyn nhw, gwyn yr awyr lachar. Pa un oedd y Cymro? Oedd hwnnw'n sylweddoli ei fod o mor fethedig? Penderfynodd godi ar ei eistedd ar unwaith. Gwaeddodd a'i lais yn crafu'i wddw sych.

'Gamaches! Cod fi ar fy eistedd, wnei di!'

Gwelodd un cysgod yn symud yn nes ato a rhannau bach o'r cysgod yn disgleirio. Dyn mewn arfwisg oedd o – un o'r gwylwyr, ac roedd un arall mewn arfwisg y tu ôl iddo. Dim ond dau ohonyn nhw? Ble roedd y ddau arall – wedi mynd i nôl mwy o fedd? Siaradodd y gwyliwr nesaf at Gruffudd.

'Mi goda' i di pan fydda *i*'n teimlo fel gwneud,' meddai Gamaches yn uchel. Gwelodd Gruffudd gysgod y Ffrancwr yn troi oddi wrtho eto, ac yna'n siarad yn Ffrangeg efo'r llall. Deallodd Gruffudd fod Gamaches yn sôn am y ddau wyliwr arall ac am yr orymdaith.

Gwaeddodd un o'r caethweision, 'Hei, gad lonydd iddo fo gael eistedd, Ffrancwr.'

'Mi godwn ni o i ti,' cynigiodd caethwas arall.

'Sefwch yn ôl!' Cysgod Gamaches yn ysgwyd, a hanner y cysgodion eraill yn camu'n ôl. 'A chitha hefyd – os nad ydach chi isio teimlo pwysa'r cleddyf yma ar draws eich 'sgwyddau.'

Y ddau neu dri chysgod oedd heb symud yn camu yn eu holau. A llais caethwas yn grwgnach. 'Di'r rhain ddim i fod yma. 'Dan nhw ddim yn rhai ohonon ni.'

Ai'r dieithriaid – y cysgodion olaf i symud – oedd y Cymro a'i gyfeillion? Roedd y syniad yn ei gyffroi, ond beth fedrai tri'i wneud, heblaw cario neges i fintai'n disgwyl yn y bryniau agosaf?

Gwaeddodd Gamaches. 'Un cam arall yn nes at hwn, ac mi chwipia' i bob un ohonoch chi o'r fan yma at borth yr eglwys!' Poerodd ddwywaith. 'Dw i ddim isio gweld neb yn cydio ynddo fo!'

Ni fentrodd yr un o'r caethweision wedyn yn nes at Gruffudd. Dechreuodd Gamaches gerdded yn ôl ac ymlaen fel petai disgwyl am y ddau wyliwr arall yn ei wneud yn aflonydd. Meddyliai Gruffudd am y Cymro a'r ddau oedd gydag o – os oedd dau. Chlywodd o ddim gair arall yn y Gymraeg, a thybiodd fod y Cymry wedi cymryd ei gais i gael ei godi ar ei eistedd yn arwydd ei fod o wedi'u clywed nhw. Fedrai o ddim bod yn sicr bellach ble roedden nhw. Oedden nhw'n dal i fod ymysg yr hen gaethweision, neu ar eu ffordd i'r bryniau? Fe allai'r geiriau 'Bydd yn barod' olygu nifer o bethau.

Chwyddodd sŵn y dorf, ac roedd lleisiau i'w clywed yn gweiddi fod yr orymdaith yn dod. Sŵn clychau a drymiau a phibellau a chyrn yn canu. Cymeradwyaeth y dorf a'r hen gaethweision yn rhuthro heibio i Gruffudd i gyfeiriad canol y maes. Yntau'n gweld dim ond dau gysgod wrth ei ymyl, cysgod tal Gamaches ac un llai y gwyliwr arall. Roedd pobl yn gweiddi enwau'r rhai yn yr orymdaith.

'Trwmpedwyr Urdd y Negesyddion ar gefn ceffylau . . .'

'A'r esgob ar geffyl gwyn . . .'

'Barwn Malpas a'i filwyr. Dau gant ohonyn nhw . . . ar eu ffordd i'r de . . .'

'Edrychwch, trol y seiri coed . . .'

Yna'n hollol sydyn camodd tri chysgod yn ddistaw dros goesau Gruffudd. Disgynnodd dau ohonyn nhw ar gefn Gamaches a'r llall ar y gwyliwr arall. Torrodd un sgrech groch oddi wrth Gamaches ond dim sŵn gan y Ffrancwr lleiaf. Siglodd y cysgodion i'w gilydd, yna llithrodd y ddau wyliwr i'r llawr wrth draed Gruffudd a gorwedd yn llonydd yno. Ar unwaith roedd dwylo'n cydio dan ysgwyddau Gruffudd ac yn ei godi, a siaradodd llais yn frysiog yn Gymraeg,

'F'Arglwydd, 'dan ni am dy gario di mewn sach.'

'I Gymru?' Roedd meddyliau Gruffudd mewn dryswch cynhyrfus.

'Ie. Fedri di sefyll, f'Arglwydd?'

'Fedra i ddim gweld yn iawn yn y goleuni yma.' Wrth iddo ateb teimlodd ei goesau'n cael eu gwthio i mewn i sach fawr, yna codwyd o ar ei draed.

'F'Arglwydd, plyga dy hun yn fach!'

Gwyrodd ei ben a'i ysgwyddau a phlygodd ei benliniau. Caewyd ceg y sach dros ei ben, codwyd y sach ar gefn uchel rhywun a chariwyd Gruffudd gyda chamau cyflym a dwy law rhywun arall yn dal pwys gwaelod y sach. Roedden nhw'n symud at ganol sŵn y dorf.

Dechreuodd y dyn oedd yn ei gario symud yn arafach, a gollyngodd un llaw ei gafael ar waelod y sach. Gwaeddodd llais o'r cefn uchel, 'Gwellt! Gwellt!'

Galwodd dyn arnyn nhw yn Saesneg, 'Cerwch yn ôl. 'Dach chi'n mynd ar draws yr orymdaith!'

Trodd y cefn uchel i'r chwith a chamu ymlaen yn gyflym, a chlywodd Gruffudd sŵn y dyrfa'n lleihau. Ar ôl ychydig roedd y cefn yn symud yn arafach. Yna arhosodd a gweiddi, 'Ble mae o, dywed? Weli di o?'

Atebodd y dyn oedd yn dal i afael yng ngwaelod y sach. 'Wn i'm – roedden nhw'n gwerthu digon o wellt ar y maes.'

'Mae'n rhaid i ni fynd trwy Borth-y-Bont cyn i'r newydd gyrraedd y gwylwyr yno.' Cychwynnodd y cefn uchel eto ac wrth wneud gorchmynnodd y llall, 'Dos i chwilio amdano fo. Dos i'r fan lle gwelaist ti'r gwellt. A chofia'r moch a'r medd. A brysia.'

'Pwy ydach chi?' gofynnodd Gruffudd.

Gollyngodd yr un oedd yn cydio yng ngwaelod y sach ei afael ynddo, a rhedodd i ffwrdd nerth ei draed.

'Mae'n rhaid i ni frysio,' meddai'r llais o'r cefn uchel, gan droi i frasgamu rhedeg ac yn ysgwyd Gruffudd gymaint nes bod y cadwyni rhwng y gefynnau'n tincian.

Bloeddiodd llais yn Saesneg ag acen Ffrengig amlwg o rywle'n agos, 'Aros! Be 'di'r brys, daeog?'

Arhosodd y dyn oedd yn cario Gruffudd a sibrydodd yn ddigon uchel i'w lais gario i'r sach, 'Ffrancwyr!' Yna atebodd yn uwch yn Saesneg. 'Dw i'n brysio ar neges i f'Arglwydd, fy meistri.'

'Pa arglwydd ydi hwnnw?' Swniai llais y Ffrancwr yn nes.

Petrusodd y Cymro. 'Yr . . . Arglwydd Edwin o Mersia.'

Nesaodd camau dau neu dri o ddynion a thwrw dur eu harfau'n ysgwyd. Gwrandawodd Gruffudd a'i bryder yn troi'n chwys ar ei dalcen ac yn dal ar ei anadl.

'Ond does yna ddim Edwin yn arglwydd ym Mersia rŵan,' meddai'r Ffrancwr yn araf.

'Nag oes.' Siglodd y cefn unwaith neu ddwy yn anesmwyth. 'Edwin o Laneurgain ydi o bellach. Maddeuwch i mi, fy meistri.'

'Ac ar ba neges wyt ti iddo fo?'

'Dw i 'di bod yn y ffair yn gwerthu ac yn prynu iddo fo.'

Roedd sŵn traed i'w clywed yn rhedeg atyn nhw o gyfeiriad y maes. Clustfeiniodd Gruffudd gan obeithio na chlywai dwrw dur arfwisgoedd yn cael eu hysgwyd wrth iddyn nhw nesáu. Ond chlywodd o ddim ond sŵn traed a moch bach yn gwichian, a lleisiau'r Ffrancwyr yn siarad â'i gilydd yn isel yn Ffrangeg. Cyrhaeddodd y rhai a oedd yn rhedeg atyn nhw, a sefyll yn llonydd gan anadlu'n drwm wrth ymyl Gruffudd, a gwyddai yntau fod y ddau Gymro arall wedi dod yn eu holau.

'Ydach chi efo'ch gilydd?' gofynnodd y Ffrancwr â'r llais araf.

'Ydan.' Dau lais y rhai oedd newydd gyrraedd yn ateb efo'i gilydd.

'Mae gynnoch chi sach fawr, ac eto 'dach chi'n cario dau fochyn a gwellt a chostrelau yn eich breichiau?'

Ceisiodd Gruffudd aros yn hollol lonydd yn ei gwrcwd gan obeithio'n daer fod gan y Cymry esgus da. Teimlodd y cefn yn siglo, yna'r dyn oedd yn ei gario'n ateb yn gyflym.

'Mae 'mrawd yn y sach.' Gollyngodd bwff o chwerthin. 'Mae gen i ofn fod medd Ffair Gaer yn rhy gry iddo fo ag ynta'n greadur gwan. 'Dan ni'n ei gario fo at yr afon i sobri. 'Dach chi isio'i weld o?'

Daeth Gruffudd yn ymwybodol o guriadau ei galon yn cyflymu. Beth petai'r Ffrancwr yn filwr o'r castell oedd yn ei adnabod. Clywodd arfwisg yn ysgwyd wrth i un o'r milwyr gamu at y sach. Teimlodd law yn pwnio'r sach, ac yn cydio yn ei ysgwydd drwy frethyn y sach. Holltodd blaen cleddyf rwyg yn y brethyn ychydig uwch ei ben. Ar unwaith caeodd ei lygaid ac agorodd ei geg yn llipa i gogio bod yn feddwyn cysglyd.

Ennyd o ddistawrwydd fel disgwyl i boen gyrraedd at y byw. Yna sŵn y Ffrancwr yn chwythu'i anadl dan chwerthin. 'Drewdod!' Camodd i ffwrdd.

'Tafla dy frawd i'r afon, daeog!' Chwarddodd. 'Mi fase'n well gen i gario'r moch 'na!' Trodd i'r Ffrangeg a gwnaeth i'r milwyr eraill chwerthin.

Dechreuodd y cefn uchel symud, a siarad wrth fynd. 'Diolch, fy meistri – mi fyddwn ni'n siŵr o'i daflu o i'r afon. Mae o'n walch budr – yn warth i'r teulu. Mi geith o fynd ar ei ben i'r afon.'

Ymlaen â nhw, y ddau arall yn dilyn, y moch yn gwichian ac un llaw yn unig yn helpu i ddal pwysau'r sach. Yn fuan roedden nhw'n troi i'r dde, ac yn syth ar ôl gwneud arhosodd yr un oedd yn cario Gruffudd a gosododd ei lwyth i lawr. 'F'Arglwydd,' meddai wrth agor ceg y sach, 'gwellt i ddistewi sŵn y cadwyni.'

Gwthiwyd gwellt i'r sach, yn dynn rhwng ei goesau a'i freichiau a thros ei ben a'i ysgwyddau.

'Nid dynion Edwin o Laneurgain ydach chi?' gofynnodd Gruffudd drwy'r gwellt.

'Na,' atebodd yr un oedd yn cario'r sach. Yna caeodd geg y sach a chododd Gruffudd ar ei gefn eto, a dechreuodd frasgamu cerdded yn ei flaen a'r ddau arall yn eu dilyn a llaw un ohonyn nhw'n dal gwaelod y sach. Yn fuan newidiodd y brasgamu'n rhedeg. Siaradai neb. Swniai anadlu'r tri Chymro'n fwy poenus.

Dychwelai meddwl Gruffudd o hyd i ddychmygu'r sefyllfa ar y maes pan fyddai rhywun yn sylwi ar Gamaches a'r llall yn gorwedd yno, gan sylweddoli ei fod o wedi dianc. Fe fydden nhw'n sicr o yrru negesydd ar gefn ceffyl i bob porth. Oedd y dyn tal yn cymryd y ffordd gyflymaf i'r porth agosaf? Roedd camau'r dyn yn arafu eto. Siaradodd yn isel rhwng anadlau dwfn. 'F'Arglwydd, 'dan ni'n nesáu at y porth wrth y bont. Oes posib y bydd un o'r gwylwyr yno'n dy nabod di?'

Gwnaeth Gruffudd ymdrech i dawelu'i feddyliau i gofio'n iawn. 'Wn i ddim. Ydi'r bont yn agos i'r castell?'

'Ydi.'

'Yna mae 'na beryg.'

Siaradodd y dyn tal â'r ddau arall. 'Sôn dim amdano . . . Dw i'n cario gwellt . . . Edrychwch yn siriol . . . A rho di gegaid o fedd iddyn nhw.'

Dechrau cerdded eto yn gyflymach. Un o'r moch bach yn

gwichian, a'r dyn oedd yn dal gwaelod y sach yn siarad,

'Fedra i ddim credu fod y newydd amdanon ni . . . wedi mynd o'r maes i'r porth acw.'

'Wyddost ti ddim. Byddwch yn barod i ladd.'

Gruffudd yn clywed pryder yn llais y dyn tal am y tro cyntaf, ac yn teimlo'i gyffro'i hun yn cynyddu'n gyflym.

Lleisiau'n galw'n aneglur yn Saesneg, a'r dyn tal yn sibrwd. 'F'Arglwydd, aros o'r golwg a bydd yn hollol ddistaw.'

Llais uchel yn Saesneg, 'Pwy ydych chi?'

Y dyn oedd yn cario Gruffudd yn ateb, 'Cymry rhydd . . . o Laneurgain yng ngwasanaeth ein harglwydd – Edwin o Mersia gynt, ond bellach Edwin o Laneurgain. 'Dan ni wedi bod yn marchnata yn y ffair.'

Roedd pryder y dyn yn gwneud iddo siarad gormod.

Y Cymry'n aros ac yn sefyll yn llonydd. Gruffudd yn clywed curiadau ei galon eto a thu draw iddyn nhw yn y pellter, dwrw drymiau a chyrn yr orymdaith yn dechrau eto, ac yn nesáu ato sŵn camau ac arfwisg yn ysgwyd. Llais Saesneg eto ond un distawach. 'Yn marchnata beth?'

Y Cymro, y tybiai Gruffudd ei fod yn cario'r moch, yn ateb, 'Gwerthu gwlân. Prynu moch a gwellt – llond sach o wellt glân, a phrynu medd. Gymrwch chi ddiod, fy meistri?'

Cleddyf yn cael ei dynnu o'i wain, ac ochr wastad y llafn yn taro'r sach. Gruffudd yn teimlo diferion chwys oer yn diferu o'i geseiliau dros groen ei asennau. Y Ffrancwr â'r llais uchel yn gweiddi, 'Fe gysgith dy arglwydd yn gynnes ar hwn y gaea 'ma.'

Chwerthin y dyn tal wrth iddo ateb. 'O, gwneith. Mae o'n credu fod y gwellt glanaf i'w gael yn ffair Ŵyl Fihangel tref Caer.'

Y llais uchel yn torri ar ei draws, 'A'r medd gorau!'

Y Cymro a oedd yn cario Gruffudd yn chwerthin, 'Gymrwch chi ddiod iawn?'

Y Ffrancwr â'r llais distawach yn ateb, 'M af i i chwilio am gorn yfed.'

'Na!' Sŵn her yn y llais uchel. 'Mi gymerwn ni'r gostrel – rhag cadw'r rhain yn disgwyl.'

'Wel . . .' Y Cymro tal yn petruso fel petai'n anfodlon. ' Mae hi'n ŵyl grefyddol. Ac mae croeso i chi gael costrelaid o fedd.'

Twrw miri'r ffair yn y pellter yn codi'n sydyn. Y Ffrancwyr yn chwerthin a'r Cymry'n symud ymlaen – yn hamddenol am rai camau. Sŵn eu traed yn atsain ar y bont bren, a'r chwys yn dal i ddiferu o geseiliau Gruffudd. Sŵn y traed yn newid wrth i'r tri gyrraedd tir yr ochr draw. Yna'u camau'n prysuro, ac wyneb Gruffudd yng nghanol pigiadau'r gwellt yn methu peidio â ffurfio'n wên.

Y cefn uchel yn troi fymryn fel petai o'n edrych yn ei ôl tuag at y porth, a'i lais yn dweud yn gyflym, 'Mi redwn ni drwy'r gors at y coed – 'dach chi'n gweld ein ceffyla ni?'

Dim ateb. Ond un llaw yn gafael yn dynn eto yng ngwaelod y sach, a Gruffudd yn cael ei ysgytio fwy wrth i'r dyn tal frasgamu'n gyflymach ar draws y tir anwastad. Un o'r ddau arall – y pellaf oddi wrthyn nhw – yn gweiddi, 'Dw i'n gweld y ceffyla! A'r lleill yn disgwyl amdanon ni! Drychwch – ar ymyl y goedwig, lle mae hi'n codi ar y llechwedd.'

'Da iawn!' Y dyn tal yn ochneidio'r geiriau ac yn siglo wrth redeg, yna'n arafu'i gam ac yn gwyro'i gefn, a Gruffudd yn gwybod eu bod nhw'n dringo'r llechwedd. Calon Gruffudd yn dechrau llamu'n wyllt, a llawenydd rhyw obaith aruthrol yn llenwi'i ben, ac yn gwneud iddo weiddi drwy'r gwellt, 'Ddyn mawr! – pwy wyt ti?'

Dim ateb.

Ail-ofyn yn uwch, y llais yn swnio'n fwy cryg ond ei lawenydd yn dangos ynddo, 'Pwy wyt ti, gyfaill?'

'Cynwrig Hir, f'Arglwydd.'

23

Roedden nhw wedi cyfarfod y rhai wrth ymyl y coed ac wedi carlamu ar geffylau drwy'r coedwigoedd ar y llechweddau, ac ymlaen ar draws y bryniau. Cynwrig Hir yn arwain, a thu ôl iddo Gruffudd yn cael ei gario yng ngafael marchog arall ar gefn ceffyl mawr. Wedyn y tu ôl i Gruffudd, marchogai pymtheg neu ugain o Gymry. Fedrai Gruffudd weld bron ddim trwy'r ddau lygad agored ond cysgodion aneglur y coed.

Roedd Cynwrig Hir wedi osgoi pob pentref ond un. Ar ôl iddyn nhw gyrraedd hwnnw, aeth Cynwrig â Gruffudd i gwt y gof. Ddywedodd neb wrtho pwy oedd Gruffudd, ond talodd Cynwrig iddo am dorri'r ddwy gadwyn rhwng y gefynnau. Gadawyd y gefynnau am arddyrnau a fferau Gruffudd gan y byddai ceisio llifio'r darnau a oedd yn y golwg yn cymryd gormod o amser.

Ymlaen â nhw a dringo'n gyflym i'r bryniau uwch. Daeth Gruffudd yn ymwybodol o oleuni coch ar ei lygaid a gwyddai eu bod nhw'n wynebu'r machlud ac yn teithio'n syth i'r gorllewin. Roedd teimlo'r gwynt yn ysgwyd ei wallt a'i farf, a chlywed carnau'r meirch yn taro'r tir ar garlam a sŵn Cymraeg lleisiau eu marchogion yn gwneud iddo wenu.

Gwaeddodd Cynwrig arno gan chwerthin. 'Does 'na 'run Ffrancwr yng Nghaer â syniad lle rydyn ni! Rwyt ti'n ddiogel, f'Arglwydd!'

'Sut mae . . .' dechreuodd Gruffudd, ond wyddai o mo'r gair Cymraeg am 'amgyffred'. Aralleiriodd ei gwestiwn. 'Sut mae dechrau deall be mae hynny'n ei feddwl?'

'Rhaid i ti ddechrau, f'Arglwydd, wrth ei gredu o!' Chwarddodd y dyn tal, ac yna, heb sylweddoli beth roedd o'n ei wneud, roedd Gruffudd yn chwerthin hefyd. Y sŵn yn rhyfedd yn ei wddw fel griddfan pleserus, yn cynyddu'n afresymol ac yn byrlymu o'i geg am y tro cyntaf ers blynyddoedd, gan ei adael yn llipa ym mreichiau'r un oedd ar y ceffyl gydag o.

Arweiniodd Cynwrig nhw yn eu blaenau dros y bryniau am hanner awr arall – neu fwy. Sylwodd Gruffudd fod yr haul coch wedi symud i'r dde iddyn nhw. Ymhen dim roedd o y tu ôl i'w cefnau, ac yn fuan wedyn, diflannodd wrth iddyn nhw ddisgyn i gysgod dyffryn cul. Mynd ymlaen ar lai o frys trwy goedwig arall, a golwg Gruffudd yn gwella yng ngwyll yr hwyrnos. Cyrraedd llwybr amlwg yn y coed. Llais o rywle'n agos yn cyfarch Cynwrig yn Gymraeg, a llais wedyn yn gweiddi'r un cyfarchiad o'r coed yr ochr arall i'r llwybr. Yna'r llwybr yn gorffen mewn darn llydan o dir agored wedi'i amgylchu gan y coed. Ar ei ganol gallai Gruffudd weld ffurf aneglur maenordy'n ymddangos uwchben clawdd o berthi trwchus a safai o'i flaen. Agorodd porth yn y clawdd. Daeth ffurfiau dynion allan o'r porth, a chamu i'w gyfarfod, yn cario arfau, yn codi'r arfau uwch eu pennau gan groesawu Cynwrig ac yn galw enw Gruffudd.

Arafodd Cynwrig ei geffyl a disgwyl i Gruffudd ddod at ei ymyl.

'Dyma 'nghartre i, f'Arglwydd. Mae blynyddoedd er pan

fu'r Ffrancwyr yma.' Gwenodd. 'Maen nhw wedi anghofio am y lle. Dw i'n ei gynnig o yn gartre i ti. Yn llys i ti, i wneud fel y mynni yma nes byddi di'n gryf eto. Mi fydda, a phob enaid byw yma, yn dy wasanaeth di, ac yn llwyr o dan dy orchymyn di, f'Arglwydd.'

Edrychodd Gruffudd ar y dynion a ddaeth allan i'w cyfarfod. Roedd nifer ohonyn nhw'n rhedeg ac yn gweiddi eu croeso iddo wrth nesáu. Ond, ar ôl iddyn nhw ei weld yn agos, distawodd un ar ôl y llall. Gofynnodd llais o'u plith yn ddistaw, 'Ydi'r brenin yn afiach? Ydi o'n diodde o ryw haint?'

A llais arall, 'Ydi'r brenin yn ddall?'

Trodd Cynwrig ei ben i edrych ar Gruffudd. 'O, na . . .' dechreuodd, ond torrodd Gruffudd ar ei draws.

'Mi wn i fy mod i'n edrych fel . . .' Ceisiodd gofio hoff air Collwyn am rywun â golwg wael iawn arno. Cofiodd. '. . . yn edrych fel drychiolaeth. A drychiolaeth ydw i – ddylwn i ddim bod yn fyw.' Cododd ei lais. 'Ond y fi ydi o – Gruffudd ap Cynan, Brenin Gwynedd!' Dechreuodd besychu. 'A dw i yn fy nheyrnas unwaith eto!' Cafodd ei ysgwyd gan y peswch.

Syllodd Cynwrig ar Gruffudd ond ddywedodd o ddim, ac arweiniodd y fintai i mewn drwy'r porth yn y gwrych mawr. Dilynodd Gruffudd o, â'i feddwl ar ddistawrwydd y rhai a ddaeth allan i'w groesawu.

Arhosodd Cynwrig o flaen yr adeilad mwyaf. Trodd ar ei gyfrwy ac wynebu'r marchogion eraill a'r lleill a oedd wedi dychwelyd i'r tu mewn i'r clawdd.

'Edrychwch arno fo!' Estynnodd ei law at Gruffudd. 'Dyma fo ein harglwydd ni, ddynion Gwynedd' Anadlodd yn ddwfn cyn gweiddi, 'Ydach chi'n gweld ei gyflwr truenus o?

Dyna lwyddiant y Ffrancwyr! Ond mae o'n anadlu, ac yn gall ac yn graff, ac mae ei ysbryd o'n fyw – dyna fethiant y Ffrancwyr!' Symudodd ei ben fel petai'n troi'i olwg i edrych ar bob un o'i wrandawyr. 'Ydach chi ddim yn deall eich bod chi'n gweld gwyrth yma o'ch blaen chi? Gwyrth! A'n gorchwyl anrhydeddus ni ydi gofalu amdano i'w wneud o'n iach a chryf eto fel y bu unwaith A sicrhau bod y wyrth yn troi'n fendith i bob erw o Wynedd!' Sychodd ei geg â chefn ei law. 'Ni ydi ceidwad ein gobaith ola. Ac fe . . .' Roedd ei deimladau'n torri'i lais. 'Ac fe wyddoch chi cystal â minna, does fiw i ni fethu â llwyddo'n llwyr!'

Cyffyrddodd ofn sydyn yn Gruffudd wrth iddo weld y cyfrifoldeb a oedd yn ei ddisgwyl yn ymddangos fel un dychrynllyd o fawr. Daeth yn ymwybodol o'r ennyd hir o ddistawrwydd o'i gwmpas. Yna, fel petai pob dyn yno wedi rhannu'r un ysfa, torrodd pawb i weiddi ei groeso a'i glod i Gruffudd. Teimlodd yntau eu teyrngarwch a'u brwdfrydedd yn cydio ynddo, ac yn gwneud i'r dagrau godi ar unwaith i'w lygaid. Ceisiodd feddwl am rywbeth addas i'w ddweud, ac meddai gan siarad yn araf a'i lais yn wan,

'Mae'ch croeso chi wedi dechrau fy nghryfhau i'n barod.' Chwarddodd rhai o'r dynion. Gwenodd Gruffudd, wedyn dywedodd yn ddifrifol. 'Y ni ydi'r dechrau. Y ni – Cynwrig Hir . . . chi i gyd . . . a minna – fydd dechrau diwedd y Ffrancwyr yng Ngwynedd.' Cododd bloeddio ffyrnig cymeradwyaeth y dynion ar draws ei eiriau olaf. Gwrandawodd ar eu lleisiau, a'i ddagrau'n disgyn ar flew ei farf. Daeth Cynwrig i sefyll wrth ei ymyl i'w helpu i lawr oddi ar gefn y ceffyl mawr.

Roedd disgwyl eiddgar amdano yn y maenordy. Ar ôl iddo

yfed llond powlen o lefrith cynnes, cafodd ddigon o ddŵr glân wedi'i boethi i ymolchi, llieiniau gwyn i'w sychu a dau was i weini arno. Golchwyd ei friwiau yn ofalus â dŵr llysiau. Torrwyd ei wallt a'i farf, a'u cribo â chryn drafferth, a chafodd ddillad glân newydd.

Penderfynwyd gadael llifio'r gefynnau a'u datod oddi wrth y cnawd tan drannoeth pan fyddai Gruffudd yn llai blinedig, a phan fyddai'r gwragedd wedi cael amser i ferwi digon o lysiau i wella'r doluriau ofnadwy ar ei arddyrnau a'i fferau.

Ar hyd yr amser tra roedd Gruffudd yn cael ei olchi a'i wisgo, arhosodd Cynwrig Hir wrth ei ymyl. Siaradodd y ddau bron ddim. Roedd holl gyffro'r dydd wedi blino corff Gruffudd, ac weithiau teimlai byliau o flinder mawr yn dod drosto nes bron â pharlysu ei goesau a'i gefn. Ond roedd yr effaith ar ei feddwl yn gwbl wahanol. Pentyrrai'r syniadau yn ei ben – yn falch, yn obeithiol, yn amheus, yn ofnus, yn hapus. Roedd arno isio gorwedd yn gyffyrddus a chael siarad efo Cynwrig, a chael ffeithiau a chael cynllunio.

Roedd o'n falch pan orchmynnodd Cynwrig i'r gweision ei gario i gell gysgu eu meistr ym mhen draw'r neuadd. Yn y gell roedd matras wellt â phlancedi gwlân arni, ac un blanced wedi'i phlygu'n glustog. Gorweddodd Gruffudd yn ddiolchgar ar y gwely braf. Gyrrwyd y gweision i ffwrdd, a dechreuodd Cynwrig dynnu'r llen drom ar draws agoriad y gell.

'Paid â'i thynnu hi. Paid â chau'r agoriad.'

'Mi gei di fwy o lonydd, f'Arglwydd, allan o olwg y neuadd.'

'Does dim isio llonydd arna i. Dw i wedi diodde llonydd ofnadwy am flynyddoedd. Dw i wedi dyheu a dyheu a dyheu am gwmni Cymry da – fel ti. Eistedd efo fi, Cynwrig, Sgwrsia. Ateb fy nghwest.' Torrodd i besychu. A sylweddolodd fod dweud mwy na dwy frawddeg gyda mymryn o deimlad bellach yn codi peswch mawr arno.

Siaradodd Cynwrig. 'Mae yna eraill yn awyddus iawn i siarad efo ti.'

Daliodd Gruffudd i besychu. 'A dw i . . .' Rhagor o beswch. '. . . yn awyddus i siarad efo ti.'

Gwenodd Cynwrig. 'Mae rhywun yn disgwyl i dy weld di, f'Arglwydd.'

'Gad iddo fo ddisgwyl fymryn yn fwy – ddaeth o ddim i Gaer i fy achub i.' Gwthiodd yr awdurdod newydd i'w lais. 'Eistedd ar droed y gwely 'ma.'

Ufuddhaodd y Cymro tal. Syllodd Gruffudd arno am ennyd. Yn sydyn, am ryw reswm, roedd mynegi ei deimladau'n anodd iddo. Edrychodd heibio i'r dyn a thrwy'r agoriad ar y neuadd. Roedd rhywfaint o oleuni yno. Gwelai Gruffudd was yn goleuo rhagor o ffaglau ar y muriau. Roedd ei olwg o'n well yn yr hanner gwyll, ond allai o ddim disgwyl i'r lleill fwyta'r wledd hwyrol heb oleuni. Symudodd ei olwg ar wyneb y Cymro o'i flaen. Gallai weld ffurf y talcen a'r farf a lled yr ysgwyddau oedd wedi'i gario mor ddidrafferth.

'Paid â disgwyl i mi ddiolch i ti, Cynwrig Hir.'

Sythodd y Cymro. 'Wna i ddim, f'Arglwydd.'

'Fues i erioed yn un da am ddiolch . . . am gydnabod diolch a bod mewn dyled i un arall. Wyt ti'n 'y neall i?'

'Dw i'n meddwl fy mod i.'

Edrychodd Gruffudd yn garedig arno. 'Dw i'n falch dy fod di. Mae gen i gwestiynau rŵan – mil a mwy. Ond fe wneith atebion i ryw ychydig heno.' Pesychodd. 'Roeddet ti yn y Rug . . .' Gadawodd Gruffudd fwlch i Cynwrig fedru ateb, ond ddywedodd o ddim. Aeth Gruffudd ymlaen. 'Fe dorrwyd bodiau fy nynion i?'

'Do, f'Arglwydd.' Swniai llais y dyn yn anesmwyth.

'Wyddost ti be ddigwyddodd iddyn nhw?'

'Wedyn?' Roedd y llais yn llai pryderus fel petai Cynwrig yn hanner tybio fod cwestiynau Gruffudd am droi oddi wrth y diwrnod trychinebus hwnnw.

'Ie, wedyn?'

'Mi gawson nhw lonydd i fynd yn eu holau i Iwerddon.' Ychwanegodd â'i lais yn ddistawach, 'Gwrthododd rhai dderbyn triniaeth y Ffrancwyr. Roedd 'na sgarmesoedd.'

'Ac mi'u lladdwyd nhw?' Swniai llais Gruffudd yn ddifywyd.

'Do – llai nag ugain ohonyn nhw.'

'A'r lleill?' Dangosodd y cryndod lleiaf yn y geiriau. Yn ystod yr oriau olaf wrth weld gwireddu un wyrth anferth, roedd o wedi caniatáu iddo'i hun obeithio eto bod un arall yn bosibl. Wedi'r cwbl, ddywedodd neb wrtho'n bendant fod Collwyn wedi'i ladd.

'Pwy, f'Arglwydd?'

'Rhai o 'mhrif swyddogion i. Mi gawson nhw eu taro i lawr tra oeddwn i yno, ar y ddôl yn y Rug.' Osgôdd ofyn y cwestiwn pwysicaf yn gyntaf, gan ddewis cymryd ennyd neu ddau eto o obaith gwirion yn hytrach na derbyn ergyd y gwir yn syth. 'Be ddigwyddodd i Sitruic, pennaeth fy marchogion i – cawr o ddyn? Wyt ti'n ei gofio fo?'

'Ydw'n iawn, f'Arglwydd – fo a'i frawd anferth. Chododd

Sitruic ddim wedyn 'rôl cael ei daro. Ac mi drawyd ei frawd mewn sgarmes yn syth ar ôl i ti adael y ddôl. Roedd y ddau wedi marw cyn i'r Ffrancwyr ddechrau torri bodiau'r lleill.'

'Y ddau,' meddai Gruffudd â'i lais yn ddifywyd eto.

'Dyna'r ddau frawd mwya a welais i erioed.' Newidiodd ei lais. 'A Cormac? Wyt ti'n cofio Cormac – roedd o'n effro fel hebog?'

'Chododd o ddim oddi ar y ddôl.'

Ochneidiodd Gruffudd yn uchel. 'Dyna golled. Mi fyddai ei gael o efo fi – hyd yn oed heb ei fawd – yn fantais fawr.' Petrusodd. Ond roedd yn rhaid gofyn. 'A . . . Collwyn . . . fy nghyfaill i?'

'Ie, dy gyfaill. Mi gafodd o ei glwyfo'n ddifrifol, ond mynnodd y Ffrancwyr dorri ei fawd. Ac mi gafodd ei gludo gyda dy fyddin i Fôn.'

Cododd Gruffudd ar ei eistedd â'i lais yn uchel. 'Yna mae o'n fyw?'

Arhosodd Cynwrig cyn siarad fel petai'n trefnu ei ateb yn ofalus. 'Mi fu dy gyfaill farw o'i glwyfau, ym Môn, f'Arglwydd, cyn cyrraedd y llong am Iwerddon.'

'Ym Môn cyn cyrraedd y llong,' meddai Gruffudd heb wybod beth roedd yn ei ddweud a'r geiriau'n aneglur yn ei wddw. Roedd oerni trwm wedi disgyn i ddyfnder ei gorff. Aeth ennyd hir heibio heb iddo siarad, a heb iddo fod yn ymwybodol o ddim ond bod ei feddwl yn symud yn ôl ac ymlaen at Collwyn, a bod yr oerni yn ei berfedd yn troi mewn gwacter. Ymhen ychydig sylweddolodd ei fod ar ei gefn eto, a bod Cynwrig Hir wedi codi i sefyll.

'F'Arglwydd, dw i'n dy flino di. Ac mae rhywun arall yma.'

'O,' meddai Gruffudd yn ddifater. Edrychodd tuag at yr agoriad a gwelodd ferch yno'n sefyll yng nghysgod goleuni ffaglau'r neuadd. Cofiodd nad oedd wedi cyfarfod â gwraig Cynwrig, a deallodd frwdfrydedd y dyn dros ddymuno'i chyflwyno hi iddo. Cododd ar ei eistedd, gwthiodd ei draed dros ochr y gwely a gydag ymdrech fawr medrodd sefyll ar y cynnig cyntaf. Gwenodd. 'Tyrd i mewn,' meddai.

Camodd hithau'n nes ato, a medrodd Gruffudd weld yn ddigon da i sylwi ar ei gwallt hir a'i bod hi'n dal a bod ei chorff yn llawn a lluniaidd.

'F'Arglwydd Gruffudd,' meddai'r ferch yn ddistaw.

Teimlodd Gruffudd ryw gyffro cyflym yn mynd trwyddo wrth iddi siarad.

'Mae arna i ofn,' meddai o'n araf, 'fy mod i'n drafferthus iawn i chi.'

'Ac wedi bod ers chwe blynedd, f'Arglwydd.'

'Be?' Teimlai yr un cyffro eto.

'Ac am chwe blynedd cyn hynny.'

'Pwy wyt ti?' A chyn iddi hi ateb galwodd Gruffudd ar Cynwrig a oedd yn symud at agoriad y gell. 'Pwy ydi hi?'

Safodd Cynwrig yn llonydd ond ddywedodd o ddim.

Camodd y ferch at droed y gwely. 'Ydw i wedi newid cymaint, Gruffudd?'

Yn syth gwyddai yn iawn pwy oedd hi. Aeth ias llawenydd trwy ei feddwl, yna'r llawenydd yn newid ar unwaith yn ofn, a'r ofn yn troi'n atgasedd ffyrnig. Syllodd ar Cynwrig, a cheisiodd reoli'i lais. 'Dos â gwraig barwn Rhuddlan o 'ngolwg i!'

'Ond, f'Arglwydd . . .' dechreuodd Cynwrig.

'Llusga hi o 'ngolwg i!' Roedd Gruffudd yn colli'r

rheolaeth ar ei deimladau. 'Mae oglau brad arni hi! Dos â hi! Dos!' Dechreuodd besychu'n drwm.

Camodd Cynwrig yn nes ato. 'F'Arglwydd, dwyt ti ddim yn deall. Yr Arglwyddes Angharad – ohonon ni i gyd – wnaeth fwya i dy achub di o . . .'

'Sut y . . . buost ti mor . . . mor ffôl?' Siaradai Gruffudd rhwng pob pesychiad. 'Mi fydd y lle . . . yma'n . . . Rug arall.' Pwl brwnt o besychu. 'Dim ond iddi anfon gair i'r cythraul yna yn Rhuddlan . . .'

'Mae Robert yn ymladd yn ne Lloegr,' meddai Angharad.

Syllodd Gruffudd arni a'i gorff yn dal i ysgwyd gan y peswch. Clywodd lais Cynwrig.

'Iddi hi mae'r diolch, f'Arglwydd, am gychwyn y syniad fy mod i'n mynd i Gaer i dy achub di.'

Daliodd Gruffudd i edrych ar y ferch. Roedd y peswch yn llai. Aeth Cynwrig yn ei flaen. 'Hi welodd y cyfle pan oedd y ddau iarll i ffwrdd. Hi gafodd wybod dy fod di allan yn y dref. A hi ddewisodd fi, f'Arglwydd, i weithredu'r cynllun.'

Ond roedd rhyw ysfa ddofn yn benderfynol o orfodi Gruffudd i'w brifo hi ymhellach. Ac roedd o'n barod i frifo Cynwrig Hir yr un pryd. Symudodd ei olwg ar y Cymro tal.

'Sut y medraist ti . . .' Wyddai o mo'r gair Cymraeg am 'ymddiried'. '. . . Sut y medraist ti goelio . . . merch sydd yn fodlon bradychu'i gŵr pan mae o allan o'i golwg?' Ailddechreuodd y pesychu.

'Ond, f'Arglwydd, dw i'n adnabod Angharad yn ddigon . . .'

'Gwrando arna i!' Ceisiodd weiddi trwy ei beswch. 'Mae gen ti wendid, ddyn. Rwyt ti'n ddiniwed o barod i . . . i goelio bradwyr – fel gŵr hon a'i gefnder . . . a Meirion Goch. A rŵan hitha! Yn anffodus mae 'na . . . beryg y bydda i'n talu'n rhy ddrud am dy ddiniweidrwydd gwallgo di . . . unwaith eto!' Mygwyd ei eiriau olaf gan y peswch, a bu'n rhaid iddo bwyso'i ben ar y wal i ddal ei hun ar ei draed wrth i'r pesychu ei drechu.

Clywodd lais Cynwrig yn swnio'n ddigalon. 'Mi a' i i alw am ddiod i ti, f'Arglwydd.' Daeth sŵn camau'r dyn yn symud i ffwrdd i'r neuadd. Ennyd o ddistawrwydd, yna ei llais hi'n ddistaw ac eglur a'i thymer yn dangos ynddo.

'Dyna ni wedi clywed y môr-leidr yn ei holl fryntni anwaraidd!'

Cododd ei ben i edrych arni. Aeth yn ei blaen.

'Mae'r dyn yna'n barod i farw drosot ti.' Ochneidiodd hi'n wawdlyd. 'O dy nabod di, doedd neb yn disgwyl diolch – ond yn sicr doedden ni ddim yn disgwyl cosb, chwaith!'

Syllodd arni, ond fedrai o ddim gweld ei hwyneb. 'A be yn union wyt ti'n ei ddisgwyl?'

Ddywedodd hi ddim.

'Wyt ti'n dial ar dy ŵr am ryw gam gest ti ganddo fo? Neu a fydd fy hela i yn ysbaid o hwyl gyffrous i Arglwyddes Castell Rhuddlan – rhywbeth iddi gael sgwrsio amdano wrth wneud ei brodwaith!' Cafodd ei ysgwyd gan y peswch eto.

Pan ddaeth ato'i hun camodd hi i sefyll wrth ei ymyl. 'Wnest ti feddwl erioed fod 'na rai wedi diodde rhywfaint bob dydd o'r chwe blynedd yna efo ti?'

'Ond mi wnest ti ei briodi o.' Sychodd y chwys ar ei dalcen ag ymyl ei lawes.

'Do.' Yr ateb yn isel.

Disgwyliodd Gruffudd iddi ddweud mai oherwydd iddi hi wneud hynny y cafodd o ganiatâd i fyw gan Robert. Dyna oedd y gwir, wrth gwrs, fel roedd y marchog Philip wedi dweud wrtho lawer tro. Ond chymerodd hi mo'r cyfle i ddweud y gwir mawr wrtho. Fel petai arni ddim isio tynnu dim oddi wrth ei fuddugoliaeth o ei hun drostyn nhw. Teimlodd ryw dynerwch anghyfarwydd – nad oedd wedi'i deimlo ers blynyddoedd maith – yn chwyddo yn ei fynwes.

A deallodd hi'i deimladau. 'Gwasga fi yn dy freichiau, Gruffudd.'

Petrusodd o. Yr hen styfnigrwydd yn rhwystro symudiad yr un gewyn.

'Un waith, Gruffudd.'

Yn araf plygodd ei freichiau amdani. Daliodd hi felly am ennyd. Yna tynnodd hi'n dynn yn ei erbyn. Pwysodd ei wyneb ar ei gwallt, a chaeodd ei lygaid. Llithrodd ei wyneb i orffwys ar ei gwar noeth, a daeth yn ymwybodol o oglau persawr diarth ar ei chroen. Un o'r arferion a ddysgodd hi ymysg y Ffrancwyr yng nghastell Rhuddlan? Roedd y persawr yn ei ddigio eto. Siaradodd yn flinedig. 'Mae hyd yn oed ogla dy groen di'n perthyn iddo fo.'

Chododd hi mo'i phen oddi ar ei fynwes. 'Mi fedra i olchi fy nghroen.'

'Ond nid y chwe blynedd dwytha!'

'Mae 'na ddegau o flynyddoedd eto i ni.'

'I ni? Sut?' Plygodd ei gorff oddi wrthi i geisio gweld ei hwyneb. Cododd hithau'i phen i edrych arno.

'Fedra i byth fynd yn ôl i gastell Rhuddlan.'

'A fedri di ddim dod efo fi.' Roedd ei lais yn bendant.

Cymerodd hi gam oddi wrtho. 'I ble'r a' i felly, Gruffudd? Gan 'mod i wedi gorffen bod o wasanaeth i ti?' Yr hen falchder i'w glywed yn ei llais, a'i geiriau yn ei frifo.

Edrychodd Gruffudd heibio iddi a thrwy agoriad y gell. Roedd gweision yn gwthio byrddau hir i ganol llawr y neuadd. 'Angharad,' meddai, yn dweud ei henw am y tro cyntaf, 'wyt ti'n meddwl 'mod i'n bwriadu ffoi i Iwerddon, i fyw mewn diogelwch ar haelioni teulu fy mam a bod dan fawd brenin y Gwyddelod, a mynd â ti yno efo fi?'

'Feddyliais i 'rioed y byddet ti'n gwneud hynny!' Roedd ei llais yn uwch.

'Be ddychmygaist ti? 'Mod i'n aros yng Ngwynedd? Yn bwt o arglwydd ar gwmwd yn Eryri – gyda chaniatâd Robert o Ruddlan. Ar ôl iddo faddau imi, wrth gwrs, am gymryd ei wraig oddi arno?'

Anwybyddodd hi ei ddirmyg. 'Mi fydd raid i ti fynd i rywle.' Gafaelodd hi yn ei fraich. 'Pam nad ei di . . .' Newidiodd ei llais. 'Lle bynnag yr ei di, paid â mynd hebddo i y tro yma.'

Gwyliodd Gruffudd oleuni'r neuadd yn adlewyrchu'n bigiadau byw yn y llygaid mawr. Ysgydwodd ei ben. 'Dw i ddim isio neb efo fi ond dynion . . . rhai ffyddlon, dewr. Rhai da am ladd Ffrancwyr – ddiwrnod ar ôl diwrnod, haf a gaeaf un flwyddyn ar ôl y llall nes bydd Gwynedd yn rhydd o'u gafael nhw. Fydd 'na ddim dewis eto rhwng ildio neu farw.' Pesychodd, ond nid yn drwm gan ei fod wedi cadw'i lais yn dawel. 'Fy Ngwynedd i ydi hon . . . fy Ngwynedd i a Gwynedd fy mhobl i.'

'Ie, Gruffudd.' Roedd ei llais yn frau. Daeth yn nes ato a phwyso'i phen yn ôl ar ei fynwes. 'Ac mi faswn i'n rhwystr i ti?'

'Rwyt ti'n gwybod hynny.'

'Ydw.' Gwthiodd Gruffudd ei fysedd trwy ei gwallt. 'Ble'r a' i, Gruffudd?' gofynnodd hi'n ddistaw.

Roedd y gweision yn gosod llestri ar y byrddau. Clywai Gruffudd dwrw platiau pren, un o'r gweision yn chwibanu, sŵn brigau coed yn llosgi. Roedd y tân allan o'i olwg, ond gallai weld fod golau'r fflamau'n codi ac yn symud i fyny ac i lawr darn o'r mur gyferbyn ag agoriad y gell. Cofiodd am y tân yn neuadd castell Rhuddlan. 'Aros yma,' meddai'n sydyn. 'Mi fydd Cynwrig Hir efo fi'n ymladd . . . Ac mi fyddi di'n gwmni i'w wraig.'

'Ac wedyn?'

'Wedyn? Wel, yn un peth, fydd dim rhaid i ti ddewis eto rhwng Robert o Ruddlan a fi – fydd yna ddim dau ohonon ni yng Ngwynedd.'

Cododd hi'i phen i syllu i'w wyneb. 'Be?'

Roedd ei llais pryderus yn arwydd nad oedd hi wedi sylweddoli'n iawn ganlyniadau anochel ei ddianc o Gaer. Daliai hi i ymddangos mor ifanc yn ei syniadau ar adegau. Ond roedd o wedi blino gormod i egluro llawer mwy. Gwenodd. 'Cofia weddïo dros yr un iawn.'

Gwelodd o ddagrau'n sgleinio ar ei llygaid.

'Dydi o ddim yn ddigri i mi, Gruffudd. Fedra i ddim cellwair amdano fo.'

'A fedra inna ddim crio.'

Ddywedodd hi ddim am ysbaid, ond daliai i syllu i'w lygaid. A phan siaradodd hi roedd ei llais yn is ac yn arafach. 'A be fydd yn digwydd i mi wedyn?'

'Os mai fi fydd yr un ar ôl?'

Oedodd hi cyn ateb. 'Ie.'

'A dim Ffrancwr byw yng Ngwynedd?'

'Ie.'

Daeth ffroenau Gruffudd yn ymwybodol o oglau cig yn llosgi, clywodd leisiau dynion a merched yn chwerthin yn uchel o gyfeiriad y gegin. Rhedodd ci hirgoes heibio i'r agoriad. Gwenodd Gruffudd. 'Be fydd yn digwydd i ti wedyn? O, mi fydd Brenin Gwynedd yn dy briodi di yn eglwys fawr Deiniol Sant ym Mangor.'

Gwasgodd hi ei breichiau amdano. Cofleidiodd yntau hithau, a gorffwysodd ei wefusau'n dyner ar ei thalcen. Safodd y ddau felly yn cydio yn ei gilydd am ysbaid hir heb siarad. Yna sylweddolodd Gruffudd fod Cynwrig yn disgwyl yn y neuadd y tu allan i agoriad y gell. Sibrydodd yn ei chlust, 'Mae cael dy ddal di fel hyn, fel cael trysor. A dw i'n dechrau cryfhau, ond nid digon i aros ar fy nhraed mor hir – hyd yn oed i gadw 'ngafael ar fy nhrysor! Mae'n rhaid i mi eistedd, Angharad.'

Gollyngodd hi o o'i gafael. 'O, mae'n ddrwg gen i, feddyliais i ddim.'

Aeth Gruffudd i eistedd ar y gwely. 'Dw i'n gweld bod Cynwrig wedi dod â'r ddiod i mi.'

'Fe arhosa i efo ti – dw i ddim isio bod yn y wledd.'

'Na, dos di'n gwmni i wraig Cynwrig. Mi fydd yn rhaid i mi ei gadw fo yma am ychydig – mae'n bwysig 'mod i'n trefnu pethau ynglŷn â ti ar unwaith.' Roedd o'n siarad yn gyflymach ac yn uwch. 'Ac mae'n rhaid i mi wybod yn union be ydi . . .' Chwiliodd am y gair '. . . ydi'r sefyllfa yng Ngwynedd, a dechrau cynllunio.'

'Be? Heno?' Roedd hi'n swnio'n siomedig.

'Mae'n rhaid i mi ddechrau bod yn arweinydd eto.'

'O'r gore.' Yr un siom yn ei llais. Trodd i fynd oddi wrtho, ond gafaelodd o yn ei llaw. Gwasgodd hithau ei bysedd amdani. 'Mae dy law di'n wlyb, Gruffudd.'

'Mymryn o waed.' Roedd ei lais yn ysgafn. 'Pan wasgais i ti – yr hen efynnau 'ma'n ailagor briwiau.' Gwenodd. 'Mae gen i orchymyn i ti – ac mae o'n un pwysig . . . Mi fydd yn rhaid i ti . . .' Petrusodd o bwrpas i'w gweld hi'n pryderu.

'Be, Gruffudd?' gofynnodd hi'n ddifrifol.

'Gweini arna i'n gyson bob dydd am fis – neu nes y bydda i wedi cryfhau'n iawn.'

Plygodd hi drosto a chusanu croen ei foch ac ymyl ei farf. 'Fydd fiw i neb arall wneud – ar ôl heno!'

Aeth Angharad i'r neuadd, a daeth Cynwrig i mewn i'r gell at Gruffudd.

'Powlen arall o laeth i ti, f'Arglwydd. Roedd o'n boethach na hyn, ond . . .' Gwenodd. 'Maen nhw wedi torri dau wy ynddo fo i ti gael maeth iawn.'

Dechreuodd Gruffudd yfed yn awchus. 'Pryd y ca' i gig i'w fwyta?'

'Ymhen tridiau, f'Arglwydd. Ydi oglau'r cig eidion 'na'n codi blys arnat ti?'

'Ydi.' Gwenodd Gruffudd ar Cynwrig gan wybod y byddai hynny cystal i'r dyn â phetai Gruffudd wedi mynegi'i ddiolch iddo.

Aeth nifer o ddynion heibio i'r agoriad ac eistedd ar y meinciau wrth y byrddau yn y neuadd. Gwyliodd Cynwrig Gruffudd yn yfed am ychydig cyn siarad.

'F'Arglwydd, wnei di ymddangos yn y wledd . . . dim ond ar y diwedd?'

'Dim ond am ennyd ar y diwedd heno. Mae rhyw flinder dychrynllyd wedi gafael ynddo i rŵan.'

'Rhan o'r gollyngdod, f'Arglwydd. Ac mae cymaint wedi digwydd i ti ers y bore.'

Chwarddodd Gruffudd. 'Mae'n anodd credu. Dywed wrtha i: gafodd Gamaches ei ladd?'

'Gamaches – pwy?'

'Y milwr mawr tal ar y maes?'

'Do, y ddau. Cyllell trwy galon y ddau. Roedd yn rhaid eu distewi nhw ar unwaith.'

'Wrth gwrs.'

'Ond mi oedd yr un mawr 'na'n gry iawn. Fuodd o'n giaidd efo ti, f'Arglwydd?'

'Na, nid fo . . . Ond roedd o'n elyn.' Yfodd Gruffudd y gweddill o'r llaeth. Sychodd ei geg a'i farf â'i lawes, a gorweddodd ar ei gefn. 'Cynwrig, dw i isio i Angharad gael aros yma nes y ca' i fy nheyrnas yn ôl.'

'Mae croeso iddi wneud ei chartre yma. Mi fydd yn ddiogel, ac . . .'

'Mi fydd hi'n gwmpeini i dy wraig pan fyddi di'n brwydro efo fi – am flynyddoedd, falle.

'F'Arglwydd, mi *fydd* yn flynyddoedd.'

'Pam?'

'Mae'r Ffrancwyr wedi troi Gwynedd yn ddiffeithwch, f'Arglwydd. Wedi lladd a llosgi ym mhob cantref . . . Wedi gadael galar a newyn ac anobaith ar eu holau.' Anadlodd y dyn yn ddwfn fel petai angen ysbaid i ddewis ei eiriau nesaf. 'Mae dy deyrnas yn gwywo yng ngafael . . . crafanc Robert o Ruddlan. Ac mi gafodd o'r hawl – meddan nhw – gan ei hen frenin i alw'i hun yn Dywysog Gwynedd.'

'Barwn y Ffrancwyr yn frenin Gwynedd?!' Cododd Gruffudd ar ei eistedd. 'Hawl gan bwy? Chafodd o mo'r hawl gen i!'

'F'Arglwydd, mae o wrthi'n codi cestyll i wasgu pob rhan o'r deyrnas. Mae un mawr yn Neganwy wedi'i orffen, a . . .'

'Yn Neganwy!' Cododd Gruffudd ar ei draed gan besychu. 'Fe ymosodwn ni ar hwnnw yn gynta.' Cafodd ei ysgwyd gan y peswch ac eisteddodd yn ei ôl yn llipa ar y gwely.

Daeth Cynwrig i sefyll yn nes ato. 'F'Arglwydd, ro'n i ar fai yn dy gynhyrfu di rŵan – mor fuan. Falle y basa'n well i ti orffwys heno a pheidio â thrafferthu â dod i'r . . .'

'Lle mae eu gafael nhw wannaf?' gofynnodd Gruffudd yn gryg.

'Llŷn a Môn.'

'Pwy sy gen i o bwys ym Môn sy'n fyw o hyd?'

Meddyliodd Cynwrig cyn ateb. 'Dim ond un, f'Arglwydd, y clywais i straeon amdano'n achosi trafferth iddyn nhw ar hyd y blynyddoedd – Gwyncu ap . . . ap –'

'Gwyncu! Ydi o'n fyw? Mi a' i ato fo i orffen gwella. Mi fedra fo gael llong i mi rhag ofn y bydd rhaid i mi groesi'r hen fôr 'na eto . . .' Trôi'r geiriau'n aneglur yn ei wddw wrth iddo geisio'n eiddgar ei argyhoeddi'i hun o bwysigrwydd ei obaith newydd. '. . . Ac mi fydd yr ynys yn lle da i gasglu byddin yn ddistaw. Ac mi fydd y môr yno'n gysur.' Cododd ei lais. 'Mi fydd yn rhaid i ti ddod yno efo mi.'

'Maddau i mi, f'Arglwydd – mynd yno a gadael y merched yma?'

Syllodd Gruffudd arno. 'Na. Mi fyddan nhw'n fwy diogel ym Môn. Fe awn ni â nhw efo ni.' Canodd utgorn yn y neuadd. 'Dos i dy wledd. Rwyt ti a'r ddau arall – a'r lleill i gyd – wedi'i haeddu hi.'

'Diolch, f'Arglwydd. Mi fyddai'n lles i ti gysgu fymryn. Mi ddo' i i dy weld di eto'n fuan.'

Gwyliodd Gruffudd Cynwrig yn cerdded i'r neuadd ac allan o'i olwg. Roedd cefnau rhes o ddynion gyferbyn ag agoriad y gell. Fedrai Gruffudd ddim gweld y tu draw iddyn nhw. Ond clywai ambell lais merch yng nghanol lleisiau'r dynion, a phlant yn gweiddi'n uchel weithiau. Canodd yr utgorn eto. Brysiodd y ci hirgoes heibio. Roedd sŵn y chwerthin yn cynyddu.

Daeth Gruffudd yn ymwybodol bod ei flinder wedi troi'n wayw trwm ar waelod ei gefn, a bod y peswch wedi gadael cur yn ei ben. Gorweddodd ar y gwely a syllodd ar dywyllwch y to. Roedd o'n hanner dall, yn wan, a'i anadl yn fyr, ac yn cerdded fel hen ŵr musgrell a'r gefynnau'n dal i fod yn dynn yn ei gnawd. Roedden nhw'n llawer o ddiffygion i un ar fin dechrau ymgyrch newydd – i un â dim ond tri dwsin o ddynion Cynwrig Hir, a'r gobaith am Gwyncu, a'r syniad – a oedd fel pader iddo – mai ei deyrnas o oedd Gwynedd. Cododd yn araf ar ei eistedd ac yna ar ei sefyll. Gan afael yn ochrau'r gell llusgodd ei draed nes ei fod yn sefyll yn yr agoriad.

Teimlodd wres mawr yn taro'i wyneb, ac oglau mwg a chig a chwys. Goleuni'r ffaglau uwch ei ben a'r tân anferth yn gwaethygu'i olwg. Popeth yn felyn a llwyd aneglur. Lleisiau wedi'u gwau drwy'r gwres. Neb yn cymryd sylw ohono. Yna'r holl sŵn yn distewi fel petai'n ufuddhau i orchymyn. Gwelodd resi o gysgodion llwyd yn codi i sefyll – twrw traed a meinciau'n symud, a chylchau melyn wynebau wedi'u troi ato. Un llais yn gweiddi. 'Croeso'n ôl i'r Brenin!' Y neuadd yn diasbedain gan sŵn pobl yn gweiddi'u croeso iddo. Utgorn yn cael ei chwythu ac un arall yn syth ar ei ôl trwy ganol y gweiddi, a geiriau'r croeso'n newid yn gytgan yn cael ei hailadrodd drosodd a throsodd, 'Gruffudd ap Cynan – Brenin Gwynedd! Brenin Gwynedd! Gruffudd ap Cynan – Brenin Gwynedd! Brenin Gwynedd!'

Roedd y neuadd a'r bobl yn siglo o flaen ei lygaid, a'r gweiddi'n siglo trwy ei ben. Cododd ei law i'w distewi, ac fe wnaethant ar unwaith. Roedd ei goesau'n ysgwyd, a theimlodd ei ên yn gwyro i lawr ar ei frest. Cododd ei ben a gwaeddodd, 'Dw i ddim yn ddall. Mi fydda' i wedi cryfhau digon ymhen mis i'ch gweld chi'n iawn, ac i weld ymhell yng ngolau unrhyw haul . . . ac i ddringo'r bryniau yma.' Gwyrodd ei ên yn araf ar ei frest eto. Gwelodd gysgod tal yn brysio ato, a rhyw argraff o liw melyn iawn yn symud at ei ymyl. Roedd rhywun yn dal ei freichiau rhag iddo syrthio. Clywodd lais Cynwrig Hir uwch ei ben, 'Mae gen i ofn i ti ddisgyn, f'Arglwydd.'

'Gwell i ti orffwys, Gruffudd,' meddai llais Angharad yn dyner wrth ei glust.

'Dw i ddim wedi dweud digon wrthyn nhw,' meddai Gruffudd.

'Mae 'na ddyddiau eraill i ddweud popeth, f'Arglwydd.'

'Ond nid diwrnod fel hwn.' Cododd Gruffudd ei ben. Teimlodd y dwylo o dan ei freichiau yn ceisio'i droi i mewn i'r gell, ond gwrthododd â symud. 'Dim ond un peth arall heno,' meddai. Gwaeddodd â rhyw gryfder newydd yn y llais cryg, 'Pwy ddaw efo fi i chwalu castell . . .' dechreuodd besychu, '. . . castell Deganwy yn y flwyddyn newydd, a . . .' mwy o beswch, '. . . Rhuddlan wedyn . . .' y peswch yn gwaethygu, '. . . ac wedyn castell Caer?'

Plygodd ei benliniau fel y dechreuodd y dynion weiddi'u parodrwydd i'w ddilyn, a phrin y clywodd o, wrth gael ei gario i mewn i'r gell, mor frwd oedd eu cefnogaeth.

Pan giliodd y peswch, gorweddodd Gruffudd ar y gwely, yn methu cysgu am fod gormod o syniadau'n mynnu ei gyffroi. Roedd ei lygaid wedi'u cau, a dim ond weithiau y byddai'n ymwybodol o sŵn y gwledda'n parhau. Roedd o'n falch ei fod o wedi ymddangos yn y neuadd, ac wedi profi grym y fath deyrngarwch. Roedd o wedi bod angen eu clywed nhw'n gweiddi fel 'na. Medrai roi ei feddwl yn well ar y cynlluniau rŵan. Ac roedd angen – sylweddolodd yn iawn am y tro cyntaf – un fel Cynwrig Hir arno. Roedd 'na werth mawr yn y dyn. Gwelai bellach ei fod wedi dibynnu'n rhy hir ar Collwyn i fedru gwneud heb un tebyg iddo. Ni fedrai neb lenwi lle Collwyn, wrth gwrs, ond falle'i bod hi'n hanfodol iddo gael rhywun wrth ei ymyl yn gyson a oedd yn is ei safle nag o, ond eto a oedd yn un y gallai ymddiried ynddo fel brawd a chyfaill a gwas yr un pryd. Gydag un felly, gwyddai y byddai'n mentro unrhyw beth. Ai am fod y milwr diniwed hwnnw, Edric, wedi gwneud y tro yn y swydd y mentrodd o ddianc o gastell Caer? Gwrthododd y syniad. Ond roedd Cynwrig Hir yn wahanol – roedd hwn o'r deunydd iawn, yn meddwl yn fawr ohono, ac yn ddewr. Fe gadwai o hwn wrth ei ymyl yn gyson.

Cafodd yr argraff araf fod Angharad wedi gadael troed y gwely, ond agorodd o mo'i lygaid i'w gweld. Clywodd ei llais yn agos iawn. Roedd hi wedi plygu drosto, a theimlodd ei gwallt yn disgyn ar ei foch. Symudodd o yr un bys i gydio ynddi – roedd ei flinder yn dawelach, a'i feddwl newydd ddechrau dychmygu'n gysglyd ei fod o ei hun yn hwylio i lawr afon Menai gyda Cynwrig Hir i ymosod ar gastell Deganwy.

'Wyt ti'n clywed oglau'r hen bersawr 'na, Gruffudd?'

'Nac ydw.' Swniai ei lais yn wan.

Chwerthin bach Angharad. 'Mi olchais i groen fy ngwar.'

'Da iawn.'

'Mae 'nghroen i'n arogli'n well rŵan?'

Roedd yn rhaid iddo roi ei sylw iddi. Cymerodd anadl hir. 'O lawer – fel roedd o yn Aberffraw, ers talwm.'

Clywodd hi'n symud i ffwrdd oddi wrtho, a'i llais yn hapus. 'Dyna'r cwbl oedd arna' i isio'i glywed gen ti. Wna i ddim dy gadw di'n effro eto. Mae'n bwysig dy fod di'n cysgu.'

Daeth ei sŵn yn tynnu'r llen ar draws agoriad y gell. Ddywedodd o ddim. Yna roedd hi wedi mynd. A dychwelodd ei feddwl i'r hwylio am Aberconwy. Dychmygodd ei long fawr yn llawn o filwyr gorau Môn a Llŷn . . . a Gwyncu efo fo a Cynwrig . . . a mintai fach o Iwerddon, gobeithiai – rhai newydd i gario bwyeill daufiniog wrth ei ymyl. Ond cyn iddo ymosod ar gastell Deganwy, aeth ei feddyliau'n ddryslyd a llithrodd i gwsg aflonydd.

Rhestr Enwau Lleoedd

Môn – Anglesey

Gwynedd

Eryri

Llŷn

Eifionydd

Arfon

Rhufoniog

Edeyrnion

Tegeingl

Perfeddwlad

Maelor

Mersia - Mercia

Powys

Aberffraw

Rhosyr

Afon Menai

Bangor

Rhuddlan

Deganwy

Rhug

Malpas

Llaneurgain - Northop

Gaer – Chester

Amwythig – Shrewsbury

Trefaldwyn – Montgomery

Dyffryn Hafren – Severn Valley

Dulyn – Dublin

Sord-Cholum-Cille (ger Dulyn)

Porthlarg – Port Láirge – Waterford

Laighin – Leinster

Ynysoedd Sailtí – Saltee Islands

Gwaed Erw

Bron yr Erw (brwydr)

Mynydd Carn

Normandi – Normandy (Ffrainc)

Rouen (Ffrainc)

Gruffudd ap Cynan (1055-1137)
ei hanes yn gryno

Dychmygwch yr olygfa. Mam a'i mab ifanc yn sefyll ar bentir uchel ger Dulyn yn Iwerddon ac mae hi'n pwyntio at wlad fynyddig ar y gorwel.

'Dacw Wynedd,' meddai wrth ei mab. 'Dyna deyrnas Cynan, dy dad. Bu'n rhaid iddo ffoi a'i gadael – ond rhyw ddiwrnod byddi di'n dychwelyd yno a thi fydd Brenin Gwynedd!'

Erbyn hynny roedd y tad wedi marw yn alltud yn Nulyn – dinas a oedd yn llawn o Lychlynwyr ar y pryd. Un o'r Daniaid hynny oedd Rhagnell, mam Gruffudd ap Cynan. Gelynion gwahanol oedd yn bygwth Cymru. Ers 1066, roedd y Normaniaid wedi glanio yn Hastings ac wedi trechu'r Saeson mewn un prynhawn. Byddai ganddyn nhw dros ddau gan mlynedd o frwydro o'u blaenau cyn y gallen nhw ddweud eu bod wedi trechu byddinoedd y Cymry. Ond yn raddol fach, roedden nhw'n mentro o'u cestyll yn Lloegr i geisio dwyn troedle yng Nghymru a chryfhau ei gafael fesul tipyn drwy godi ambell gastell yma ac acw. Castell Caer, ar ffin gogledd Cymru, oedd y ganolfan filwrol a oedd yn bygwth teyrnas Gwynedd.

Gyda chefnogaeth Gwyddelod a Llychlynwyr Dulyn, cafodd Gruffudd fyddinoedd a llongau i'w gynorthwyo i ailsefydlu'i hun yng Ngwynedd. Cyfnod cythryblus llawn brwydrau ffyrnig, gelynion ymysg brenhinoedd Cymreig eraill a chreulondeb a thwyll y Normaniaid oedd hwnnw. Am dros bum mlynedd ar hugain, glaniodd Gruffudd yng Nghymru gan lwyddo i ennill rhywfaint o gefnogaeth a rhywfaint o dir cyn gorfod ffoi yn ôl i Ddulyn drachefn. Ond daliodd ati.

Enillodd gyfeillion ffyddlon, fel y dengys y nofel hon. Trodd y Normaniaid gyfarfod i drafod heddwch yn ystryw ffiaidd – a dioddefodd Gruffudd dros ddeuddeg mlynedd yn garcharor yng Nghaer. Ond ni thorrodd ei galon. Pan lwyddodd i ddianc, dangosodd nerth anhygoel i ddal ati er gwaethaf pob rhwystr. Dangosodd amynedd a doethineb yn ogystal â dewrder a pharodrwydd i ymladd. Yn y diwedd, daeth yn un o frenhinoedd mwyaf llwyddiannus Cymru erioed – gyrrodd y Normaniaid o Wynedd a chwalodd eu cestyll. Heblaw am un flwyddyn, 1098–99, rheolodd Wynedd am ddeugain mlynedd. Sefydlodd deyrnas gadarn ac ymysg yr arweinwyr cryfion a oedd yn ddisgynyddion iddo yr oedd Owain Gwynedd, Llywelyn Fawr, Llywelyn ap Iorwerth ac Owain Glyndŵr. Heb os, Gwynedd – teyrnas Gruffudd – oedd yn arwain y Cymry i gadw'u hannibyniaeth yn nannedd ymosodiadau'r Normaniaid.

Yng nghanol cyfnod cythryblus yr ymladd i adennill teyrnas ei dad, priododd ag Angharad, gwraig fonheddig o ogledd-ddwyrain Cymru. Gruffudd ap Cynan yw'r unig frenin neu dywysog Cymreig y cyfansoddwyd cofiant iddo yn yr Oesoedd Canol ac mae'r gyfrol honno yn canmol harddwch Angharad, ei huodledd, ei doethineb a'i natur hael. Safodd wrth ochr ei gŵr drwy ei holl drafferthion a chawsant dri mab a phum merch.

Un o'u merched oedd Gwenllian a briododd Gruffudd ap Rhys, arweinydd y Cymry yn y Deheubarth. Pan oedd ei gŵr a'i fyddin oddi cartref yn 1136, arweiniodd Gwenllian fyddin o ffermwyr a deiliaid y Deheubarth yn erbyn byddin o Normaniaid a oedd wedi glanio ger castell Cydweli. Colli'r dydd a wnaeth y Cymry yn y frwydr honno. Lladdwyd mab Gwenllian a Rhys yn yr ymladd a chafodd Gwenllian a'i mab arall eu dienyddio ar faes y gad ar ôl i'r brwydro ddod i ben.

Roedd y Cymry wedi'u cythruddo yn arw pan aeth y newydd ar led. Gyrrodd Gruffudd ap Cynan ei feibion a byddinoedd Gwynedd i gynorthwyo Cymry'r Deheubarth. Trechwyd y Normaniaid yn llwyr ym mrwydr y Crug Mawr yn Aberteifi ac o fewn y flwyddyn, doedd dim un Norman na'i gastell ar ôl i'r gorllewin o Afon Nedd. Teithiodd Gruffudd ap Cynan yr holl ffordd o Wynedd i ddyffryn Tywi i ddathlu'r fuddugoliaeth fawr gyda'i deulu.

Pan fu farw Gruffudd yn 1137, cafodd ei gladdu yn eglwys gadeiriol Bangor mewn seremoni gofiadwy. Ef oedd yr un a oedd wedi amddiffyn a heddychu Cymru. O gofio beth oedd ganddo ar ddechrau ei oes, roedd yr hyn a gyflawnodd yn aruthrol. Ar ben hynny, cafodd gyfle i ddatblygu amaethyddiaeth a chelfyddyd y beirdd. Dangosodd i'r Cymry nad oedd yn rhaid iddyn nhw ofni'r Normaniaid a bod modd eu trechu wrth sefyll yn eu herbyn yn ddewr ac yn unedig.

Diolchiadau gan Ann ac Owen Wyn Roberts

Diolch i Myrddin am ei waith o gynorthwyo i wneud yr ail argraffiad yn bosib a'i waith ardderchog yn crynhoi hanes Gruffudd ap Cynan;

Gwasg Carreg Gwalch am gyhoeddi;

Anwen Davies am ei gwaith golygyddol a'i chyngor.

Nofelau Hanes Cymru – y rhestr gyflawn

Straeon cyffrous a theimladwy wedi'u seilio ar ddigwyddiadau allweddol

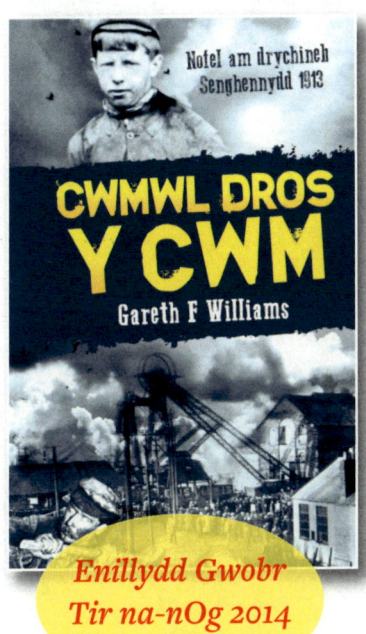

Enillydd Gwobr Tir na-nOg 2014

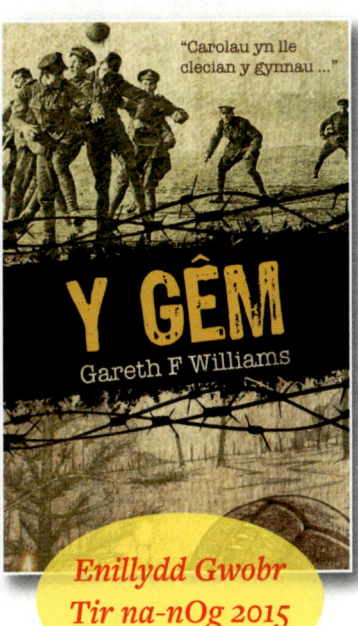

Enillydd Gwobr Tir na-nOg 2015

CWMWL DROS Y CWM
Gareth F. Williams

Nofel am drychineb Senghennydd 1913

£5.99

Y GÊM
Gareth F. Williams

Dydd Nadolig 1914, yn ystod y Rhyfel Mawr

£5.99

GETHIN NYTH BRÂN
Gareth Evans

Yn dilyn parti Calan Gaeaf, mae bywyd Gethin (13 oed) yn troi ben i waered. Mae'n deffro mewn byd arall. A'r dyddiad: 1713.

£5.99

Rhestr fer Gwobr Tir na-nOg 2018

Y PIBGORN HUD
Gareth Evans

Mae Ina yn ferch anghyffredin iawn. Mae hi wedi goroesi'r pla, mae hi'n gallu trin cleddyf a siarad Lladin, ac mae ganddi'r gallu rhyfeddol i ganu'r pibgorn! Ond beth fydd ei hanes hi, a Bleiddyn y ci, wedi i Frythoniaid o'r gogledd a Saeson o'r gorllewin fygwth ei ffordd o fyw?

£8.50

DARN BACH O BAPUR
Angharad Tomos

Nofel am frwydr teulu'r Beasleys dros y Gymraeg 1952-1960.

£5.99

Rhestr fer Gwobr Tir na-nOg 2015

PAENT!
Angharad Tomos

Cymru 1969 Cymraeg ar arwyddion ffyrdd a'r Arwisgo yng Nghaernarfon.

£5.99

Rhestr fer Gwobr Tir na-nOg 2016

HENRIÉT Y SYFFRAJÉT
Angharad Tomos

"Dydw i ddim eisiau dweud y stori ..." Dyna eiriau annisgwyl Henriét, prif gymeriad y nofel hon am yr ymgyrch i ennill pleidlais i ferched ychydig dros gan mlynedd yn ôl.

£6.99

Y CASTELL SIWGR
Angharad Tomos

Dwy ferch ar ddau gyfandir. Un lord ag awch am elw.

Stori ddirdynnol am gaethferch, am forwyn, am long a chastell ac am ddioddefaint tu hwnt i ddychymyg.

£7.50

Rhestr fer Gwobr Tir na-nOg 2021

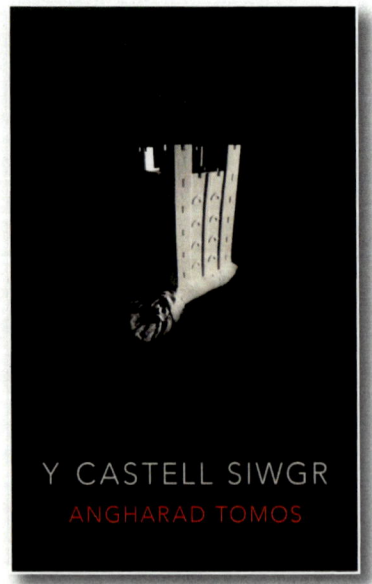

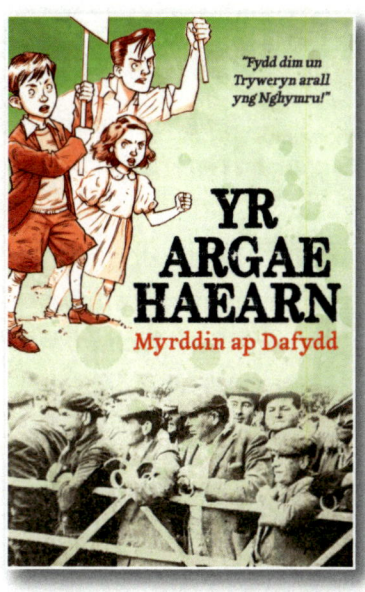

YR ARGAE HAEARN
Myrddin ap Dafydd

Dewrder teulu yng Nghwm Gwendraeth Fach wrth frwydro i achub y cwm rhag cael ei foddi

£5.99

Rhestr fer Gwobr Tir na-nOg 2017

MAE'R LLEUAD YN GOCH
Myrddin ap Dafydd

Tân yn yr Ysgol Fomio yn Llŷn a bomiau'n disgyn ar ddinas Gernika yng ngwlad y Basg – mae un teulu yng nghanol y cyfan

£5.99

Enillydd Gwobr Tir na-nOg 2018

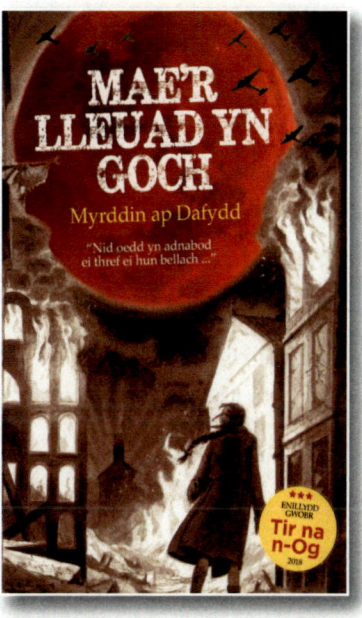

PREN A CHANSEN
Myrddin ap Dafydd

"y gansen gei di am ddweud gair yn Gymraeg ..."

Mae Bob yn dechrau yn Ysgol y Llan, ond tydi oes y Welsh Not ddim ar ben yn yr ysgol honno.

£6.99

Y GORON YN Y CHWAREL
Myrddin ap Dafydd

Diamwnt mwya'r byd mewn chwarel ym Mlaenau Ffestiniog

Nofel am ifaciwîs a symud trysorau o Lundain i ddiogelwch y chwareli adeg yr Ail Ryfel Byd

£6.99

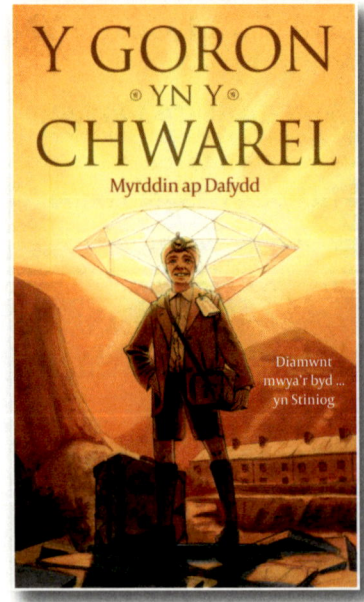

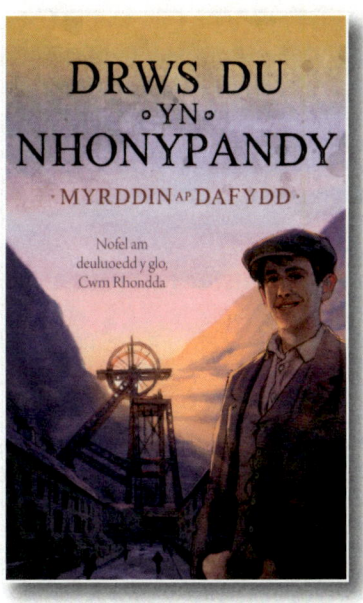

DRWS DU YN NHONYPANDY
Myrddin ap Dafydd

Nofel am deuluoedd y glo, Cwm Rhondda, yn ystod cyfnod cythryblus 1910.

£7.99

RHEDEG YN GYNT NA'R CLEDDYFAU
Myrddin ap Dafydd

Mae'n haf 1843 – cyfnod terfysgoedd Beca - ac mae'n ferw gwyllt yn Nyffryn Tywi.

£8

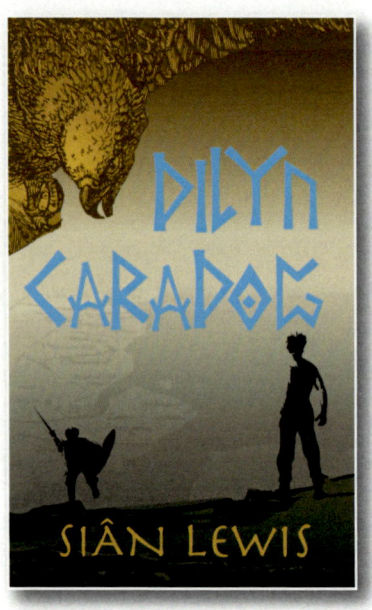

DILYN CARADOG
Siân Lewis

Hanes un llanc yn dilyn ei arwr Caradog o frwydr i frwydr nes cyrraedd Rhufain ei hun

£5.99

TWM BACH AR Y MIMOSA
Siân Lewis

Nofel am antur y Cymry ar eu taith i Batagonia yn 1865.

£5.99

Y CI A'R BRENIN HYWEL
Siân Lewis

Teithiwch yn ôl i oes Hywel Dda, sy'n cyhoeddi ei gyfreithiau ar gyfer Cymru. Mae Griff y ci mewn helynt. A fydd yn dianc heb gosb o lys y brenin?

£5.95

GWENWYN A GWASGOD FELEN
Haf Llewelyn

Mae'n edrych yn dywyll ar yr efeilliaid Daniel a Dorothy a'r ddau wedi'u gadael yn amddifad. Ai'r Wyrcws yn y Bala fydd hi? Ond caiff Daniel waith yn siop yr Apothecari ...

£6.99

Rhestr fer Gwobr Tir na-nOg 2019

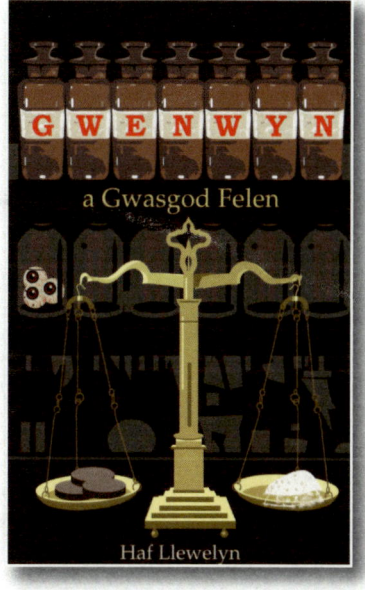